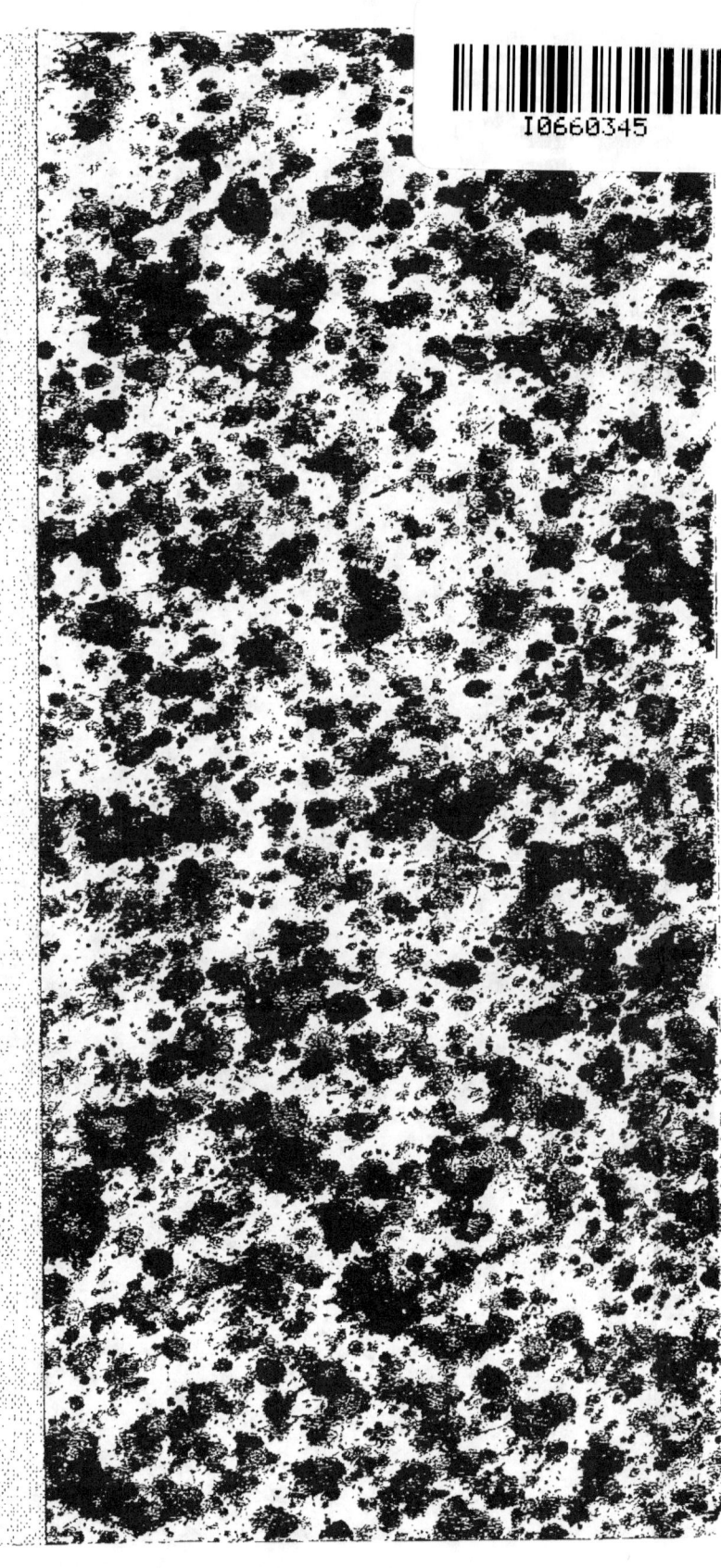

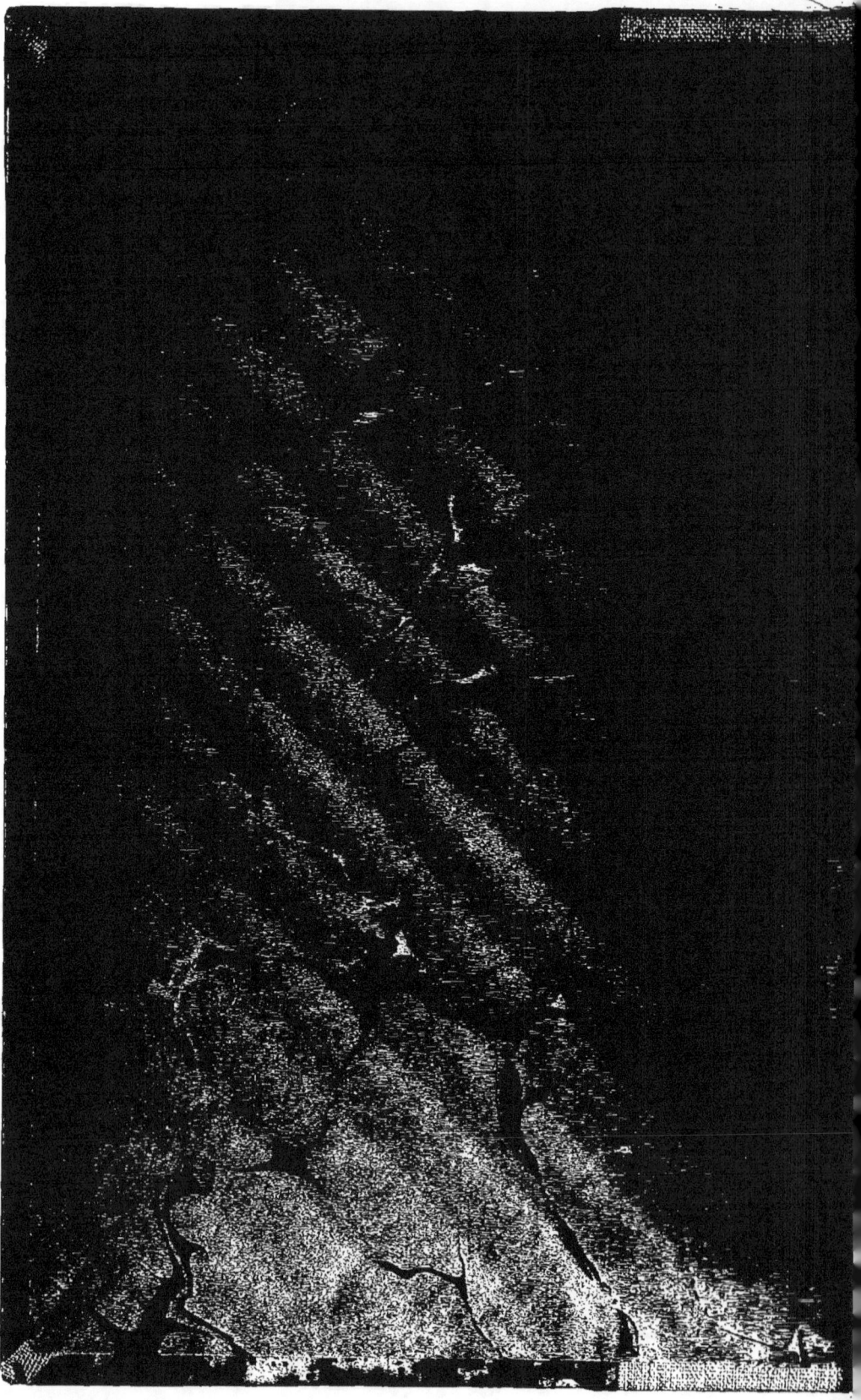

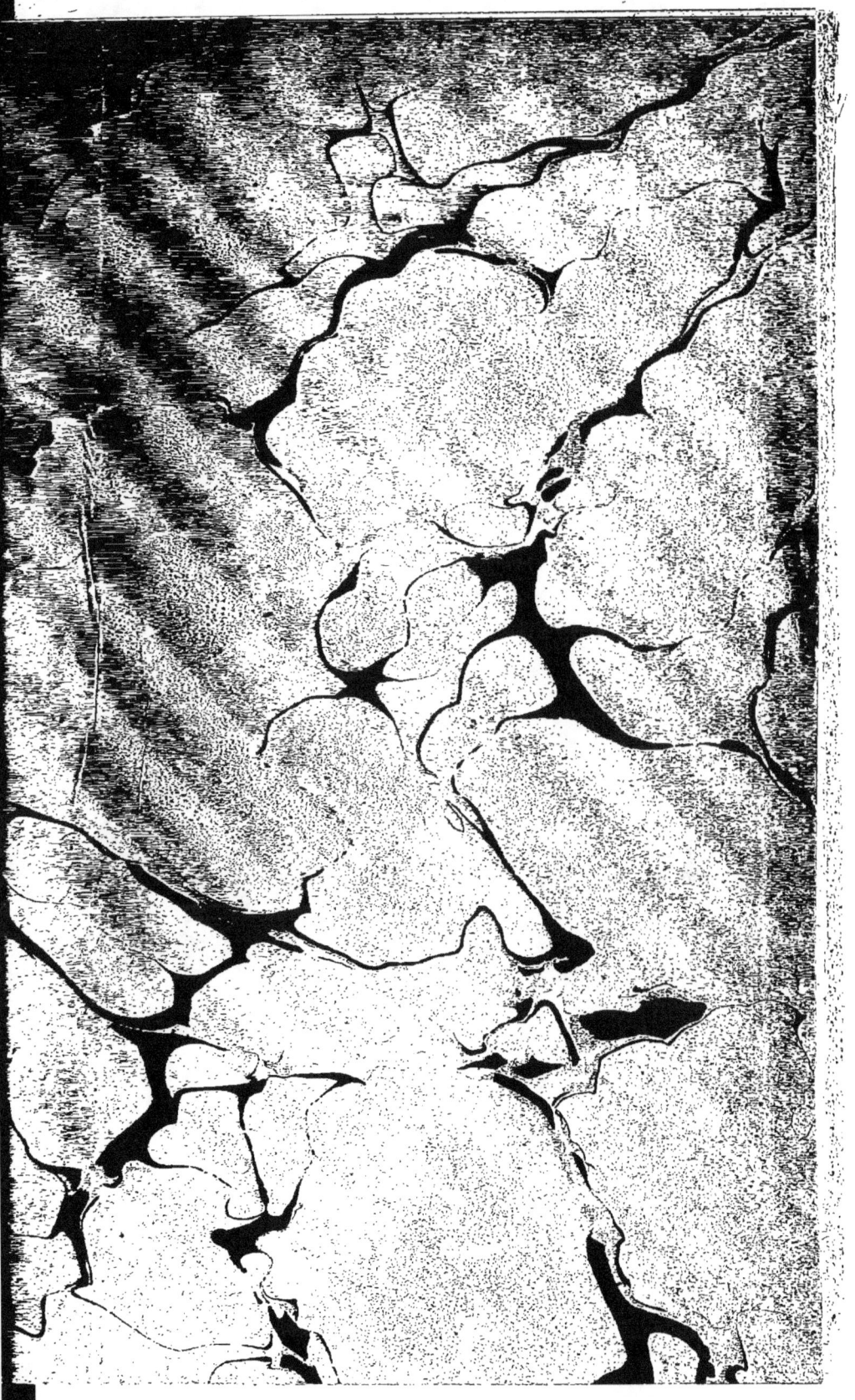

BOULANGER

ANDRÉ THEURIET

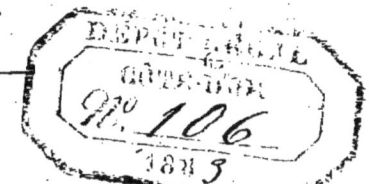

MICHEL
VERNEUIL

PARIS
PAUL OLLENDORFF, ÉDITEUR
28 *bis*, RUE DE RICHELIEU, 28 *bis*

—

1883

MICHEL VERNEUIL

DU MÊME AUTEUR

IMPRIMERIE GÉNÉRALE DE CHATILLON-SUR-SEINE. — A. PICHAT.

MICHEL
VERNEUIL

PAR

ANDRÉ THEURIET

PARIS

PAUL OLLENDORFF, ÉDITEUR

28 *bis*, RUE DE RICHELIEU, 28 *bis*

—

1883

Tous droits réservés

Il a été tiré 10 exemplaires sur papier vergé de Hollande.

MICHEL VERNEUIL

1

— Je vous quitte, mon cher Perrusson ; bonsoir !

— Déjà? Il n'y a que vous, Verneuil, pour vous enfermer par ce beau temps, à l'heure où tout le monde sort.

Les deux jeunes gens avaient arpenté trois fois, côte à côte, la principale rue de Tours, après avoir dîné à leur table d'hôte du *Faisan* et ils venaient de s'arrêter au coin de l'ancienne Intendance. Les magasins, déjà éclairés, jetaient toute la lumière de leurs devantures sur les trottoirs pleins de flâneurs, qui se dirigeaient vers le Grand-Pont, promenade habituelle des Tourangeaux. Les becs de gaz s'allumaient un à un dans la longue enfilade de la rue, au-dessus de laquelle les lignes régulières des façades parallèles découpaient une bande d'azur brunissant dans un ciel d'été très pur.

— C'est pitié de se calfeutrer chez soi quand il fait si bon dehors, répéta Adrien Perrusson. Qui diable vous pousse à rentrer?

— Je pioche ma thèse de doctorat, et le lycée me prenant toutes mes journées, je n'ai que les soirées pour travailler.

— Vous êtes un sage, vous !... Allons, je vous reconduirai jusqu'à votre porte, car je ne suis pas en humeur de me claquemurer...

Ils s'étaient engagés dans la rue de l'Intendance, déjà moins animée et moins éclairée. Ils fumaient en cheminant lentement au milieu de la chaussée étroite. Tous deux pouvaient avoir de vingt-sept à vingt-huit ans. Le professeur, Michel Verneuil, qui avait manifesté de si louables intentions de travail, était un garçon de taille moyenne, assez maigre, mais solidement charpenté, vêtu sans recherche, ayant quelque chose de brusque et de sauvage dans son allure. Parfois les réflecteurs d'un magasin, jetant au passage leur blanche clarté sur toute sa personne, montraient son visage mal encadré d'une barbe brune, ses pommettes saillantes et, sous des sourcils très noirs, deux yeux lumineux profondément enfoncés dans l'orbite. — L'autre, Adrien Perrusson, mince et plus élancé, la figure fine et scrupuleusement rasée, l'air aimable avec quelque chose d'insinuant et de futé dans les yeux bleus, dans le nez effilé et dans les coins

de la bouche, avait des manières plus souples et plus
de prétentions à une toilette correctement élégante.
Il était bien ganté, bien pris dans sa redingote noire,
et portait sur son bras un léger pardessus d'été.

— Quel est le sujet de votre thèse ? demanda-t-il
négligemment, tout en lorgnant les ouvrières qui prenaient le frais à la porte de leur magasin.

— *Les Paysans dans les Idylles de Théocrite.*

— Bravo! je vois que vous soutiendrez le bon
combat démocratique jusque sur les bancs de la Faculté... Avec les idées que je vous connais, la chose
ne manquera ni de passion ni de mordant... Il y a une
justice à vous rendre, Verneuil, c'est que vous êtes
tout d'une pièce. Comme les sangliers de votre pays,
vous allez droit devant vous sans vous inquiéter des
obstacles ; seulement vous prenez trop au sérieux votre
rôle de sanglier : vous vivez trop en sauvage, loin du
monde, loin des femmes...

— Mon cher, vous savez d'où je suis parti et quel
chemin j'ai encore à faire pour arriver... Les femmes
sont un embarras et je veux marcher librement.

— Soit, mais sapristi! vous n'êtes pas de bois pourtant.

— Si fait, je suis comme le bois vert, qui prend difficilement, mais qui une fois allumé, flambe avec une
violence extrême. Vous ne me connaissez pas bien,
continua Michel en serrant le bras de son compagnon;
j'ai un appétit de plaisir et une voluptuosité qui vous
effraieraient si vous voyiez au fond de moi... Mais j'ai
aussi beaucoup de volonté. Dans la carrière univer-

sitaire, j'ai été témoin de la façon dont les femmes peuvent tout gâter au début, et je bride tant que je peux mon tempérament de paysan, — non point par sagesse, mais par ambition.

— Moi aussi, je suis ambitieux, répondait Perrusson, et, certes, je ne borne pas mon rêve à plaider devant les juges de Tours, mais je crois, mon cher ami, que vous vous fourvoyez... Pour commander aux hommes, il faut connaître leur force et leur faiblesse, leurs vices et leurs vertus ; comment y arriverez-vous si vous ne vivez pas de leur vie ?... Pour percer, il faut avoir la souplesse et la résistance d'une lame d'acier ; comment acquerrez-vous la trempe suffisante, si vous ne vous plongez pas dans le courant?... Je ne dis pas qu'avec votre méthode on ne finisse point par faire son trou ; mais c'est chanceux... Comme on ne se doute pas des accidents de terrain, on risque d'être désarçonné au premier choc et de se casser le cou.

— Vous en parlez à votre aise, repartait Michel, vous avez un patrimoine et vous pourrez vous rattraper si vous faites un impair; pour moi qui suis pauvre, la moindre étourderie serait une faute lourde et il faut que je joue serré...

Tout en discutant, ils avaient quitté la rue de l'Intendance et s'étaient enfoncés dans le quartier bâti sur l'emplacement de l'abbaye Saint-Martin. Tout y était plus solitaire et presque endormi. Les deux tours de Charlemagne et de l'Horloge étendaient leur ombre sur le carrefour, où clignotaient de loin en loin des becs de gaz. L'ancienne église Saint-Clément bouchait

le fond de la rue avec la masse noire de sa nef déman-
telée, dont les ogives sans vitraux laissaient voir des
coins de ciel plus clairs. Lorsqu'ils eurent tourné
l'angle du portail, ils s'aperçurent tout à coup de l'animation inusitée du vaste rectangle formé par les maisons de la place d'Aumont. Une armée de bohémiens
semblait avoir campé ce soir-là sur cette place ordinairement déserte. On distinguait dans une buée lumineuse de vagues ondulations de toiles grises, éclairées en dessous par des centaines de lampes, et, tout
à travers, le va-et-vient d'une foule confuse et
grouillante.

— Parbleu ! s'écria Adrien Perrusson, c'est la foire
aux fleurs, qui se tient ici une fois l'an pendant huit
jours... Venez, la chose est originale et vaut la peine
d'être vue !

Il entraîna Michel dans les allées étroites formées
par l'alignement des échoppes des fleuristes. Sous
chaque tente de toile des masses de plantes étaient
étagées sur des gradins ; des quinquets à demi cachés
dans les feuillages filtraient des rayons dorés à travers
cet assortiment de fleurs de la saison. Des rosiers
grimpants et des clématites violettes tapissaient le fond,
sur lequel des pélargoniums et des œillets semaient
des taches d'un rouge de sang ; autour de ces plantes
aux couleurs vives se massaient les floraisons plus
sobres, plus floues des roses-thé, des héliotropes et
des résédas ; et des pots de basilic serrés les uns
contre les autres étendaient une sorte de pelouse verte
au pied de ce parterre improvisé. De chaque boutique

montait un concert de parfums et de couleurs qui ca-
ressait l'odorat et réjouissait les yeux. Des phalènes,
fascinées par la lumière des lampes et l'haleine des
fleurs, tournoyaient dans cette atmosphère em-
baumée.

La foule qui encombrait les allées était surtout composée de boutiquiers, d'artisans, de grisettes et de
jeunes gens que la vue des jolies filles attirait, comme
les lampes attiraient les papillons de nuit. Les bou-
tiques seules étant éclairées, tous ces promeneurs circulaient dans une demi-obscurité. Les ouvrières des
faubourgs penchaient leurs têtes curieuses vers les
étalages, et leurs yeux noirs étincelaient dans le clair-
obscur. Assises au milieu des plantes vertes, les mar-
chandes appelaient les passants avec des invitations
chantantes et câlines : « Voyez mes beaux œillets qui
embaument! Qui veut des basilics à deux sous le pot?
— Allons, messieurs, un joli bouquet pour vos dames! »
— De vieilles femmes à tournure équivoque, moitié
entremetteuses et moitié commissionnaires, rôdaient
autour des jeunes gens et, les poussant du coude,
leur murmuraient : « Faut-il porter vos fleurs? avez-
vous une commission pour une dame? » — Et, tout en
haut, dans le ciel de juin sans nuages, les petites
étoiles scintillaient et regardaient cette foule tumultueuse avec leurs yeux d'or calmes et indifférents.

Michel, malgré ses résolutions studieuses et ses
prétentions à l'austérité, subissait peu à peu l'attrait
de ce milieu provocant, où les fleurs et les filles semblaient s'être donné rendez-vous pour tenter la fai-

blesse humaine. L'odeur des héliotropes lui montait au cerveau ; les visages féminins qu'il entrevoyait dans cette demi-obscurité lui paraissaient tous jeunes et désirables ; il éprouvait une sensation à la fois désagréable et troublante chaque fois qu'une des vieilles à l'allure louche lui murmurait à l'oreille ses offres de service ; le frôlement du bras ou de la hanche d'une grisette lui causait un frisson ; il ne parlait déjà plus de rentrer chez lui pour piocher sa thèse.

Adrien, souriant, le lorgnon dans l'œil et l'air satisfait, circulait dans les allées encombrées avec l'aisance d'un homme habitué à de pareilles promenades. Il poussait toujours son ami au plus épais de la foule. Un groupe plus compacte, qui barrait le passage, les arrêta un moment devant une échoppe où deux jeunes filles marchandaient des pots de basilic. Elles pouvaient avoir vingt ans et étaient vêtues comme des ouvrières : en taille, et coiffées du petit bonnet rond tuyauté, coquettement posé sur la tête de façon à laisser bouffer les cheveux et à avantager un minois peu timide. La plus brune, avec de petits yeux noirs, avait des traits accentués, mais sans beauté ; l'autre, au contraire, était toute mignonne et sa jolie figure fit impression sur Michel. Châtaine, avec un teint clair, une peau fine, de grands yeux bruns humides et une bouche d'enfant, elle avait un air d'ingénuité mutine qui séduisait. Adrien, qui n'était pas fâché de voir le rigide Michel se dégeler un peu, s'était empressé d'engager la conversation.

— Des basilics ! s'écria-t-il sans façon, cela n'est

pas digne de vous, mesdemoiselles, c'est une fleur de cordonnier !... Permettez-moi de vous offrir à chacune une botte de roses.

En même temps il avait fait signe à la marchande, qui choisit dans son étalage deux gros bouquets de roses Jacqueminot. Il les présenta aux jeunes filles.

— Pour mon ami et pour moi ! continua-t-il gaîment en s'inclinant et en tendant un bouquet de chaque main.

Les ouvrières s'entre-regardaient, détournaient la tête et riaient aux éclats. Adrien insistait.

— Voyons, Désirée, dit enfin la brune à la châtaine, puisque ces messieurs nous offrent leurs bouquets de bon cœur, nous pouvons bien les accepter.

Elles prirent les roses dans lesquelles elles enfouirent leur figure avec sensualité, puis elles quittèrent l'étalage, respirant leur bouquet, marchant lentement, et de temps à autre se retournant pour voir si elles étaient suivies.

— La châtaine est vraiment jolie, murmura entre ses dents Michel.

— Voulez-vous que nous fassions connaissance avec elles ? demanda Perrusson à son ami qui hésitait ; une fois n'est pas coutume et vous n'en travaillerez que mieux demain... C'est entendu, hein ? Nous les emmènerons souper et je serai bon enfant... je me chargerai de la laide.

— Vous croyez qu'elles consentiraient à venir ? balbutia Michel, étonné et rougissant.

— Parbleu !

Ils rejoignirent les jeunes filles, et, grâce à l'entrain d'Adrien, qui avait la langue dorée, la conversation devint plus familière. Tout en jasant, ils quittèrent les allées de la foire, enfilèrent la rue Chanoineau et se trouvèrent sous les arbres du Mail.

— Puisque vous aimez les fleurs, mesdemoiselles, s'exclama tout à coup Perrusson, vous devez aimer la campagne... Que diriez-vous d'une promenade en voiture jusqu'à Saint-Avertin, où nous souperions tous les quatre ?

Elles refusèrent d'abord. — « Il était tard et elles demeuraient chez leurs parents. » Puis, insensiblement, la brune se laissa fléchir, et se tournant vers son amie :

— Bah ! Désirée, fit-elle, si ces messieurs ont une voiture, nous serons de retour pour minuit et nous dirons chez nous que nous avons été obligées de veiller à l'atelier.

Adrien avait saisi la balle au bond :

— Je connais un loueur ici à côté, et avant vingt minutes la voiture sera prête... Michel, tenez compagnie à ces demoiselles pendant que je vais tout arranger.

Il s'esquiva et Michel resta seul sous les arbres, entre les deux jeunes filles, qui continuaient à rire et à chuchoter. Avec ses habitudes sauvages, il ne savait point parler aux femmes et ne trouvait rien à dire. Il finit par accoucher de quelques phrases sur la beauté de la nuit ; mais cela paraissait intéresser médiocrement les ouvrières. La conversation languissait, Michel

1.

s'impatientait des lenteurs d'Adrien, tout en lui sa-
chant gré de s'être chargé de la corvée de la voiture,
car, lui, en sa qualité d'universitaire, était tenu à
une certaine réserve ; il n'eût pas osé s'aboucher avec
le loueur qui avait peut-être un fils au lycée.

Enfin on entendit un bruit de roues, et une antique
berline conduite par un cocher somnolent, s'arrêta
en face de la rue Chanoineau. Adrien, penché à la
portière, fit signe aux jeunes filles et à Michel de monter. Fidèle à sa promesse, Perrusson avait pris à côté
de lui la brune, qui se nommait Léontine, et avait fait
asseoir Désirée près de son ami. Quand ils furent
installés, il cria au cocher :

— A Saint-Avertin, rondement !... Vous nous ar-
rêterez aux *Trois Pigeons !*

La berline partit dans la direction du Palais de justice, passa les *Portes de fer* et s'engagea dans l'avenue
de Grammont. Heureuses de cette promenade en voiture, les grisettes s'étendaient sur les coussins, éta-
laient leurs robes et poussaient de grands éclats de
rire. Adrien, mis en belle humeur, commençait à devenir très entreprenant avec sa voisine, qui se défen-
dait pour la forme, tandis que Michel, très grave, trai-
tait Désirée avec une galanterie cérémonieuse qui éba-
hissait l'ouvrière. La berline, après avoir franchi le
Cher, roulait sur la route de Saint-Avertin. Maintenant
l'ombre projetée par les coteaux boisés de droite plongeait l'intérieur dans une nuit profonde ; par la portière
de gauche, on apercevait les prairies du Cher dans une
légère buée argentée, et par moments le chant des der

niers rossignols arrivait aux jeunes gens à travers le
bruit des roues et le trot des chevaux. L'odeur des
roses que les ouvrières avaient emportées emplissaient la voiture, et Michel, grisé par ces parfums
d'été, par la tiédeur de la nuit et le voisinage de cette
fille fraîche et potelée, dont ses doigts frôlaient timidement l'épaule, sentait des bouffées de poésie lui
monter à la tête. Adrien, plus terre-à-terre et plus
habitué à ces sortes d'aventures, avait pris la taille
de Léontine, qui, pour se donner une contenance, chantait insoucieusement une ronde populaire :

> J'ai cueilli la belle rose
> Dans mon beau tablier blanc,
>   Belle rose,
> Dans mon beau tablier blanc,
> Belle rose du rosier blanc...

Tandis que la voix traînante de la grisette s'envolait
dans la nuit. Michel était à cent lieues de la Touraine.
Fermant les yeux, la main serrée entre le dos de Désirée et le capiton de la berline, il se croyait au fond
des bois de son pays, en tête-à-tête avec une amoureuse inconnue, pour laquelle il se sentait pris d'une
tendresse toute sentimentale. Son lyrisme intérieur
s'élevait peu à peu à un tel diapason que, le silence
de Désirée s'y prêtant, cette petite ouvrière tourangelle se métamorphosait pour lui en une délicieuse
Gretchen, naïve et chaste, qu'il se promettait d'initier
lentement à l'amour, comme on ouvre une rose pétale
à pétale, jusqu'à ce qu'on découvre les étamines d'or

encore intactes et toutes parfumées. Rien qu'en for-
geant ce rêve, il se sentait attendri et frissonnant...
Tout à coup la voiture s'arrêta. On était à Saint-Avertin, devant la porte des *Trois-Pigeons*.

Les gens de l'auberge, habitués à de pareilles visites, conduisirent les deux couples dans une chambre haute, dont les fenêtres donnaient sur une île du
Cher, plantée de peupliers. Le couvert ayant été les-
tement dressé, on leur servit une volaille froide, des
écrevisses, du Bourgueil et du Vouvray mousseux.
Les deux filles s'étaient mises à l'aise, mangeaient à
belles dents et vidaient gaillardement leur verre. Le
vin de Touraine leur eut bientôt délié la langue et
elles commencèrent à babiller tour à tour, étourdis-
sant les deux amis des menus détails de leur vie d'a-
telier. Désirée conta à Michel qu'elle était lingère et
que sa mère la battait quand elle rentrait trop
tard. — Elle était lasse d'être un *grenier à gifles*. Tours
l'assommait et elle aurait voulu trouver quelqu'un qui
l'emmenât à Paris — Le professeur s'était assis avec
elle dans l'embrasure de l'une des fenêtres. Il faisait
une nuit à souhait pour la poésie et pour l'amour. Les
étoiles se miraient doucement dans le cours du Cher,
les feuillées de l'île frémissaient avec un bruit frais, et
au loin les lumières du village tremblotaient entre les
branches des cerisiers couverts de fruits. Michel tourna
vers Désirée des yeux souriants et très tendres, en la
priant de chanter. Elle leva son verre avec un geste
de théâtre, et entonna d'une voix fausse une triviale
chanson de café-concert.

Elle n'eut pas le temps de l'achever. En bas, sous les tonnelles du jardin, des gens du village l'avaient apostrophée en riant. Alors elle se fâcha furieusement contre « ces butors de paysans » qui se permettaient de la plaisanter. Ses jolies lèvres laissèrent tomber des jurons de caserne et de grossières invectives. Elle semblait répandre toutes ces injures avec délices ; les gens d'en bas ripostaient dans la même langue. Pendant cinq minutes ce fut un échange d'épithètes ordurières et de mots ignobles. — Michel, écœuré et précipité violemment du haut de son rêve, songeait avec dégoût à cette belle princesse des contes de fées qui ne pouvait pas ouvrir la bouche sans en laisser choir un crapaud. Sa griserie s'était brusquement dissipée, et fatigué de cette scène ridicule, il dissimulait mal des bâillements nerveux, Adrien coupa court à tout ce tapage en hélant le cocher et en rappelant aux deux grisettes qu'il était temps de regagner Tours. On paya l'hôtesse et on revint en voiture par le même chemin ombreux où les rossignols chantaient encore ; mais le charme était rompu et Michel se sentait glacé.

Dans les ténèbres de la berline roulant sous les arbres, il entendait résonner les baisers que Léontine et Perrusson, devenus très expansifs, échangeaint sans vergogne. Désirée, émoustillée par le vin de Vouvray, ne demandait pas mieux de s'attendrir à son tour, mais Michel, grognon et agacé, ne s'y prêtait guère. La jeune fille avait beau se frôler contre lui avec de souples mouvements de chatte, il se renfonçait avec humeur dans son coin, et ne répondait qu'en rechignant aux avances de l'ouvrière. Dépitée et piquée au jeu par cette surprenante froideur qu'elle prenait pour un reste de timidité, Désirée redoublait de câlinerie, tandis que lui, sentant s'accroître ses répugnances, devenait de plus en plus maussade. A la fin impatientée, la petite se rejeta dans l'autre encoignure et se mit à bouder.

Pour éviter de lui parler, Michel s'était penché à la portière. Il regardait la campagne baignée par le clair de lune, les prairies vaporeuses zébrées par les ombres allongées des peupliers, les lumières fuyantes de la gare tout au loin, et il commençait à regretter de s'être laissé entraîner dans cette vulgaire aventure.

— C'était bien la peine, pensait-il, de s'être armé de belles résolutions, d'avoir vécu un an comme un ascète, pour donner dans le panneau aussi piteusement. Quel homme était-il donc et quel fond pouvait-il faire sur sa volonté, si, dès la première et la plus banale des tentations, il faiblissait de la sorte? Encore s'il avait eu pour excuse une de ces passions violentes et romanesques, comme il en avait parfois rêvé en lisant Balzac?... S'il avait été secoué par l'amour d'une de ces belles dames qu'il voyait, le samedi, descendre de leur équipage devant les magasins de la rue Royale, — ou d'une de ces Anglaises blondes, hautaines et blanches comme des lis, qu'il rencontrait le dimanche aux abords de la chapelle protestante? Sa vanité et son goût auraient été du moins satisfaits... Mais non, avec ses douze mois de sagesse, il était venu sottement échouer aux pieds d'une grisette bête

et mal éduquée, qui lui offrait une banale coupe de
plaisir où des centaines de lèvres avaient bu avant
lui!... Il avait honte de sa faiblesse et, pris d'insur-
montables dégoûts, il souhaitait à la fois et redoutait
d'arriver à Tours.

La voiture avait franchi la barrière de l'octroi.
D'après l'ordre de Perrusson, elle s'arrêta devant le
Palais de justice, et l'on mit pied à terre. Adrien s'était
emparé du bras de Léontine :

— C'est ici qu'on se sépare, dit-il plaisamment. Bonne
nuit, mes tourtereaux !

Il s'éloigna rapidement avec la grisette, et tous deux
disparurent sous les arbres du mail. Michel était resté
en tête-à-tête avec Désirée. La petite jouait maintenant la pruderie ; elle prenait des mines innocentes et
inquiètes.

— Je risque gros en allant chez vous, murmurait-
elle d'une voix mignarde, mais vous serez gentil,
n'est-ce pas ? Vous ne me ferez pas arriver de malheur... Songez donc, une pauvre jeune fille qui demeure
avec sa mère !...

— Ma chère, riposta vivement Michel, je serais désolé de vous attirer des désagréments... Retournez
chez votre mère... Bonsoir !

Et brusquement, presque brutalement, il lui lâcha
le bras, la laissa ébaubie au milieu du mail, et se dirigea à grandes enjambées vers la rue de la Grandière,
où il logeait.

I

Michel Verneuil était né dans le Barrois, à Véel,
un mélancolique petit village situé dans la plaine, à
une lieue de Bar-le-Duc. Son père, cultivateur peu
aisé, l'avait eu sur le tard, après trois enfants déjà
élevés avec peine, et la naissance de Michel avait
achevé d'épuiser la mère Verneuil, qui était morte de
cette quatrième couche. Cet enfant tard venu et peu
désiré, qui rognait la maigre portion des trois aînés,
fut assez mal reçu à son entrée dans le monde. Mais
il était robuste et, en dépit de ce mauvais accueil, il
avait poussé comme un champignon. Son père possédait quelques champs et en cultivait d'autres qu'il
avait pris à bail ; c'est sur ce modeste *gagnage* que la
famille vivait en peinant dur et en se privant de tout.
Les deux aînés s'étaient gagés comme tâcherons ; la
fille s'en allait chaque matin vendre à la ville le lait des
vaches ; dès qu'il eut huit ans, Michel fut à son tour
mis en demeure de se rendre utile et de gagner le pain

qu'il mangeait. En hiver, il fréquentait l'école du village, mais à la belle saison, on l'en retirait et il conduisait les bêtes aux champs, en compagnie de deux ou trois *pâtureaux* de son âge. Bien qu'en ce temps-là il fût mal nourri, mal vêtu et bourré de plus de taloches que de croûtons, il avait conservé un joyeux souvenir de ces premières années vagabondes.

Les pieds nus dans ses sabots, faisant claquer son fouet derrière ses bêtes, il les chassait dès l'aube vers les friches, à la lisière d'un bois qui domine la vallée. Là, vautré dans l'herbe, tandis que les vâches pâturaient, il lisait un vieil almanach liégeois, trouvé à la maison dans un coin de l'âtre, et dont il connaissait quasi toutes les pages par cœur. Lorsqu'il était las de lecture, il se couchait sur le dos et regardait les nuages courir dans le ciel ou les papillons voltiger sur les genêts. Ayant l'intelligence curieuse et éveillée, il observait les oiseaux, les arbres, les insectes, comparait les formes diverses des choses et pénétrait petit à petit dans le domaine enchanté de la nature. Gourmand autant que curieux, il était peu de plantes dont il n'eût expérimenté à ses dépens les vertus aromatiques ou amères ; il connaissait tout ce qu'il y a de bon à manger dans les champs et dans les bois : depuis les tubercules noirs de la gesse, qu'on nomme dans le pays des *mécusons*, jusqu'aux baies brunes qui pendent en bouquets dans les feuilles rougies des alisiers. De l'été à l'automne, il vivait avec délices de cette vie végétale, communiant sous toutes les espèces avec la nature, emplissant ses narines d'odeurs sylvestres et son

estomac de fruits sauvages. Fraises des bois, merises
juteuses, noisettes blanches comme lait, prunelles
bleuies par les premières gelées, grains parfumés des
hyèbles et des genévriers, tout servait à assaisonner
son croûton de pain de ménage et à suppléer à la nourriture insuffisante qu'il trouvait au logis. Il barbouil-
lait ses lèvres du sang noir des mûres, grimpait aux
hêtres comme un écureuil, pataugeait dans les ruis-
seaux, frottait avec sensualité ses mains aux tiges
des menthes et des origans, et, gorgé de fruits acides,
grisé de vertes odeurs, sentant bon l'herbe et la terre,
il rentrait au gîte à la brune et s'endormait en rêvant
d'arbres et d'oiseaux.

A ce régime tonique et salubre, tous ses organes
s'étaient développés harmonieusement. Lorsqu'il s'agit
de le préparer à la première communion, le curé de
Vécl, étonné de la précocité de son intelligence, de la
solidité de sa mémoire et de la quantité de choses
qu'il avait apprises sans maître, engagea le père Verneuil à ne pas laisser cette jeune et brillante lumière
sous le boisseau. Le bonhomme regimbait, craignant
pour son boursicot, mais le prêtre l'amadoua en lui
montrant pour son dernier-né la perspective d'une
place « dans le gouvernement, » et ce métier-là,
ajoutait-il, serait autrement commode et lucratif que
de pousser la charrue et remuer la terre. Il acheva de
vaincre les répugnances du paysan en promettant de
donner gratis à l'enfant les premiers éléments de français et de latin, afin de faciliter son admission au collège. Le père Verneuil, flatté intérieurement d'avoir

plus tard dans sa famille un homme en place, finit par
céder, et Michel, laissant son fouet de pâtureau, alla
chaque jour apprendre *rosa*, *la rose* chez le curé, dont
il servait la messe et dont il faisait les courses. Son
instruction progressa rapidement ; non seulement il
mordait au latin, mais la grammaire n'avait plus de
secrets pour lui, et il passait des journées sur les
livres. De même qu'il avait jadis bourré son estomac
de tous les fruits de la forêt, il garnissait maintenant
sa mémoire des lectures les plus diverses. Les pères
de l'église, l'histoire ecclésiastique, *les Voyages d'Ana-*
charsis, les Révolutions romaines de Vertot, tout était
une nourriture pour son esprit. Sa première communion étant faite et ses douze ans étant sonnés, le curé
jugea qu'il était mûr pour l'enseignement universitaire et s'aboucha avec le principal du collège. Il fut
convenu que Michel entrerait en sixième après les
vacances et que le père Verneuil se saignerait aux
quatres veines pour payer tous les trois mois les vingt
et un francs de la rétribution scolaire, car Michel devait être externe et revenir souper à Véel chaque
soir.

Donc, à la rentrée d'octobre, par un joli temps clair,
Michel, après avoir mené les chevaux à l'abreuvoir,
passa sa blouse neuve et traversa la plaine, portant
snr son dos, dans un grossier carton, ses cahiers, ses
plumes et son déjeuner, et tenant à la main son encrier fermé d'un bouchon de papier. Les gamins,
groupés devant le porche du collège, clignèrent de
l'œil et firent de belles gorges chaudes en voyant ap-

paraître au bas de la côte ce petit paysan crotté, hâlé, tête nue, vêtu d'un pantalon de toile, d'une méchante blouse de cotonnade et tenant avec précaution l'encrier mal bouché, dont l'encre dans le trajet lui avait tâché les doigts. Selon l'usage, on voulut commencer par lui *rabattre les coutures*, c'est-à-dire le brimer à coups de poing ; mais le gars était solide et pour une gourmade en rendait deux. Il revint ce soir-là à Véel avec la blouse déchirée et la figure égratignée, mais avec la conscience de s'être fait respecter et d'avoir clos le bec à cette engeance malfaisante de petits citadins en vestes de drap. Il triompha davantage encore, après la première composition, quand, le samedi suivant, le principal déploya la feuille des notes et proclama les places : il était le premier haut la main et le professeur parlait de lui avec un émerveillement qui imposa silence aux plus malins. Ce fut ainsi chaque samedi. Michel prit la tête de la classe et se maintint au premier rang jusqu'à la fin de l'année.

Solide et bien équilibré, doué d'une mémoire excellente, d'une volonté tenace, d'une puissance de travail extraordinaire pour son âge, ce fils de paysan, nourri de grand air et de soleil, semblait une force de la nature au milieu de ces écoliers de la ville, pâlots, chétifs, enfants gâtés de fonctionnaires ou de négociants. Son intelligence toute neuve s'épanouissait dans son cerveau comme une robuste plante des bois. Il damait le pion à tous ces fils de la bourgeoisie et, ayant conscience de sa supériorité, il se montrait néanmoins indulgent et bon camarade. En un tour de main, pen-

dant le quart d'heure qui précédait l'entrée en classe,
il bâclait la version ou le thème des plus faibles et,
lorsqu'on allait au tableau, il soufflait complaisamment à ses voisins les réponses aux questions du professeur. Aussi on le flattait et on le craignait. — Il
n'était pas heureux pourtant. Son père, qui n'entendait
rien aux études classiques, croyait avoir tout fait en
payant le trimestre scolaire ; il exigeait qu'au retour
de la classe, Michel s'occupât des bêtes comme par le
passé ; il lésinait sur la chandelle nécessaire à l'écolier
pour préparer ses devoirs et il entrait dans de violentes
colères quand il s'agissait d'acheter un livre. L'enfant,
après s'être levé avant le jour pour trimer à l'étable ou
à l'écurie, s'en allait par la neige, le soleil et la pluie,
à travers la plaine, lisant ses leçons en route. Parfois
il arrivait en ville morfondu ou trempé jusqu'aux os.
En attendant l'heure du collège, il se réfugiait chez
un boulanger du voisinage, dont le fils était son compagnon de classe, et là, à la lueur et à la bonne chaleur du four, il achevait d'apprendre les leçons du
matin.

Les luttes à soutenir pour se procurer les ouvrages
indispensables à ses études étaient son tourment quotidien, et, malgré ses efforts, il n'arrivait à se tenir au
courant qu'au prix de rebuffades humiliantes. En sa
qualité de premier de la classe, c'était lui qui devait
apporter au professeur les auteurs destinés à la réci-
tation des leçons ; ces auteurs, il ne les possédait pas
pour la plupart et il était obligé de les mendier à ses
voisins, qui s'en dessaisissaient d'autant moins volon-

tiers que la leçon était moins sue. Alors, devant toute
la classe, il fallait avouer que les livres lui man-
quaient, et quand le maître était peu généreux ou de
mauvaise humeur, une remarque désobligeante faisait publiquement à Michel honte de sa pauvreté.

Il n'en remportait pas moins tous les prix, et son
nom était imprimé huit ou neuf fois dans le palmarès.
Mais ce triomphe était, hélas! une nouvelle cause
d'humiliation. Quand, du haut de l'estrade, le professeur appelait « Michel Verneuil, de Véel-devant-Bar, »
il lui fallait fendre la foule endimanchée des collégiens
et des belles dames et paraître sur les gradins dans
sa triste toilette de campagnard, avec une blouse
d'alpaga, — presque neuve pourtant, — et un pantalon de coutil devenu blanc à force de lavage, — et
c'était une blessure pour son orgueil grandissant.

Ainsi les années se suivirent, apportant chacune les
mêmes piqûres d'amour-propre et les mêmes succès.
Quand Michel passa dans les classes supérieures, ses
professeurs, fiers de son mérite et de l'éclat qu'il jetait
déjà sur leur enseignement, s'arrangèrent pour lui procurer des répétitions chez des élèves riches dont l'instruction était en retard. Il gagnait ainsi chaque mois
une soixantaine de francs qui lui permettaient de s'a-
cheter des livres et de se vêtir plus convenablement.
Pendant les vacances, il donnait des leçons à de jeunes
cancres, menacés de doubler la classe d'où ils sortaient. Et tandis que ses camarades couraient les
champs, voyageaient ou chassaient, lui, si amoureux
de soleil et de grand air, s'enfermait dans de noires

salles d'études en tête-à-tête avec des bambins à l'intelligence rétive, auxquels il remâchait vingt fois les mêmes règles de syntaxe. — Cependant l'âge lui venait, il courait sur ses dix-sept ans, et avec cette aube de la jeunesse naissaient en lui de nouveaux besoins et de nouveaux désirs. Il sentait dans son corps robuste un travail de sève en fermentation ; les regards des femmes l'embarrassaient et le faisaient rougir. Heureusement pour sa vertu, les filles de Véel étaient toutes laides et mal dégrossies. Le séjour de la ville l'avait rendu plus délicat et plus difficile, et les paysannes massives, aux mains rouges, aux figures tavelées de taches de rousseur, à la taille épaisse, n'avaient nulle saveur pour lui.

Une seule fois, pendant cette crise périlleuse, il avait été soumis à une redoutable épreuve. Il venait d'entrer dans sa dix-huitième année, et il donnait des répétitions au fils d'un gros fabricant de la ville. Il remarqua que, peu à peu, la mère de cet élève prenait l'habitude d'assister à ses leçons qui avaient lieu l'après-midi, à la sortie de la classe. C'était une femme frisant la quarantaine, dans le plein éclat de sa beauté mûre. Un jour qu'il corrigeait les verbes latins conjugués par l'enfant, il vit qu'en marge du verbe passif *amari*, une main étrangère, une main de femme à l'écriture déliée, avait écrit sur le cahier : *amor, je suis aimée*, puis, à la suite, un discret point d'interrogation. A peine eut-il lu et compris qu'il devint cramoisi. Celle qui avait posé cette singulière question était là, devant lui, et ses yeux humides et langoureux, se fixant sur ceux du professeur ébaubi, la lui posaient encore silencieusement. Sur ces entrefaites, l'élève quitta la pièce pour aller quérir un livre oublié et laissa son répétiteur en tête-à-tête avec ces terribles yeux quémandeurs. Et tout d'un coup, sans que Michel eût le temps d'entendre deux fois battre son cœur, la dame, ayant passé vivement derrière sa chaise, lui posa ses lèvres sur le cou. L'enfant arriva juste à point avec son livre pour empêcher de pires extravagances, et la leçon s'acheva dans un trouble inexprimable.

Quand Michel fut dehors, il marcha un moment étourdi comme un homme ivre. La caresse de ces lèvres de femme avait éveillé en lui des ardeurs inconnues, et le sang battait violemment dans ses artères. Comme il était aussi sauvage qu'inexpérimenté, il envisagea avec terreur les suites de cette étrange aventure. Il lui sembla qu'il n'oserait jamais reparaître sans rougir dans la maison de son élève. A ses yeux de dix-huit ans, l'entreprise amoureuse de cette femme presque quadragénaire et mère d'un grand garçon paraissait quelque chose d'excessif et de hors nature. Dans sa naïveté, il se demandait s'il n'avait pas affaire à une malade. Craignant de jouer un rôle ridicule et odieux, il résolut de ne plus rentrer dans cette maison, où il ne saurait quelle contenance garder, et, le lendemain, il écrivit au père que la préparation de son baccalauréat l'obligeait à suspendre les leçons. Il ne revit plus la dame; il n'osait même plus passer par la rue qu'elle habitait;

mais le souvenir de ce rapide et unique baiser restait comme une brûlure dans sa chair et avait donné un branle tumultueux à sa sensualité encore endormie.

Il subit avec succès son examen de bachelier, et, sur les conseils de son professeur, il se prépara à l'Ecole normale. Le père Verneuil, qui considérait les membres du corps enseignant comme des façons de maîtres d'école d'un ordre un peu plus relevé, n'était pas trop flatté de la carrière choisie par son fils. Il aurait préféré une place dans un bureau, dont le salaire lui eût permis de rentrer dans ses débours. Toutefois, lorsqu'on eut fait comprendre au bonhomme les avantages que présentait l'Ecole normale, — la gratuité de la pension et la dispense du service militaire, — lorsque, de plus, on lui apprit que le conseil général du département, fier des succès du jeune Verneuil, venait de lui accorder une pension de douze cents francs payables pendant cinq ans, le paysan s'attendrit, et, après bien des soupirs bien des grognements, il consentit à envoyer son fils à Paris, où il devait doubler sa rhétorique à Louis-le-Grand, afin d'y étudier à fond les matières de l'examen.

Ce voyage fit à Michel l'effet d'un coup de tremplin qui le lançait dans les espaces inconnus. Après avoir vécu dix-huit ans dans l'étroit horizon de son village ou de sa petite ville, il lui sembla que le nuage qui bornait sa vie se déchirait subitement et montrait à ses yeux surpris une étendue éblouissante. L'Empire penchait déjà vers son déclin et Paris commençait à sortir de l'engourdissement où l'avait plongé le coup d'Etat. —

2.

Tous ceux que l'acte violent de décembre 1851 a surpris à l'aube de leur vingtième année, se souviennent avec une rancune amère du désarroi moral qui suivit cette date cruelle. Les jeunes gens élevés dans les idées libérales du temps de Louis-Philippe et alors tout effervescents des illusions de 1848, avaient été saisis en plein rêve par ce réveil brutal. Leurs idoles de la veille gisaient renversées dans la boue, la tribune parlementaire était démolie, les journaux supprimés ou réduits en servitude. Au milieu de ce silence de la pensée et de cet aplatissement des caractères, une préoccupation étroite des intérêts matériels, un remue-ménage bruyant de manieurs d'argent et de spéculateurs agitaient seuls la nation démoralisée. Les jeunes gens, désorientés, se demandaient s'ils n'avaient pas été dupes d'un songe et si la vérité n'était pas uniquement dans la recherche des joies mondaines. Alors les uns se laissaient tout bonnement glisser sur la pente et ne pensaient plus qu'à s'amuser; les autres, en petit nombre, désabusés, le dégoût aux lèvres, s'enfonçaient silencieusement dans une désespérance haineuse.

Vers 1864, au moment où Michel arrivait à Paris, la transformation qui s'était opérée était déjà visible. Les événements avaient marché; la veine avait changé, et les hasards qui avaient fait croire à la mission providentielle du héros de décembre tournaient maintenant contre lui. Dans le quartier des écoles, on devenait moins frivole et plus audacieux; bien des lèvres murmuraient hardiment les mots de république et de liberté. — Avec sa sauvagerie paysanne, son caractère fait de raideur et d'honnêteté, son éducation démocratique, Michel ne pouvait manquer de se joindre au groupe des étudiants qui aspiraient à briser le joug. Il se trouva en communion d'idées avec des compagnons d'études animés comme lui d'opinions largement libérales. Il fit partie de ces conférences moitié littéraires, moitié politiques, où l'on se préparait aux luttes prochaines avec moins d'illusions que les ancêtres de 1848, avec un esprit plus positif et plus scientifique. C'était là qu'il avait connu Adrien Perrusson. Dans ce petit cénacle de jeunes gens studieux, ambitieux et bien doués, on commençait à discerner à travers les ténèbres de l'absolutisme césarien comme une lointaine lueur d'aurore, et l'on marchait résolûment, la main dans la main, vers cette lumière nouvelle.

Michel entra à l'Ecole normale dans un très bon rang, et se mit à travailler avec ardeur. Soumis à la sévère discipline de la maison, aimant l'étude avec passion, préservé des entraînements de plaisir par sa sauvagerie, il se mêlait peu à la vie dissipée et joyeuse du Paris boulevardier. Il se contentait d'en entendre le lointain bruissement du fond de sa solitude de la rue d'Ulm. Les jours de sortie, quand, abandonné à lui-même sur le pavé parisien, il se sentait trop tenté, il se hâtait de s'enfuir dans la banlieue et de regarder des hauteurs de Meudon ou de Bellevue le grand Paris s'étendre à ses pieds. Alors, contemplant avec envie l'immense capitale, ses masses d'ombre et de lumière, ses palais, ses flèches e ses coupoles ensoleillées, son bois verdoyant où s'agitait un fourmillement de voitures, il se disait avec un élan d'orgueil : « Moi aussi, j'y jouerai mon rôle et j'y serai quelqu'un ! » — Conquérir une personnalité, n'être plus une vague unité dans la foule, mais un de ces chiffres lumineux qu'on remarque ; avoir un de ces noms qui font que, partout où on vous présente et où on vous nomme, vous sentez, aux regards des gens, que vous n'êtes point pour eux un inconnu ; voilà quel était son rêve. Pour le réaliser, il fallait devenir fort, acquérir cette volonté patiente qui creuse lentement son sillon, sème sans hâte le grain qui doit y germer et sait attendre sans découragement l'heure de la moisson. Il n'était pas de ceux qui croient aux hasards heureux et aux étoiles providentielles. Convaincu que l'homme se forge sa destinée et ne doit accuser que lui de sa malchance, il répétait, avec Emerson, que « chaque créature tire d'elle-même sa propre condition et son avenir ». Pendant ses trois années d'école, il cultiva son esprit avec tenacité et méthode, comme il avait vu jadis le père Verneuil labourer son champ. Il avait conservé ses habitudes de paysan, se couchant à dix heures et se levant à cinq, hiver comme été. Pendant cette période, il ne retourna pas une seule fois au pays. Aux vacances, il louait une modeste chambre d'hôtel dans le quartier du Panthéon, et il employait ses deux mois de liberté à travailler dans les bibliothèques encore ouvertes, ou à étudier à fond les musées. Au commencement de sa seconde année, il était licencié, et, à la fin de la troisième, il sortait victorieux des épreuves de l'agrégation. — Alors seulement il alla passer à Véel les semaines qui devaient s'écouler entre sa sortie de l'école e sa prochaine nomination à une chaire de professeur.

Il trouva le père Verneuil vieilli et cassé, plus avare et plus geignard encore qu'autrefois. A mesure qu'il s'enfonçait dans la vieillesse, le bonhomme craignait de plus en plus de manquer de pain. Il avait marié sa fille aînée et cédé son train de culture à un gendre rapace qui le persécutait pour qu'il se démît de ses biens au profit de ses enfants et qu'il donnât à son aînée la meilleure part. Mais le vieillard tenait bon et criait comme un aigle qu'il ne lâcherait rien, tant qu'il aurait les yeux ouverts. Ce fut au milieu de ces discussions intestines que Michel fit sa rentrée sous le toit paternel. Cette bataille autour de l'héritage d'un vivant, ces altercations continuelles à propos de cinq ou six lopins de terre, dégoûtèrent Michel de l'existence campagnarde. Pour avoir la paix, pour calmer ses frères et sa sœur qui le regardaient de travers, il renonça de grand cœur à tous ses droits à l'héritage maternel, et, de plus, il abandonna à son père les deux tiers des arrérages de sa pension départementale, ne se réservant que juste l'argent nécessaire à sa prochaine installation.

Sa nomination arriva enfin. Il fut appelé au lycée de Tours comme professeur de seconde et il s'empressa de faire ses paquets. — La veille de son départ, après quelques visites chez ses anciens maîtres du collège, il revint à pied de la ville. Au lieu de rentrer au vil-

2.

lage, il prit à travers la plaine, désireux de revoir une
dernière fois ce coin de pays où s'étaient passées son
enfance et sa première jeunesse.

Sous un ciel bas et gris de la fin de septembre, la
plaine où les derniers champs d'avoine avaient été
moissonnés s'étendait nue et mélancolique, coupée
seulement çà et là de quelques buissons d'aubépine,
et bordée au loin par de bleuâtres lisières de bois. A
droite et à gauche, dans le fond, deux pointes de clo-
chers de village, sortant d'un pli de terrain, rompaient
seules l'uniformité des chaumes et des jachères. Le
silence n'était troublé que par les cris lointains des
laboureurs poussant leur charrue et préparant les se-
mailles d'automne. Parfois une alouette se levait sous
les pieds de Michel, jetait un cri aigu et montait en
secouant ses ailes mouillées. Il allait lentement, reconnaissant çà et là des objets dont la physionomie
familière n'avait pas changé depuis des années ; —
Ici, un enroulement de chèvrefeuille qui fleurissait
déjà dans les broussailles lorsqu'il était pâtureau ; —
là, un pommier sauvage dont il escaladait jadis les
branches moussues pour y cueillir des pommes acides... Tout ce sol natal, si souvent foulé autrefois, si
bien mêlé à ses chagrins et à ses joies d'enfant, semblait s'être imprégné de sa personnalité, et, à cette
heure de la séparation, il retrouvait un peu de lui-
même dans chaque sillon. Il aspirait avec émotion la
forte odeur des mottes fraîchement retournées, les
émanations âcres des fanes de pommes de terre,
le parfum faible des rares floraisons automnales

perdues dans les buissons. Il se sentait peu à peu
repris d'un attachement attendri pour ce sol rustique d'où il était sorti et où des générations de
paysans, ses ancêtres obscurs, avaient semé leurs os
dans l'enceinte du petit cimetière de Véel. En même
temps, le monde inconnu, au milieu duquel il allait se
lancer, armé de toutes pièces pour la conquête d'une
position, le monde nouveau où chaque jour serait un
combat, l'effrayait.

Le doute entrait en lui avec les ombres du crépuscule. — Que valaient les agitations égoïstes et peut-être
stériles qui l'attendaient, auprès de l'existence casanière
et utile de ce paysan qui, là-bas, semait son blé ? Fils
de laboureur, n'ayant dans ses veines que du sang
de paysan, n'eût-il pas mieux rempli son rôle en ap-
pliquant sa force intelligente à cultiver cette terre
avec laquelle il avait tant de mystérieuses affinités ?
Après tout, qu'était-ce que la vie ? Une suite de rêves
tumultueux coupés de douloureux réveils ? Et, alors,
à quoi bon échanger les illusions et les douleurs que
l'accoutumance a rendues plus supportables, contre
des rêves inconnus et des réveils peut-être plus pénibles ?... Michel s'était arrêté et il croisait anxieusement ses bras sur sa poitrine. En posant sa main sur
son cœur, il sentit, sous l'étoffe de sa jaquette, craquer le pli ministériel où on lui notifiait sa nomination
à Tours. — Professeur à vingt-quatre ans dans un lycée
de première classe, en Touraine, ce jardin de la France !
c'était pourtant quelque chose...

— Et j'hésiterais ? se dit-il brusquement, allons donc !

je suis fou et ces brouillards d'automne m'ont encrassé
le cerveau !

A ce moment, le vent qui s'était élevé avec l'approche du soir, fit voler devant lui les feuilles sèches, et
un carillon de cloches argentines lui apporta sa chanson réveillante. Les cloches semblaient lui crier comme
les sorcières à Macbeth : « Tu seras roi ! » Et, dans le
ciel qui s'était découvert, le soleil couchant lui en-
voyait comme un reflet empourpré de cette royauté
que lui prédisaient les cloches.

— Assez d'enfantillages ! murmura Michel en bri-
sant de son bâton une touffe de chicorées bleues, courage et en avant ! La fortune est à ceux qui ont la
poigne assez forte pour la violer...

Le lendemain, il regagnait Paris et partait pour
Tours.

III

Le second coup de cloche annonçant le dîner emplissait de ses derniers appels la cour sonore du *Faisan*, et la table d'hôte commençait à se garnir. La salle à manger, haute de plafond, éclairée par trois fenêtres donnant sur la rue Royale, était lambrissée de bois noir jusqu'à hauteur d'appui et décorée de panneaux représentant les vues des principaux châteaux de la Touraine. L'hôtel, ayant surtout une clientèle de touristes étrangers, était peu fréquenté par les commis-voyageurs. Cette considération y avait attiré Michel Verneuil, malgré le prix assez élevé de la pension.

Les dîneurs arrivaient un à un et s'asseyaient silencieusement à leurs places habituelles. Il y avait là une collection de types exotiques médiocrement intéressants. D'abord un négociant de Belfast qui conduisait sur le continent sa femme, respectable personnage muet, et sa fille, brune miss aux cheveux flottants, à

la tête prétentieusement penchée sur une épaule. —
A côté, une vieille demoiselle anglaise chaperonnait
une nièce déjà mûre, maigre, sanglée dans sa ceinture
de cuir, à la figure tragique et aux gestes angu-
leux. — Puis venait toute une bruyante famille polonaise composée de cinq membres : la vieille mère, re-
croquevillée comme une feuille sèche, toujours gelée
et buvant du cognac pour se réchauffer ; le père, grand,
barbu, scandant ses phrases d'un rire nasillard pareil à un hennissement ; les trois filles : Edwige, Elsa
et Anouchka, aux yeux obliques et rusés, éternellement vêtues de noir. Elles portaient « le deuil de la
patrie, » ce qui ne les empêchait pas du reste de manger comme des ogresses et de danser tous les soirs,
dans les bals donnés par la colonie anglaise. — Ce
petit clan slave, avec sa familiarité impertinente, sa
douleur théâtrale et son bavardage assourdissant,
était odieux à Michel. Il n'était séparé des Paproçki
que par deux chaises réservées à Adrien Perrusson et
à un autre pensionnaire, et, comme ses deux voisins
étaient absents pour une quinzaine, il tremblait à chaque repas de voir les deux places vides envahies par
la horde polonaise.

Le potage était déjà desservi quand deux dames
entrèrent dans la salle. Après un moment d'hésitation, l'aînée se dirigea vers les deux chaises inoccupées,
en demandant à Michel si elles étaient libres. Sur la
réponse affirmative du jeune homme, les deux femmes
s'y installèrent et déplièrent leur serviette. La voisine
de Michel paraissait avoir trente-six ans. Elle était

grande, bien faite, avec une taille élégante et de magnifiques épaules, très blanche de peau et coiffée
d'opulents cheveux blonds aux reflets roux. De beaux
yeux un peu cernés, aux prunelles grises semées de
points fauves, un nez aquilin, une bouche encore fraîche, un menton grassement modelé donnaient à sa
figure une expression légèrement sensuelle, qu'accen-
tuaient les molles inflexions du cou et les riches contours de la poitrine, mis en valeur par une robe sortant de chez la bonne faiseuse. Sa compagne, et vrai-
semblablement sa fille, comptait dix-huit ans à peine.
Plus petite, avec des traits plus fins, elle avait des
cheveux châtains retombant sur le dos en une natte
très épaisse, et un teint également blanc. Cette blancheur, comparable au ton des fleurs du muguet, était
relevée par de grands yeux vifs d'un bleu foncé, bor-
dés de longs cils, et par des lèvres très rouges et un
peu moqueuses. La beauté de la voisine de Michel
était plus complète et sa grâce plus savante ; mais la
jeune fille, avec ses yeux questionneurs et sa vivacité
plus espiègle, avait quelque chose de primesautier et
de spirituel qui manquait à la mère.

Tout en mangeant, elles échangeaient à voix basse
des remarques sur le personnel de la table d'hôte. A
leurs regards moqueurs, aux torsions malicieuses des
lèvres de la jeune fille, Michel devinait que leurs réflexions n'étaient pas précisément charitables pour
les figures des convives. Non seulement les deux nouvelles venues étaient Françaises, mais elles devaient
être Parisiennes ; cela se reconnaissait d'abord au

goût et à la sobre élégance de leur toilette, puis à la
façon dont elles se tenaient à table. Elles ne dévo-
raient pas gloutonnement et bruyamment comme les
Polonaises d'à côté; l'action de manger ne semblait
pas pour elles, comme pour les Anglaises, un devoir
important dont il fallait s'acquitter consciencieuse-
ment et méthodiquement ; c'était plutôt un plaisir
auquel elles se livraient avec de petites mines gour-
mandes et raffinées. Elles donnaient du charme à cette
besogne prosaïque, en l'agrémentant de menus gestes gracieux et coquets. De temps en temps, leurs regards observateurs obliquaient dans la direction de
leur voisin, mais le dîner s'acheva sans qu'elles lui
eussent adressé la parole. Au dessert, après avoir
grignoté quelques amandes, elles se levèrent de table
et disparurent.

Michel ne tarda pas à les imiter. Seulement, au
lieu de quitter l'hôtel sur-le-champ, comme c'était son
habitude, il passa par le bureau et questionna la nièce
du propriétaire sur les deux voyageuses.

C'étaient bien la mère et la fille, elles avaient nom
mesdames du Coudray et elles arrivaient de Paris.
Elles possédaient sur le coteau de Saint-Cyr une propriété qu'on appelait la Chambrerie, et elles séjour-
naient à l'hôtel en attendant l'achèvement de travaux
d'appropriation qu'elles faisaient exécuter à cette campagne. Leur histoire, que conta tout au long la nièce
du maître d'hôtel, avait une couleur romanesque.
M. du Coudray, un fils de famille des environs de
Loches, s'était amouraché à Paris d'une jolie institu-

trice avec laquelle il avait longtemps vécu maritale-
ment et dont il avait eu une fille. A la mort de ses
parents, il avait régularisé cette situation fausse en
épousant sa maîtresse, puis il était mort lui-même subitement, quelques années après, laissant une fortune
considérable à sa veuve et à sa fille légitimée. La
propriété de Saint-Cyr dépendait de la succession, et
madame du Coudray comptait désormais l'habiter
pendant une partie de l'année.

Le lendemain, Michel attendit l'heure du dîner avec
une impatience qui ne lui était pas habituelle ; puis,
par une singulière contradiction, avant d'entrer au
Faisan, il arpenta deux ou trois fois la rue Royale,
bien que les derniers coups de cloche sonnassent à
toute volée. Quand il arriva dans la salle, il eut la satisfaction de voir les deux dames déjà installées aux
mêmes places que la veille. Il les salua silencieusement en prenant sa chaise, elles répondirent à son
salut, mais ce fut tout, et elles se remirent à dialoguer
entre elles à mi-voix, assez haut cependant pour que
le jeune homme pût suivre leur conversation.

Elles avaient été, dans l'après-midi, visiter la Chambrerie, et madame du Coudray en avait rapporté un
bouquet de jasmin qu'elle avait attaché à son corsage.
Son excursion au grand air avait avivé les couleurs
de ses joues, et cette animation la rendait encore plus
attrayante que la veille. Une question de la jeune
fille rompit heureusement la glace et permit au professeur de prendre part à la conversation. Elle venait
de lire *la Grenadière*, et elle désirait savoir si la maison

décrite par Balzac existait réellement à Saint-Cyr.
Michel répondit affirmativement et indiqua au juste
la situation de la Grenadière, nichée au-dessus de
la levée, dans le massif d'arbres qui fait face au pont
Bonaparte. Mademoiselle du Coudray le remercia en
souriant.

— La description de Balzac, continua Verneuil,
est non seulement une œuvre d'art, mais aussi une
merveille d'exactitude... Il a magistralement peint les
paysages de la Touraine. Cela a dû vous frapper si
vous avez lu *le Curé de Tours* et visité la petite place
qui s'étend derrière la cathédrale.

— Je connais le roman, dit madame du Coudray;
mais en revanche, je connais fort mal la Touraine.
Nous ne venions jamais à Tours du vivant de mon
mari, qui avait pris la province en grippe, et nous
n'avons pas encore vu la cathédrale.

— C'est dommage, reprit Michel, car le *cloître* est
un des coins les plus originaux de la ville, surtout le
matin ou à la tombée du jour.

— Mère! s'écria la jeune fille, allons-y ce soir.

— Es-tu folle? nous ne saurions nous orienter ni
l'une ni l'autre, et ce cloître doit être à la nuit un
quartier désert.

Après un moment d'hésitation, Michel s'offrit à leur
servir de cicerone.

— Oh! monsieur, repartit étourdiment mademoiselle
du Coudray, comme vous seriez aimable!

— Jeanne! interrompit sévèrement sa mère en fronçant le sourcil.

Mademoiselle Jeanne fit la moue. Jugeant au ton de madame du Coudray que celle-ci considérait son offre comme une sorte d'intrusion indiscrète, Michel rougit et reprit son attitude réservée.

La veuve, en femme perspicace, devina d'un coup d'œil la petite mortification qu'elle venait d'infliger à son voisin, et comme elle ne tenait nullement à le blesser, elle redevint souriante et sa voix retrouva des inflexions caressantes.

— Ma fille, poursuivit-elle, est une enfant gâtée, et vous voyez, monsieur, elle en abuse. Excusez-la... Vous vous êtes offert avec tant d'obligeance que nous acceptons.

Après le dîner, elles montèrent chez elles pour se coiffer et vinrent reprendre Michel qui les attendait dans le vestibule. Il se félicitait d'avoir fait un brin de toilette avant de se rendre à l'hôtel et présenta gauchement son bras à madame du Coudray.

Pendant le trajet, la conversation fut assez animée. La veuve avait l'esprit cultivé, elle connaissait bien son Balzac et elle en parlait avec une admiration que partageait sa fille.

— Vous aussi, mademoiselle, vous avez lu *la Comédie humaine*? demanda Michel.

— Je crois bien, répondit la mère, Jeanne lit surtout les livres qu'on lui défend, c'est une enfant terrible. Elle a des enthousiasmes qui m'effraient. Figurez-vous qu'un jour, après avoir dévoré *le Marquis de Villemer*, elle s'est mis en tête de connaître l'auteur, et elle est allée seule dans Paris à la recherche de la maison de George Sand.

— Hélas! soupira mademoiselle Jeanne, madame
Sand n'était pas chez elle, mais comme compensation
j'ai coupé son cordon de sonnette, et je le garde
précieusement.

— Cela vous peint ma fille, dit madame du Coudray
en riant; c'est une petite personne très compromet-
tante.

Ils étaient arrivés sur le parvis au moment où le
crépuscule tombait. Ils longèrent les bas côtés et dé-
bouchèrent sur la place Grégoire-de-Tours, située
derrière le chevet de Saint-Gatien.

La petite place silencieuse s'arrondissait à l'ombre
des gigantesques arcs-boutants de l'abside, entre de
hauts murs de jardins et d'austères bâtisses à mine
claustrale. Deux rues tortueuses et bordées de couvents
y aboutissaient. Tout y dormait déjà. Pas un passant,
pas un bruit de voiture. Dans l'encoignure formée par
une massive porte cochère, un antique tilleul étendait
sa verdure épaisse au-dessus des pavés sertis d'herbe.
Derrière les vieux murs qu'escaladaient des vignes
vierges et des glycines, on devinait des logis béats
où de paisibles chanoines devaient vivre, dorlotés par
de respectables dévotes. Une grille à claire-voie laissait voir un de ces logis, précédé d'un jardinet fleuri
de roses trémières, et à l'une des fenêtres voilées de
rideaux blancs, une seule lumière veillait discrètement.
L'odeur des fleurs de tilleul parfumait l'air tiède. La
lune monta derrière les tours de la cathédrale et ve-
louta de ses lueurs bleuâtres les arches aériennes des
arcs-boutants. Un sacristain, sortant de la nef, traversa

la place sur la pointe des pieds, avec le même recueil-
lement que s'il marchait dans un sanctuaire. Le bruit
de ses pas retentit un moment dans une des ruelles
sonores, puis le silence religieux des *cloîtres* ne fut plus
troublé que par une grêle cloche de couvent qui sonnait les prières du soir.

— Voici où Balzac a fait vivre le curé Birotteau, dit
Michel en désignant l'une des portes cochères tapissées de vigne vierge ; le logis est encore aujourd'hui
tel qu'il l'a décrit dans son roman.

— Oui, reprit madame du Coudray, ce coin a beaucoup de caractère, mais je ne voudrais pas y demeu-
rer, j'aime trop le bruit et le soleil. Je suis de l'avis du
romancier lui-même. Ne dit-il pas que ce quartier
« ne peut-être habité que par des êtres arrivés à une
nullité complète ou doués d'une force d'âme prodi-
gieuse ? »

— J'y habiterais, moi ! s'écria Michel avec une crâ-
nerie qui ne permettait pas de se méprendre sur la
catégorie d'êtres dans laquelle il se rangeait.

Madame du Coudray releva la tête, ses yeux rencontrèrent ceux du jeune homme et elle fut frappée
de l'éclat qui les illuminait.

Ils revinrent par les quais, et Michel remarqua que
la veuve s'appuyait plus complaisamment sur son
bras. Par cette nuit d'été mollement accompagnée de
la clarté de la lune et du murmure frais de la Loire,
le jeune homme jouissait délicieusement du contact de
ce beau bras posé sur le sien. Il comparait ce retour
à celui de Saint-Avertin et il éprouvait une sorte de

honte au souvenir des deux vulgaires grisettes de la
foire aux fleurs. Madame du Coudray, devenue plus
familière, le questionnait adroitement sur Tours, sur
la vie qu'on y menait et sur lui-même. Quand il lui
apprit qu'il était professeur au lycée, il y eut un long
moment de silence. La conversation devint plus languissante. Michel, de nouveau mortifié, devina que
cet humble métier de pédagogue le rehaussait médiocrement aux yeux des deux Parisiennes et qu'elles
étaient un peu déçues.

Cette promenade n'en établit pas moins entre elles
et lui une légère intimité qui ne dépassa pas, du reste,
les limites de la table du *Faisan*. Madame du Coudray,
faute de distractions plus sérieuses, s'amusait à par-
faire l'éducation mondaine, très incomplète du jeune
Verneuil. Auprès d'elle, il s'apercevait qu'il avait conservé de lourdes façons de paysan. Il soufflait sur son
potage, coupait son pain et le promenait conscien-
cieusement dans la sauce de son assiette; toutes choses
dont la belle veuve le raillait doucement. Elle lui apprenait à manger à l'*anglaise* en se servant simultané-
ment de son couteau et de sa fourchette, sans jamais
toucher du doigt l'os de sa côtelette. Et le sauvage
Michel se laissait éduquer avec une docilité édifiante.
Cette Parisienne aux toilettes élégantes, aux manières
raffinées, à la grâce enveloppante, l'avait fasciné. Il
prêtait une médiocre attention à mademoiselle Jeanne,
qu'il regardait comme une enfant, mais il se sentait de
jour en jour plus entraîné vers madame du Coudray.
Néanmoins, il faisait peu de progrès dans son intimité.

Tout en se montrant aimable avec lui, la veuve ne paraissait pas désireuse de nouer plus sérieusement cette connaissance ébauchée à table d'hôte. Elle savait le tenir adroitement à distance, le trouvant sans doute un trop petit personnage pour continuer à le voir, lorsqu'elle serait installée à la Chambrerie. Dans ses conversations avec lui ou avec sa fille, elle parlait souvent de ses relations parisiennes et citait des noms connus d'artistes, de journalistes et d'hommes politiques.

— Je ne suis pas de son monde ! songeait amèrement Michel, il lui faut pour amis des gens ayant sur leur chapeau une étiquette ou un panache. Comme toutes les femmes, elle n'estime le mérite qu'en raison du succès qu'il obtient ou de la célébrité qu'il donne.

Au bout de quinze jours, la maison de la Chambrerie étant prête à recevoir ses hôtes, les dames du Coudray quittèrent la table du *Faisan*. Un soir, au moment où le dessert touchait à sa fin, elles firent leurs adieux à Michel ; mais contre l'attente de ce dernier, la veuve, dans le remercîment fort bien tourné qu'elle lui adressa, ne glissa pas la moindre allusion à la proximité de Saint-Cyr, ni à l'espoir d'y recevoir la visite du jeune professeur. Ce fut une déception pour Michel, qui comptait un peu sur une invitation, et son orgueil en resta tout endolori.

Le lendemain, au dîner, il se retrouva seul, en proie au caquetage des Polonaises, qui lui firent l'effet d'un essaim de mouches ; il s'empressa de déguerpir dès la dernière bouchée avalée.

Il s'enfuit sur le grand pont qu'il arpenta tristement. Du côté du couchant, le soleil descendait vers
l'horizon borné par le viaduc du chemin de fer du
Mans; l'eau et le ciel étaient comme embrasés et, sur
cette chaude teinte empourprée, le couvent des Dames
blanches, les maisons de campagne et le coteau s'en-
levaient vigoureusement en masses qui allaient du
rose clair au violet sombre. Au milieu des arbres
presque noirs la fine aiguille du clocher de Saint-Cyr
s'élançait amoureusement vers la première étoile. —
C'était derrière ces arbres qu'habitait maintenant
madame du Coudray. — Un moment il fut tenté de
suivre la levée et de grimper au flanc du coteau pour
découvrir cette Chambrerie où on ne l'avait pas invité
à venir. Mais sa fierté se souleva. Il aurait eu l'air,
en rôdant autour de la Chambrerie, d'aller y mendier
cette invitation dont on ne l'avait pas trouvé digne. —
Après tout, madame du Coudray était dans son droit
en le traitant comme un étranger rencontré par hasard
à une banale table d'hôtel. Elle avait été polie et aimable avec lui, que pouvait-il exiger de plus, dans sa
position? Pour cette Parisienne élégante et riche, il
n'était qu'un obscur régent de collège. Il ne pouvait
s'en prendre qu'à lui-même s'il n'avait pas un de ces
noms qui s'imposent.

— Oh! avoir une notoriété! s'écriait-il intérieurement, en songeant avec envie aux gens dont la veuve
mettait la personnalité brillante dans sa conversation,
comme elle mettait des diamants à ses doigts et à
ses oreilles; — être quelqu'un! Prouver à la foule

qu'on a une valeur quelconque, voilà le seul but de la
vie; mais quand et comment l'atteindrai-je dans ce
coin de province où je m'endors?

Il piétinait fiévreusement sur le trottoir du pont.
— Du côté de la ville, les fumées du soir estompaient
peu à peu les toits aigus des vieux quartiers, la tour
carrée de Charlemagne, le clocheton de la maison de
Tristan. Une bande de corneilles quittant les croisil-
lons de la tour, et traversant majestueusement l'ampleur du ciel bruni, gagnait pour la nuit l'abri des
poivrières de Saint-Gatien. La vaste nappe de la Loire
passait insensiblement du vert argenté au bleu foncé,
puis tout se veloutait d'ombre ; on ne distinguait plus
que la masse noire des coteaux, et, entre les quais
déserts, la longue trouée de la rue Royale, avec ses
trottoirs lumineux, où la foule des promeneurs montait et descendait, avide de flânerie et de plaisirs.

Michel, esseulé et mélancolique, abandonna le pont
ténébreux et se mêla à cette foule d'oisifs, dont l'indifférence lui faisait sentir plus amèrement son isole-
ment et son obscurité. Il collait machinalement son
visage aux vitrines des magasins illuminés, enviant
la bourgeoise et placide gaîté des boutiquiers dont il
surprenait le train-train de vie domestique et familière. Puis, las de traîner sa solitude sur les pavés de
la rue Royale, il s'enfonça dans les sombres quartiers
aristocratiques où était sa maison. Il entrevoyait à
travers les grilles des jardins les fenêtres éclairées et
ouvertes, encadrant des groupes de femmes en toilettes de soirée, tandis que des pianos lui envoyaient

3.

par bouffées les lambeaux de quelque opérette d'Of-
fenbach, scandés de clairs éclats de rire. — Tours entier s'amusait ; lui seul était maussade et solitaire.

Effrayé de rentrer dans sa chambre déserte, il alla
frapper aux vitres du seul de ses voisins avec lequel
il eût lié connaissance. C'était un de ses collègues, un
professeur de mathématiques, qui habitait un modeste rez-de-chaussée de la rue de la Grandière. Cet
universitaire, nommé Jouzeau, passait pour un original ayant le cerveau plein de chimères. Il était *vé-
gétarien* et prétendait régénérer l'humanité en lui imposant un régime matériel et intellectuel, où les légumes cuits à l'eau et l'algèbre à haute dose entraient
comme principaux éléments. Il voulait commencer la
régénération en réformant l'éducation des filles. Célibataire et vivant uniquement de ses maigres appoin-
tements, il avait adopté néanmoins trois orphelines,
enfants d'un de ses frères, et il expérimentait sa méthode sur ces jeunes organisations flexibles comme
des brins d'osier. Il y avait chez ce maniaque un mé-
lange de bonhomie et d'excentricité qui amusait Michel. Le petit père Jouzeau était si naïvement convaincu, si comiquement éloquent dans la démonstra-
tion de ses théories, que sa verve enthousiaste di-
vertissait le jeune Verneuil et le forçait à sortir de
ses humeurs noires. De même qu'on se résigne mieux
à sa mauvaise fortune quand on a contemplé les misères des autres, le spectacle de cette honnête folie
remettait d'aplomb l'ambitieux Michel. La vue du
pauvre intérieur de Jouzeau, l'ingéniosité déployée

pour équilibrer un budget grevé par de nombreux achats de livres et par la nécessité de donner le pain quotidien à trois enfants ; la sérénité inaltérable et l'inébranlable conviction du vieux mathématicien apaisaient peu à peu l'agitation du jeune homme et lui rendaient le sang-froid nécessaire pour se remettre au travail. — Après une heure passée chez son voisin, il remonta avec moins d'ennui dans sa chambre muette, se coucha, dormit comme un plomb, et le lendemain, dès l'aube, il se remit à sa thèse, sans trop songer à la beauté de madame du Coudray.

Il n'eut pas l'occasion de la revoir pendant le mois qui précéda les vacances. Dès que les cours du lycée furent terminés, il se hâta d'aller se retremper à Paris. Il hanta de nouveau les cabinets de lecture, les musées et les théâtres et se rejeta en plein dans le large courant intellectuel de la grande ville. Il s'était un peu endormi à Tours ; il y revint en octobre avec une ardeur et une énergie toutes neuves. Il ne pensait presque plus à la belle veuve, mais le souvenir de sa déconvenue agissait comme un aiguillon, pour le pousser à conquérir rapidement une notoriété qui le mettrait à l'abri des avanies du genre de celle dont il avait souffert.

Quand, le soir de son retour, il rentra dans la rue de la Grandière obscure et silencieuse, il aperçut de la lumière chez le bonhomme Jouzeau et résolut de lui souhaiter le bonsoir. La femme de ménage l'introduisit dans la pièce qui servait à la fois de réfectoire et de salle d'étude, puis elle alla quérir M. Joueau, qui travaillait dans sa bibliothèque.

Au centre d'une table couverte de toile cirée, une
petite lampe grésillante, au verre moucheté par des
éclaboussures d'huile, était posée près d'un grand plat
rempli de salsifis frits. Perchées sur des tabourets,
le nez dans leur assiette, les trois pupilles de Narcisse Jouzeau, Sophie, Gabrielle et Suzanne, dévo-
raient ce frugal souper arrosé d'eau claire. Il y avait
quelque chose de mélancolique dans le spectacle de
ces trois fillettes aux cheveux courts, vêtues de ta-
bliers de lustrine à manches, et mangeant avec de
pauvres petites mines résignées cette maigre nourriture. L'avare lumière de la lampe laissait voir le mobilier très sommaire de la pièce, les chaises de paille,
l'étagère garnie de livres classiques et un grand tableau noir fixé au mur, où l'on distinguait vaguement
les lignes de deux triangles ornés de lettres majus-
cules.

A l'annonce de la visite de Michel, Narcisse Jouzeau
accourut. C'était un petit homme maigre, aux joues
rasées, aux yeux brillants, au front découvert, agrandi
encore par des cheveux gris rejetés en arrière et retombant en désordre sur le collet de sa redingote.

— Eh ! mon cher monsieur Verneuil, s'écria-t-il en
tendant les deux mains à Michel, que j'ai de joie à
vous revoir !.. Vous revenez de la grande capitale et
vous en rapportez le rayonnement avec vous... Vrai,
vous me semblez mieux portant et plus gaillard qu'au
départ. L'air de la civilisation vous a tonifié. Ici, vous
nous retrouvez toujours travaillant ; mon système
m'absorbe plus que jamais et j'ai une bonne nouvelle

à vous apprendre : j'ai enfin trouvé la formule qui doit faire passer l'humanité de l'état impétueux à l'état pacifique où elle aura conscience d'elle-même... Et puis, je suis content des progrès des petites ; *Brielle* et *Phie* possèdent déjà passablement la théorie de l'égalité des triangles, et Suzanne mord aux équations du second degré...

Suzanne, l'aînée, — une enfant de quatorze ans aux traits irréguliers, mais énergiques, — leva au ciel, à l'appel de son nom, deux yeux bruns où on lisait une muette protestation indignée. Pendant ce temps, les deux cadettes, profitant de ce que le bonhomme leur tournait le dos, faisaient des grimaces et tiraient irrévérencieusement la langue dans la direction du tableau.

— Et vous, continua Narcisse Jouzeau, en présentant une chaise à son hôte, avez-vous bien profité de vos vacances ?

— Oui, ma thèse est finie et je la soutiendrai le plus tôt possible... J'ai hâte de faire mon trou... Oh ! avoir un nom, monsieur Jouzeau, être célèbre, c'est tout dans une société où l'on n'estime les gens que d'après l'étiquette du sac !

— Nous changerons cela, monsieur Michel ! Avec mon système, chaque élément utile trouvera harmonieusement et naturellement sa place dans la pyramide sociale... Mais, en attendant, je vais vous indiquer un moyen d'arriver promptement à la notoriété... Vous êtes éloquent et lettré, faites une conférence aux Tourangeaux sur la supériorité de l'alimentation végétale.

— Oh ! oh ! objecta Michel en souriant, pour cela il me faudrait d'abord deux choses indispensables : une salle et un auditoire.

— Vous aurez tout cela, mon ami !.. Pendant votre absence, ces messieurs du lycée se sont concertés avec la municipalité pour donner cet hiver une série de conférences... Vous savez que ces sortes de lectures sont devenues à la mode. On ne m'a pas proposé de figurer parmi les conférenciers, parce que moi, ajouta-t-il avec un sourire légèrement amer, je suis trop compromettant... Mais on compte sur vous. La ville prêtera la grande salle de la mairie, et quand le sujet de votre lecture sera affiché, vous aurez un public, je vous le promets !... Réfléchissez-y, c'est sérieux, et vous pourriez donner un bon coup d'épaule à mon système éducateur...

Il avait enfourché son dada, et maintenant il allait, il allait, galopant dans le champ des hypothèses et des spéculations. — Les trois fillettes s'étaient accoudées sur la table et les deux plus jeunes s'étaient doucement endormies ; la lampe pétillait en jetant des lueurs de plus en plus mourantes. — De tout ce long discours Michel ne retint qu'une chose, c'est qu'on allait organiser des conférences publiques et que, pour lui, le moment était venu de frapper le premier grand coup.

IV

Il tombait une bruine légère et, malgré le mauvais temps, la place de la mairie était singulièrement animée. Ordinairement en cette saison, — fin février, — après l'heure de la retraite, ce coin du quai est fort solitaire. Mais, ce soir-là, tambours et clairons avaient déjà quitté la place, on entendait la batterie des caisses résonner en s'assourdissant à l'autre extrémité de la rue Royale ; néanmoins des groupes nombreux débouchaient sur le terre-plein de l'Hôtel de Ville, dont le premier étage était éclairé comme pour un bal, et des voitures de maître stationnaient le long des grilles du square, après avoir déposé sous le porche le dessus du panier de la société tourangelle.

Depuis une quinzaine, les deux journaux de la ville annonçaient à grand bruit l'ouverture des conférences organisées sous les auspices de la Société d'archéologie. Le préfet, qui se piquait d'idées libérales, les avait prises sous sa protection, et ce patronage offi-

ciel avait suffi pour les mettre à la mode. Bien que
les Tourangeaux soient par nature assez tièdes pour
les plaisirs de l'esprit, on se disputait les invitations
qui donnaient droit à des places réservées. La saison
mondaine battait son plein et tous les oisifs de Tours
affluaient dans la salle des fêtes. Le sujet choisi
pour cette première soirée flattait du reste le patrio-
tisme local; les affiches placardées aux murs de la
mairie promettaient une conférence « Sur le beau
pays de Touraine, » par M. Michel Verneuil, professeur au lycée. La curiosité était piquée. Les indigènes
voulaient savoir comment cet étranger s'y prendrait
pour faire l'éloge de leur province.

La salle, qui pouvait contenir six cents personnes,
était remplie dès huit heures et demie. Au premier
rang, en face de l'estrade réservée au conférencier et
aux organisateurs, on avait installé des fauteuils où
pontifiaient les hauts fonctionnaires et les principales
autorités de la ville : le préfet et sa femme, le général
de division, le président du tribunal, le maire, l'ins-
pecteur d'académie. L'archevêque lui-même, mon-
seigneur d'Écouviers, était venu, accompagné d'un
de ses grands vicaires. Le prélat, qui aimait les réunions mondaines, avait jugé que le sujet choisi n'é-
tait pas compromettant pour sa dignité archiépisco-
pale. On l'avait mis en belle place, à droite de la
préfète, avec laquelle il échangeait d'innocentes plaisanteries qui amenaient un sourire discret sur les
lèvres minces du grand vicaire. — Derrière cette
première rangée officielle, la fine fleur de la société

tourangelle s'épanouissait. Beaucoup de jeunes femmes en toilette ; de loin en loin, quelques têtes fines et aristocratiques de vieilles dames en boucles blanches ; puis, çà et là, de jolies Anglaises, leur carnet à la main et prêtes à prendre des notes. Dans un angle, le clan polonais des Paprocki jacassait à haute voix comme une volée de pies. Au delà des fauteuils privilégiés, le menu public bourgeois s'entassait sur des chaises. Tout au fond et debout, des officiers de la garnison, des étudiants de l'école de médecine, des élèves du lycée encadraient de leurs uniformes ou de leurs vêtements sombres le bariolage des toilettes féminines. Et toutes ces têtes, tous ces yeux étaient tendus vers l'estrade encore déserte, où un demi-cercle de sièges vides s'arrondissait autour de la table du conférencier, ornée d'un pupitre et du verre d'eau traditionnel.

Dans le petit salon d'attente, contigu à la salle des fêtes, les membres de la commission s'agitaient autour de Michel. Celui-ci, penché sur une table et occupé à mettre en ordre ses feuillets de notes, était pâle et secoué par des soubresauts fiévreux.

— Mon cher, dit Perrusson en lui serrant la main, vous avez une salle magnifique, mes compliments !... Les plus jolies femmes de Tours sont venues vous entendre. La fournée est complète.

— Pourvu que le four ne soit pas complet aussi ! répliqua Michel avec un rire nerveux.

— Bah ! vous êtes habitué à parler en public et votre sujet est excellent... Est-ce que vous auriez le trac par hasard ?

— Un peu...

— Messieurs, interrompit le président en tirant sa montre, il va être neuf heures, et si M. Verneuil est prêt...

— Quand vous voudrez, répondit Verneuil en passant un de ses gants et en rassemblant ses feuillets.

Le président tourna le bouton d'une porte qui ouvrait de plain-pied sur l'estrade et introduisit le conférencier, auquel le flamboiement du gaz et la soudaine chaleur de la salle causèrent d'abord un moment d'éblouissement et de suffocation.

Il y eut dans la foule un bourdonnement sourd, des ah! ah! curieux courant de lèvres en lèvres; puis quelques applaudissements lancés par des collègues et des élèves du lycée éclatèrent dans le fond, et s'éteignirent bientôt au milieu des chuchotements de la masse des auditeurs, tandis que Michel Verneuil, la gorge serrée, s'approchait de la petite table et saluait.

Les regards étaient braqués sur lui. La première impression lui fut favorable. Son gilet noir largement échancré encadrait à souhait son poitrail robuste; son habit moulait avantageusement ses épaules et sa taille, et la cravate blanche lui allait à merveille. Sa barbe brune et ses cheveux touffus, contrastant avec sa figure pâlie, faisaient ressortir l'énergie de ses traits ainsi que l'éclat de ses prunelles lumineuses. — Pendant que les membres du bureau s'installaient, dans le fracas des chaises remuées, dans le frou-frou des robes soyeuses, il entendit une jeune femme murmurer à sa voisine : « Il est vraiment très bien ! » Cela le remit d'aplomb. Il osa relever les yeux pour contempler en face ce public qui allait devenir son juge et dont il avait à faire la conquête. Sous le papillotement des becs de gaz, il ne distingua qu'une masse confuse, quelque chose comme l'ondulation énorme et inquiétante d'un mystérieux sphinx aux six cents têtes, dont la croupe bariolée avait des bruissements étranges, et dont les multiples yeux avides semblaient tous lui darder la même menace : « Amuse-moi ou je te dévore ! »

Heureusement Michel était de ceux que l'aspect des foules remonte et enhardit. Au bout de quelques secondes, il regarda ce champ de têtes humaines avec le même sang-froid que lorsqu'il contemplait dans son enfance l'ondulation des blés de la plaine de Véel. Avec une lenteur calculée, il défit ses gants, les jeta sur le pupitre, prépara son verre d'eau sucrée, puis appuyant ses deux mains sur le rebord de la table, il salua de nouveau et commença.

Dès les premiers mots, sa voix virile fit impression sur l'auditoire. Son organe n'avait ni les caresses, ni les sonorités mélodieuses des méridionaux ; ni la souplesse habile, ni les grâces savantes des orateurs parisiens ; mais il vibrait avec des accents énergiques. C'était la voix profonde et gutturale d'un berger habitué à dominer les rumeurs des grandes plaines ; elle secouait les foules comme le vent des hauts plateaux remue les cimes des forêts.

Il esquissa d'abord la physionomie géographique de la Touraine. Il caractérisa la beauté particulière de

cette province, qui consiste surtout dans l'ampleur
des lignes, la largeur des horizons, la richesse de la
végétation et où, comme dans les toiles des maîtres
hollandais, le ciel entre pour les trois quarts dans la
valeur du paysage. Il décrivit successivement les
quatre grands cours d'eau qui arrosent ce coin de
terre privilégié, et en font un jardin herbeux, fleuri,
opulemment affruité : — la Vienne, l'Indre lente et
sinueuse, le Cher aux eaux fertilisantes, la Loire enfin,
le royal fleuve, aux rives bordées de châteaux qui se
succèdent en découpant sur les arbres et sur le ciel
leur blanche architecture.

Puis il parla des habitants de cette joyeuse terre.
Il peignit la magistrale figure de Rabelais, ce puissant remueur de mots et d'idées, ce grand philosophe
naturaliste au rire exubérant. Autour de ce génie
tourangeau il fit évoluer les artistes, les poètes et les
grandes dames du XVIᵉ siècle. Il montra surtout le
caractère amoureux, violent et passionné de cette
époque charmante et tragique où la Touraine produisait pour les rois et les princes des merveilles d'art et
de splendides maîtresses. — Comme chez les hommes
restés forcément chastes, l'ardeur contenue qui l'avait
brûlé flambait inconsciemment dans son éloquence.
Dans sa parole imagée on sentait la fermentation
d'une sève sensuelle qui colorait et baignait chaque
mot d'une lueur phosphorescente. Il décrivait avec
une poésie voluptueuse ces châteaux d'Amboise et de
Langeais, de Chenonceaux et d'Azay, « où l'air fon-
dant garde encore aujourd'hui la caresse amollie des

amours d'autrefois. » Il comparait la beauté de la
Loire à celle des femmes du xvi⁰ siècle. — Le reflet
des grandes dames qui s'y sont promenées jadis,
disait-il, est resté sur ses eaux et leur a donné cette
grâce superbe qu'elles ont toujours. Il y a de la passion, une passion de patricienne, dans la façon dont
la Loire embrasse les îles qui verdissent dans son lit.
Ainsi Agnès Sorel, Diane, Gabrielle devaient presser
contre leur poitrine éblouissante leurs amoureux cou-
ronnés...

Les Tourangeaux ressemblent un peu à des hanne-
tons endormis dans leur béatitude ; il faut longtemps
les gratter sous le ventre avant de parvenir à les éveil-
ler ; mais, une fois émoustillés, ils battent des ailes
et prennent l'essor tout comme les autres. — La chaude
et vivace éloquence de Michel les avait d'abord éton-
nés ; bientôt leur fibre patriotique, agréablement chatouillée, commença à tressaillir et des applaudissements nombreux éclatèrent. Les dames souriaient en
coulant de flatteuses œillades vers le conférencier.
L'archevêque, décontenancé par l'explosion de cette
sève sensualiste, se penchait vers son grand vicaire,
qui fronçait le sourcil. Michel, lui, ne s'emballait pas,
et, tout en discourant, il surveillait du coin de l'œil
Mgr d'Écouviers, dont le sourire contraint devenait
inquiétant. Il le vit parlementer avec le grand vicaire
et s'agiter sur son fauteuil de l'air de quelqu'un qui
ne tient plus en place.

— Si le prélat, pensa-t-il rapidement, se lève et s'en
va au beau milieu de ma harangue, tout ce public qui

m'applaudit me donnera tort, et ce sera un désastre...

En moins d'une seconde, il se représenta l'esclandre possible, l'auditoire en déroute, ses collègues eux-mêmes lui tournant le dos ; il songea à l'occasion perdue, à son avenir compromis, et comprit tout à coup la nécessité de certaines transactions qu'il avait si vertement blâmées chez les autres. L'ambitieux imposa silence au libre penseur.

— Jouons serré ! se dit-il.

Il s'arrêta, avala une gorgée d'eau, et, par une transition habilement ménagée, il opposa aux manifestations païennes de la Renaissance les monuments de l'art catholique ; à côté des châteaux où s'étaient joués tant de drames amoureux ou sanglants, il montra les églises et les monastères peuplés de religieuses traditions : l'abbaye de Marmoutiers, Sainte-Catherine-de-Fierbois, la collégiale de Loches. Il évoqua les souvenirs de saint Martin de Tours et de l'abbé de Rancé ; il insinua que, dans un pays où tant de saints personnages avaient laissé l'empreinte de leur grandeur et de leur foi, ces pieuses convictions avaient dû, à leur tour, exercer une influence sur le génie local.

La figure de l'archevêque s'était rassérénée ; il approuvait doucement de la tête les phrases du conférencier et attendait avec une bienveillance souriante la suite de ces édifiantes considérations. Il s'était réinstallé carrément dans son fauteuil, et sa béate physionomie aux traits arrondis semblait dire : « Décidément ce jeune homme a du bon. »

— Toi, je te tiens! pensa Michel.

Et, sûr maintenant que le prélat renoncerait à faire un éclat public, il continua en citant comme une preuve de cette influence du sentiment religieux le romancier Honoré de Balzac, né à Tours et resté foncièrement catholique et royaliste au milieu de la génération libre penseuse de 1830. Immédiatement il entama une étude de la vie et de l'œuvre de l'illustre écrivain tourangeau. Il flatta les indigènes en leur démontrant que c'était dans leur ville que Balzac avait trouvé ces caractères honnêtes et naïfs, ces fières et hautaines figures de douairières et de vieilles filles, ces grandes dames passionnées ou chastes qui ressortent sur le fond noir de *la Comédie humaine*. Les héroïnes de Balzac avaient poussé dans ce royal jardin de la France ; elles avaient respiré cet air doux et pur, imprégné de la subtile émanation de leurs belles et aristocratiques aïeules du XVIe et du XVIIe siècles...

Les périodes du conférencier se déroulaient avec une ampleur molle et enveloppante, comme s'épandent les eaux de la Loire, et tous ses auditeurs en savouraient la musique avec une émotion quasi-sensuelle. Dans la grande salle, les dames les aspiraient délicieusement, la tête légèrement penchée en avant, les yeux noyés, les lèvres entr'ouvertes, les narines dilatées, et, dans ce dévot silence, on n'entendait que le bruit d'ailes des éventails agités, qui semblaient rythmer le battement des cœurs remués par ce jeune et communicatif enthousiasme. Michel, se sentant maître de son public, acheva son discours par une vi-

brante invocation au génie de la Touraine ; il termina
en souhaitant qu'on vît bientôt en tête du pont de
Tours la statue du grand romancier se dresser en face
de celle de Descartes, et que la Loire reflétât dans ses
eaux la puissante image de la force créatrice à côté de
l'austère image de la liberté de penser.

De violents applaudissements retentirent et saluè-
rent à trois reprises les dernières paroles de l'orateur.
A peine eut-il ramassé ses notes que l'estrade fut en-
vahie. On l'entourait, on le complimentait chaleureusement et de tous côtés des mains se tendaient vers lui.
Les dames demandaient à lui être présentées, le préfet
le félicitait solennellement. Lui, très calme en appa-
rence, mais encore un peu pâle, respirait à pleins poumons le parfum capiteux du premier succès. Au milieu
de la foule qui le pressait, quelqu'un le tira timidement par le pan de son habit ; il se retourna et vit le
bonhomme Jouzeau escorté de ses trois nièces ébau-
bies :

— C'est très bien, très bien, murmurait le professeur, mais ce n'est pas encore la parole de vérité...
Oh ! si vous aviez voulu mettre votre éloquence au
service de la réforme végétarienne !...

Michel écoutait avec un sourire distrait, en saluant
à droite et à gauche ; tout à coup il congédia son vieux
voisin avec un rapide serrement de main. Il venait
d'apercevoir dans la salle madame du Coudray et sa
fille. Les deux dames paraissaient désireuses d'arriver
jusqu'à lui ; elles lui souriaient de loin et lui faisaient
de la main des signes non équivoques de félicitation.

Le jeune homme tressaillit et essaya de fendre la foule compacte pour les rejoindre ; mais, entraînées par un remous tumultueux, elles avaient déjà disparu.

Dès qu'il put se dérober aux accolades et aux compliments, il s'esquiva et, bien enveloppé dans son paletot, il regagna son logis par de petites rues désertes. Sa gloire naissante lui tenait compagnie et lui répétait doucement aux oreilles les éloges de tout à l'heure. Seul, sous la nuit pluvieuse, il entendait d'ambitieuses espérances chanter à ses côtés, comme la musique de ces flûteurs qui précédaient le consul Duilius.

Le lendemain dans l'après-midi, encore un peu las et étourdi des émotions de la veille, il recueillait avec une joie délicieuse les premiers échos de son succès. Le journal libéral lui demandait le manuscrit de sa conférence, afin de la reproduire en entier, et un photographe lui avait écrit pour le supplier de vouloir bien poser devant son appareil. Sa personnalité s'était développée en vingt-quatre heures comme ces champignons qui grandissent en une nuit. Il se promenait lentement dans son cabinet de travail, dont les fenêtres entr'ouvertes donnaient sur des jardins situés de l'autre côté de la rue. La journée avait été presque printanière et le soleil déclinant colorait en rose les branches des arbres, où les merles chantaient déjà. Il entendit tinter la sonnette du vestibule, puis un pas net et léger gravir les marches de son escalier.

Il était le seul locataire de la maison, dont son propriétaire occupait le rez-de-chaussée; cette visite ne pouvait donc s'adresser qu'à lui. En effet, le bruit de

4

pas, accompagné d'un froufrou de robe, s'arrêta sur son palier et on frappa brusquement à sa porte. Il alla ouvrir et tressauta en apercevant dans la pénombre mademoiselle Jeanne du Coudray.

Elle était vêtue d'une sombre toilette d'hiver ; une voilette courte couvrait à demi sa jolie figure, où ses grands yeux scintillaient, et, s'échappant d'une mignonne toque de loutre, l'opulente natte de ses cheveux châtains tombait lourdement derrière son dos.

— Monsieur, dit-elle précipitamment, la foule qui vous entourait hier m'a empêchée de vous exprimer mon admiration, mais aujourd'hui je n'ai pu y tenir et j'ai voulu être une des premières à vous féliciter de votre succès.

Elle s'arrêta, essoufflée, et aussi un peu intimidée par l'air de stupéfaction profonde avec lequel Michel accueillait son compliment.

— Et vous êtes venue seule ? s'écria-t-il en la faisant entrer et en fermant la porte.

— Oui !... Oh ! j'ai l'habitude de sortir seule... à l'américaine. J'ai prétexté des courses dans les magasins. Ma démarche n'est pas très correcte ; mais, vous savez, je suis une enfant terrible, et si j'avais consulté maman, elle aurait soulevé des tas d'objections.

— Madame votre mère n'aurait peut-être pas eu tort, répliqua le jeune homme assez embarrassé ; cette visite, bien qu'elle me touche profondément, risque d'être mal jugée par des esprits peu bienveillants.

— Bah ! quel mal y a-t-il à agir comme on pense ?

Hier, vous m'avez émue et enthousiasmée et je grillais de vous l'apprendre. J'aurais pu vous l'écrire, mais j'ai trouvé bien plus amusant de venir vous le dire moi-même.

— Et où vous êtes-vous procuré mon adresse?

— Chez le concierge du lycée, tout simplement.

— Qui vous a ouvert en bas?

— Une vieille domestique. Elle m'a indiqué votre porte en grognant et je suis montée. Voilà tout.

Michel était confondu d'un si bel aplomb mêlé à tant d'insouciance.

— A qui ai-je affaire? se demandait-il, à une fille d'une perversité précoce ou à une enfant simplement étourdie et fantasque?

Jeanne avait tranquillement déposé sur le bureau son en-tout-cas et un petit carnet de visite; elle examinait curieusement les murs tapissés de livres, la table couverte de paperasses, la jardinière pleine d'héliotropes en fleurs. La limpidité de ses grands yeux bleus donnait à sa figure espiègle une expression de franchise et d'ingénuité qui désarma le professeur.

— Non, se répondit-il à lui-même, de pareils yeux ne mentent point... C'est une enfant gâtée tout bonnement.

— Vous devez être bien ici pour travailler, reprit la jeune fille d'un petit air entendu; maman sera joliment surprise quand je lui décrirai par le menu votre appartement!... Car vous pensez que je lui conterai mon escapade!... Je me réjouis de voir sa mine et d'entendre ses *sermonades*.

— Je crains, objecta Michel en hochant la tête, que madame votre mère soit peu satisfaite d'une visite qui pourrait avoir de très fâcheuses conséquences.

— Quelles conséquences ?

— Mais le monde n'admet pas volontiers qu'une jeune fille comme vous rende visite à un célibataire comme moi... Si quelqu'un de vos amis vous avait vue entrer !...

— Bah ! il n'y avait pas un chat dans la rue.

— Eh bien ! maintenant que vous avez satisfait votre curiosité...

— Oh ! interrompit-elle avec un accent de reproche, il n'y avait pas que de la curiosité !

— Quel que soit le sentiment qui ait déterminé cette visite, il y aurait danger à la prolonger, insista le jeune homme avec vivacité.

— De quel ton vous dites cela ! Êtes-vous fâché ?

— Non, ma chère demoiselle, je suis très touché, je vous le répète, de votre sympathique enthousiasme, mais je crains qu'il ne soit mal interprété et qu'il ne vous attire quelque ennui.

— J'ai beau me creuser la tête, je n'y vois pas grand mal.

— Supposez que quelqu'un entre ici... Je n'ai pas défendu ma porte ; un de mes collègues peut arriver et vous surprendre seule avec moi...

— Oui, ce serait embarrassant, murmura la jeune fille, que l'inquiétude de Michel commençait à gagner... Je vais me sauver.

Pendant ce temps Verneuil prêtait l'oreille : — Il est trop tard, dit-il, je crois qu'on monte.

En effet, on entendait un pas d'homme dans l'escalier.

— Ah ! mon Dieu, fit-elle effarouchée, où me mettre ?

— Ici ! reprit Michel en lui saisissant la main et en la poussant dans la pièce voisine, cachez-vous là et ne bougez pas. Je vais expédier mon visiteur.

Il referma brusquement la porte sur Jeanne du Coudray. Il était temps, car Adrien Perrusson arrivait sur le palier.

— Tiens ! s'exclama-t-il en entrant, vous êtes seul ?... Je croyais en montant avoir entendu parler.

— Vous vous êtes trompé, mon cher, repartit Michel un peu décontenancé.

Les yeux fureteurs de Perrusson inspectaient le cabinet de travail ; ils tombèrent tout à coup sur le petit carnet de Jeanne, dont le satin crème, décoré de cyclamens roses peints sur l'étoffe, tranchait au milieu des livres à reliure sombre sur lesquels il avait été oublié. Un imperceptible sourire plissa les lèvres fines de l'avocat. En même temps ses narines se dilatèrent comme pour aspirer un pénétrant parfum de *new-mown-hay*, que Jeanne avait laissé derrière elle.

— Hum ! dit-il, cela sent bon chez vous... *Odor di femina!*.. Parions que vous avez reçu quelque aimable visite et qu'une des belles dames d'hier est venue vous porter ses compliments à domicile !

— Non, riposta Michel en prenant la chose plaisamment, si j'avais eu pareille bonne fortune, mon

4.

premier devoir eût été de vous mettre poliment à la
porte... Je vous reçois, donc il n'en est rien.

Perrusson paraissait médiocrement convaincu. —
Cela viendra, reprit-il ironiquement, car vous êtes en
ce moment l'homme à la mode, le héros du jour...
On ne parle que de vous!.. Tenez, lisez les journaux
de ce soir : le *Progrès libéral* vous porte aux nues,
mais la *Gazette de Touraine* prétend que vous avez un
talent dangereux et déplore vos tendances matéria-
listes.

— Ça, c'est le coup du grand vicaire ! dit Michel,
je le pressentais dès hier, rien qu'à voir les sourcils
hérissés et la mine d'inquisiteur de ce digne abbé.

— Ne craignez rien, poursuivit Perrusson, vous
avez gagné le cœur de la préfète, et la préfecture
vous soutiendra... Du reste, votre éloge de Balzac
royaliste et catholique a été une manœuvre très habile ; vous avez mis les salons dans votre jeu et les
dames seront pour vous.

Michel ne put réprimer un tressaillement de joie.
Malgré les préoccupations du moment, l'ambitieux
montrait le bout de l'oreille.

— Qu'on m'attaque, s'écria-t-il, c'est tout ce que je
désire !

— Vous serez servi à souhait, répondit l'avocat, et
il lui expliqua longuement les polémiques auxquelles
sa conférence allait donner lieu. Michel était sur les
charbons ardents; il voyait le jour tomber ; la nuit arrive vite en février, et il se disait que mademoiselle du
Coudray rentrerait trop tard à la Chambrerie pour

que son escapade passât inaperçue. Perrusson semblait prendre un malin plaisir à prolonger l'entretien.

— Il est six heures, venez-vous dîner ? demanda-t-il à Michel.

— Pas encore, il faut auparavant que je mette en ordre mon manuscrit pour l'envoyer au *Progrès libéral*, qui le désire pour ce soir... Ainsi ne m'attendez pas.

Perrusson partit, et quand Michel entendit la lourde porte de la rue retomber sur lui, il poussa un soupir de soulagement.

— Ouf! j'ai cru qu'il ne s'en irait pas ! soupira Jeanne du Coudray en montrant sa tête espiègle par la porte entrebâillée.

— Malheureuse enfant ! s'exclama Michel, voici la nuit : que doit penser madame du Coudray ?... Ce qu'il y a de pis, c'est que M. Perrusson se doute de quelque chose, il est assez mauvaise langue et capable de vous épier quand vous sortirez... Voyez à quels dangers vous expose votre étourderie.

Elle le regarda malicieusement :

— Vous me rappelez, répliqua-t-elle, le maître d'école de La Fontaine...

> Hé ! mon ami, tire-moi du danger,
> Tu feras après ta harangue !

Elle éclata de rire. — Voici la nuit en effet, comment vais-je regagner la Chambrerie ?

Michel réfléchit un moment, puis prenant son chapeau :

— Avez-vous peur de rester seule ici pendant quel-

ques instants ?... Non? Eh bien ! enfermez-vous, je
cours chercher une voiture.

Il resta un bon quart d'heure absent, mais il revint de chez le loueur avec une voiture fermée et remonta promptement délivrer la recluse.

— Baissez votre voilette, dit-il, enveloppez-vous
dans votre manteau... Mon vieux propriétaire et sa
gouvernante sont en train de dîner, et personne ne
vous verra sortir.

Il prit Jeanne par la main et la guida le long de l'escalier obscur. — Quelques minutes après, enfermés
tous deux dans la voiture, ils roulaient dans la direction de Saint-Cyr.

Une fois tirée d'embarras, Jeanne avait retrouvé
tout son aplomb et recommençait à babiller gaîment.
En voyant son joli profil spirituel, à demi éclairé par
la clarté fugitive des becs de gaz et des magasins,
Michel ne pouvait s'empêcher de songer que cette singulière aventure avait en effet une odeur de bonne
fortune. Ce tête-à-tête dans l'étroite obscurité de la
voiture avec une belle fille dont la robe frôlait ses
genoux ; le parfum élégant qui s'exhalait du corsage
et des fourrures ; le regard diamanté de ces deux yeux
seuls visibles dans l'ombre ; tout ce charme juvénile
et inattendu eût agi sur un homme même moins neuf
et moins impressionnable. Ajoutez à cela les séductions de l'heure d'entre chien et loup, les premiers effluves de sève printanière qui arrivaient à lui par-
dessus les murailles des parcs, apportant dans la voiture des senteurs de terre mouillée et de violettes

fleurissantes. Il avait la poitrine serrée par une émotion non encore ressentie et il osait à peine parler. Jeanne, pendant ce temps, sans se douter du danger, continuait à donner cours à sa verve malicieuse.

Heureusement pour elle, Michel Verneuil avait un fonds d'honnêteté qui l'aidait à maîtriser ce mouvement d'émotion purement sensuelle. Puis, dans cette demi-obscurité, les attitudes et les airs de tête de Jeanne lui donnaient par moment une vague ressemblance avec sa mère. De sorte qu'en reposant complaisamment ses yeux sur ce profil indécis et charmant, Michel ne pouvait s'empêcher de penser à la savoureuse beauté de madame du Coudray.

La voiture avait atteint, sur la hauteur, un carrefour dont l'un des embranchements descend vers l'église de Saint-Cyr.

— Nous voici arrivés ! s'écria Jeanne, la Chambrerie est à deux pas... Priez le cocher d'arrêter son cheval... Merci, monsieur Verneuil, vous ne m'en voulez plus et nous nous quittons bons amis, n'est-ce pas ? — Elle lui tendit gentiment la main : — A l'anglaise ! continua-t-elle en lui secouant la sienne... A bientôt ! car j'espère que vous me rendrez ma visite.

— J'en doute fort, répondit Michel ; madame votre mère me pardonnera difficilement d'avoir été la cause indirecte de votre escapade.

— C'est ce que nous verrons, s'exclama-t-elle en sautant sur le chemin... *Good bye !* — Et courant d'un pas léger, elle disparut à l'angle du mur, tandis que la voiture reprenait la route de Tours.

Le lendemain soir, Michel trouva chez lui une lettre dont l'enveloppe portait en guise de cachet un lis-
tel sur lequel on lisait gravé en lettres bleues : « La
Chambrerie, près Saint-Cyr. » — Il déchira fiévreusement cette enveloppe anglaise et parcourut rapidement le billet suivant :

« Monsieur,

» Ma fille m'a raconté son impardonnable équipée.
J'en suis honteuse et vous dois mille excuses. Vous
seriez bien aimable en venant les chercher dimanche
soir, à la Chambrerie. Nous nous mettons à table à
sept heures. Nous causerons des choses que vous aimez et vous vous rencontrerez avec des gens qui pro-
fessent, comme nous, pour votre beau talent la plus
vive admiration. A dimanche, n'est-ce pas ?

» Juliette du Coudray. »

V

— Monsieur Verneuil?

— Mademoiselle?

— A quoi pensez-vous?

— A rien... Je me contente d'ouvrir les yeux et d'admirer.

Jeanne du Coudray et Michel Verneuil étaient assis à l'extrémité d'une tonnelle formant terrasse et dominant la vallée de la Loire. Jeanne émondait les tiges d'une botte de fleurs coupées qu'elle arrangeait ensuite savamment dans une potiche de Delft, posée sur un guéridon rustique. Michel, accoudé au parapet de la terrasse, tournait presque le dos à la jeune fille et s'absorbait dans la contemplation du paysage.

— Au-dessous de lui, les arbres d'un parc voisin descendaient en molles ondulations jusqu'à la levée, où le fleuve roulait entre les pentes gazonnées des berges ses eaux pareilles à de l'argent fondu. La Loire entr'ouvrait deux grands bras éblouissants et

étreignait amoureusement une île ceinte de hauts
peupliers. Au delà, la ville étendait ses maisons à
toits d'ardoise, au milieu desquelles des tours et des
flèches d'églises scintillaient en plein soleil. Le ciel
était plaqué de longs nuages blancs qui voguaient sur
le bleu comme de grands navires; par intervalles, le
soleil se voilait, puis rayonnait de nouveau, et à chaque rayonnement la plantureuse vallée resplendissait.
A l'horizon, une bordure de collines basses où les
vignes se mêlaient aux noyers fuyait dans une vapeur
verdoyante. La lumière ruisselait, l'air tremblotait, et
des abeilles bourdonnaient autour des deux jeunes
gens, dans le fouillis de cytises, d'arbres de Judée et
d'acacias en fleurs qui formaient l'enclos de la Chambrerie.

Michel Verneuil était devenu l'hôte assidu de madame du Coudray. Il passait chez elle toutes les heures de liberté que lui laissaient ses occupations au lycée. On ne voyait plus que lui sur la route de Saint-Cyr;
la belle veuve l'avait accaparé. Il était de toutes les
parties de plaisir organisées par la mère et la fille,
qui aimaient fort à s'amuser ; — sauteries, déjeuners
sur l'herbe, comédies de salon, rien ne se faisait sans
lui. Il était le régisseur et le metteur en scène du petit théâtre installé à la Chambrerie, et en ce moment
il préparait les répétitions de la *Surprise de l'amour* de
Marivaux, où madame du Coudray avait pris le rôle
de la *Marquise* et où sa fille jouait *Lisette*.

— La vue qu'on a d'ici est un enchantement, continua Michel en se retournant vers la jeune fille ; — je

ne comprends pas que vous soyez déjà lasse d'en jouir.

— Oh! moi, répondit Jeanne en ratissant avec ses ciseaux la tige d'une rose, vous savez, la belle nature ne me prend pas tant que ça, et pour le quart-d'heure, j'ai assez de m'occuper de la toilette de mes roses.

— Les malheureuses! vous les massacrez pour les faire entrer dans ce vase!

— Il faut souffrir pour être admiré en ce monde; un peu d'art ne gâte jamais rien... Tenez, moi, par exemple, il y a des gens qui me trouvent jolie... Eh bien! je vous assure que la toilette y est pour quelque chose... Et, à ce propos, depuis que je ne vous ai vu, j'ai déniché une vieille cretonne à ramages qui me fera une jupe délicieuse pour mon costume de soubrette... Où en sommes-nous de la distribution? Renoncez-vous toujours à jouer *le Chevalier?*

— Certainement; nous donnerons le rôle à Perrusson qui s'en acquittera beaucoup mieux que moi; je jouerai *Hortensius*, le jeune Oxenford fera *Lubin*, et quant au personnage du *Comte...*

— Nous en chargerons notre vieux voisin, M. de La Guérinière, interrompit Jeanne en riant; les grandes utilités, c'est dans ses cordes!

— Ah! votre original de voisin!... Il vient bien souvent à la Chambrerie... Est-ce que madame du Coudray le connaît depuis longtemps?

— Mais non, la connaissance remonte à un mois à peine... Elle s'est faite drôlement, allez!... Vous savez qu'une partie de notre jardin n'est séparée des

5

Rochettes que par une palissade à claire-voie. On y a
mis de part et d'autre des plantes grimpantes pour
masquer la vue. Chez nous ce sont des clématites,
et chez M. de La Guérinière, il y a des roses précoces... Un matin, nous nous promenions le long du gril-
lage ; maman aperçoit les roses du voisin qui commençaient à s'ouvrir et se montraient à travers la
palissade. C'était tentant. Elle se hasarde à en cueillir une, puis deux, et tout à coup elle se sent le poignet saisi par une main invisible ; en même temps
une voix lui crie : « Quand les nymphes se risquent
dans les fourrés, elles rencontrent des faunes qui les
font prisonnières ! » C'était le propriétaire des Rochettes qui nous prenait en flagrant délit. Maman se con-
fond en excuses, l'autre en phrases galantes. Bref, le
lendemain, nous recevions la visite de M. de La Guérinière, orné d'une énorme botte de fleurs de son jardin... Depuis, nous sommes très bons amis. Il est un
peu *crampon*, mais si bon enfant qu'on ne peut lui
refuser un bout du rôle dans la pièce. — D'ailleurs il
est très xviiie siècle, notre voisin, et ce style alambi-
qué ne le dépaysera pas trop... Est-ce que vous aimez
beaucoup Marivaux, vous, monsieur Verneuil ?

— C'est un esprit très fin, parfois un peu subtil.

— Dites maniéré... Ses amoureux cherchent midi à
quatorze heures pour exprimer leurs sentiments... Ça
ne doit pas se passer comme ça dans la vie.

— Vous croyez ? fit railleusement Michel.

— Je le crois, répondit gravement Jeanne. Si j'aimais quelqu'un...

Elle s'arrêta, partit d'un éclat de rire nerveux et reprit :

— C'est une supposition, remarquez; à mon âge, on ne parle de ces choses-là que de chic... Si j'aimais quelqu'un, je m'y prendrais tout autrement.

— Et comment vous y prendriez-vous? demanda le jeune homme en gardant toujours le même accent railleur.

— Je dirais tout net : « Je vous aime, » sans phrases.

En même temps elle avait pris une touffe de roses épanouies et elle les respirait longuement, de façon à cacher la moitié de sa figure. On ne voyait plus que ses yeux bleus qui brillaient étrangement au-dessus des roses rouges.

Michel n'était point fat et il ne songeait guère à tirer avantage de cette naïve profession de foi. Néanmoins l'éclat de ce regard et la tournure de la conversation l'embarrassaient.

— Vous auriez peut-être tort, répondit-il d'un ton bref.

— Pourquoi?

— Quand vous serez plus âgée, vous saurez que le monde n'est pas habitué à ces excès de franchise et qu'il y a des gens qui s'en effarouchent.

— Tant pis pour les gens! murmura-t-elle d'une voix sourde.

Une brume attristée noya l'éclat de ses yeux bleus et brusquement elle jeta par-dessus le parapet les roses qu'elle tenait à la main.

Ils restèrent un moment silencieux. On n'entendait

plus que le bourdonnement des abeilles dans les acacias, et les cris aigus des hirondelles qui rasaient la
cime des arbres du bout de leurs ailes noires en fer
de flèche.

— Le rôle de la *Marquise* conviendra à merveille à
madame du Coudray, reprit Michel pour rompre ce
silence gênant.

— Oh ! maman sera parfaite, répliqua Jeanne en
poussant un soupir : elle est si belle !

— Charmante ! dit-il en ne pouvant s'empêcher de
rougir.

— Ce n'est rien à la ville... Vous la verrez en scène ;
c'est une véritable artiste, et la toilette lui va si
bien !.. Il y a des femmes sur le dos desquelles une
robe semble posée comme sur un mannequin ; il y en
a d'autres qui paraissent ne faire qu'un avec leur toilette, tant elle s'ajuste naturellement à leur corps...
Maman est de celles-là.

— Vous aimez beaucoup madame votre mère ?

— Passionnément ! s'écria-t-elle avec animation,
je ne vois rien de beau comme elle... Toute petite,
quand j'allais aux Tuileries avec ma gouvernante, nous
passions devant les marchands de photographies de
la rue de Rivoli ; je m'arrêtais en face des portraits
d'actrices et montrant du doigt les plus belles, j'ameu-
tais les passants à force de crier : « Ça, c'est maman ! »
Ce qui mettait ma *governess* anglaise au désespoir.

— Vous avez toujours été une enfant terrible.

— Oui, je m'en flatte !

— Qu'est-ce que vous conte cette petite ? demanda

madame du Coudray, apparaissant tout à coup sous la tonnelle.

— Mademoiselle Jeanne chante vos louanges, répondit Michel, et moi je fais chorus.

— Jeanne, dit la belle veuve, si tu allais un peu étudier ton piano. J'ai à causer avec M. Verneuil.

Les lèvres rouges de mademoiselle Jeanne ébauchèrent une moue de désappointement ; néanmoins elle se résigna, et emportant sa potiche pleine de fleurs, elle s'éloigna lentement en longeant la tonnelle.

— Si cela vous est égal, cher monsieur, continua madame du Coudray, nous rentrerons à la maison, car ici on est dévoré par le soleil.

Michel s'inclina et suivit docilement la veuve jusque dans le petit salon où elle avait l'habitude de se tenir.

Il régnait dans cette pièce un demi-jour tamisé par les transparents de gaze bleue qui doublaient les rideaux de mousseline. Le meuble lui-même, tendu de satin bleu, était choisi pour mettre en valeur la superbe beauté blonde de la maîtresse du logis. Elle portait une robe de grenadine noire, dont le haut du corsage et les manches laissaient transparaître le tissu blanc et frais de la peau. Cela avait tout l'attrait du décolletage avec un voile discret qui le rendait plus affriolant. De plus, elle avait piqué non loin de l'oreille une rose-thé dans la torsade de ses cheveux abondants.

— Mettez-vous là, dit-elle à Verneuil, en lui indiquant un fauteuil voisin du canapé où elle s'était assise ; j'ai lu la pièce que vous avez choisie et j'ai des

scrupules que je veux vous soumettre... Tout d'abord
je dois vous déclarer que, dans ma situation, cette
pièce est injouable ici.

— Je ne vois pas...

— Alors, vous n'êtes pas perspicace, mon cher ami...
Quel est le sujet? Une jeune veuve qui pleure son
mari, et qui tout en le pleurant, s'amourache d'un
gentilhomme qui est venu regretter le défunt avec
elle... Et vous me destinez le rôle de la *Marquise*, sans
réfléchir que, moi aussi, je suis une veuve... point très
jeune à la vérité...; et que je risque de prêter le flanc
à des allusions peu bienveillantes... Non, c'est impossible ; que dirait le monde?

— Le monde, madame, repartit Michel, est plus
tolérant que vous ne croyez ; il admet très bien qu'une
femme belle, — et jeune, quoi que vous en disiez, —
ne renonce pas à aimer et à être aimée.

— Sottise !... Quand on a une grande fille en âge
d'être établie, on ne doit plus vivre que pour elle...
D'ailleurs j'aime trop ma liberté pour prendre un second mari et je prétends jouir des bénéfices du veuvage.

— Et, riposta Michel avec brusquerie, avez-vous
aussi l'intention d'empêcher votre cœur de battre ?

— C'est une question un peu... indiscrète que vous
me posez là, cher monsieur, répliqua-t-elle en jouant
de l'éventail, mais je veux bien répondre franchement:
quoique je ne sois pas encore décrépite, j'ai fait de
bonne heure l'apprentissage de la vie, mon cœur s'y
est passablement endurci, et je me crois à l'abri des
« surprises de l'amour. »

— Tant pis pour vous, madame!... car c'est une monstruosité qu'une femme jeune, belle et insensible.

— Oh! je n'ai pas la prétention d'être en marbre... Nous autres femmes, nous devons toujours compter avec l'imprévu, avec un de ces coups de force qui remuent les cœurs les plus impassibles.

— Et que vous faudrait-il pour vous faire sortir de votre impassibilité?

— Un miracle... Un de ces amours-passions ayant à la fois la vivacité de la jeunesse, le sérieux de la maturité et la poésie de l'inconnu... En connaissez-vous beaucoup?

Tout en parlant et en s'éventant, elle regardait Michel droit dans les yeux ; ses prunelles grises semées de paillettes orange avaient une expression ironique et provocante. Le jeune homme était fasciné par la hardiesse de ce regard perçant. Il éprouvait la sensation de quelqu'un qui, penché au-dessus d'un torrent, est insensiblement attiré par le courant qui se dérobe. Il perdit la tête, se leva, et s'emparant du bras de madame du Coudray :

— J'en connais un, s'écria-t-il, c'est celui que j'ai pour vous !... Je vous adore !

Il y eut un moment de profond silence, interrompu seulement par les notes lointaines du piano de Jeanne, à l'étage supérieur. — La veuve restait immobile, beaucoup moins sous l'effet du saisissement que par une sorte de sensualité raffinée. Elle se plaisait à respirer cette bouffée de passion, dont la sauvage verdeur lui donnait la seule émotion qu'elle recherchait encore: l'émotion de la curiosité. Au bout de quelques secondes cependant, elle arracha son bras à l'étreinte de Michel.

— Vous êtes fou! lui dit-elle railleusement.

— Oui, murmura-t-il d'une voix sourde, je suis fou!...

Avec un emportement farouche, il avait de nouveau saisi la main de Juliette du Coudray. Il était comme un fauve à la vue de la chair fraîche; le contact de cette peau douce qu'il serrait dans ses mains irritait tous ses désirs.

— C'est vous qui m'avez affolé, reprit-il en jetant avidement ses lèvres sur le poignet délicat de la veuve; depuis le jour où vous vous êtes assise près de moi à cette table d'hôtel, je n'ai plus pensé qu'à vous, je n'ai plus eu qu'une ambition : être aimé de vous.

— Laissez-moi, vous me faites mal! s'exclama-t-elle en l'arrêtant d'un regard impérieux et dur... Vous avez des façons un peu rustiques pour démontrer votre amour, monsieur le professeur... J'en ai le poignet tout meurtri...

— Je sais que je suis un paysan, et que mes manières ne sont pas celles de votre monde, mais si vous vous doutiez de toute la tendresse que renferme ce cœur de paysan, vous ne le dédaigneriez pas !

— Taisez-vous! interrompit-elle sèchement... On vient.

On entendait, en effet, des pas sur le sable du jardin,

et la femme de chambre ouvrant la porte-fenêtre du perron, annonça M. de La Guérinière.

Par un violent effort de volonté, Michel renfonça en lui-même les sentiments tumultueux qui étaient en train de faire explosion, et, rongeant son frein en silence, il se rencoigna dans l'ombre, au fond d'un fauteuil, tandis que madame du Coudray, souriante, allait au-devant du visiteur.

M. de La Guérinière entra. C'était un petit homme de cinquante-trois ans, bas sur jambes et assez ronde-let. On voyait qu'il s'était mis en frais pour visiter sa voisine ; mais sa toilette soignée avait quelque chose de suranné et d'inachevé. Elle rappelait les gravures de mode du temps de Louis-Philippe, avec je ne sais quoi qui sentait le gentilhomme campagnard. Le pro-priétaire des Rochettes portait encore, comme aux jours de sa jeunesse, le gilet de nankin, le pantalon gris perle à sous-pieds et l'habit bleu à boutons d'or, avec une rose à la boutonnière ; mais sa barbe poivre et sel était mal taillée et il tenait à la main un petit chapeau mou de feutre gris. Il avait les cheveux ra-menés en toupet au-dessus du front, un gros nez, d'épais sourcils, le teint brun et la lèvre en cerise. Sa personne replète offrait le type de cette rondeur un peu lourde et endormie, sous laquelle le Tourangeau cache une finesse goguenarde et pénétrante. Les yeux seuls, noirs, narquois et fureteurs, trahissaient cette fausse bonhomie ; ils mettaient une lueur de malice et d'originalité sur cette figure assez bourgeoise. Malgré la saison déjà chaude, le voisin de madame du

5.

Coudray tenait sur son bras deux pardessus de tailles différentes, qu'il déposa sur une chaise à sa portée. Ce célibataire avait un soin méticuleux de sa santé et craignait surtout les variations atmosphériques. Suivant que le thermomètre montait ou baissait, il enlevait ou remettait un paletot. Il prétendait avoir acquis une telle sensibilité thermométrique qu'un degré de plus ou de moins le faisait transpirer ou frissonner, et sa préoccupation dominante était de se maintenir dans un parfait équilibre de température.

— Bonjour, belle dame, dit-il en saluant sur place avec un léger sautillement, je vous annonce un temps d'or... Le thermomètre marque vingt-six degrés à l'ombre et mes pêchers sont pleins de promesses... Vous, madame, vous êtes comme les pêches qu'ils donneront, fraîche et appétissante à miracle.

— Je vais bien, Dieu merci, l'air de la campagne me tonifie, répondit madame du Coudray en riant. — Elle tourna la tête du côté de Michel : — Monsieur Verneuil, où êtes-vous donc?... Pourquoi vous mettez-vous ainsi dans une encoignure? Vous avez l'air de bouder!

Sa voix tout à l'heure sèche et dure, avait des inflexions caressantes et ses yeux souriaient. — Venez ici! continua-t-elle en indiquant à Michel une place sur le canapé où elle était assise.

Michel obéit gauchement, tandis que M. de La Guérinière passait d'un air piqué la pomme de sa canne sur ses lèvres, comme pour masquer une grimace mécontente.

— Hé, monsieur Verneuil, je ne vous avais pas vu dans cette ombre, s'écria-t-il, vous avez donc fait l'école buissonnière aujourd'hui ?

— C'est jeudi, répliqua madame du Coudray, et M. Verneuil a été assez aimable pour nous sacrifier une partie de son jour de congé.

— Doux sacrifice ! insinua M. de La Guérinière... Je ne suppose pas que cela lui ait coûté beaucoup.

La conversation tomba sur la représentation projetée et madame du Coudray annonça à son voisin que décidément on renonçait à Marivaux. Puis, s'adressant à Michel avec un charmant sourire, elle le pria de chercher une autre pièce plus facile... un proverbe de Musset, *le Caprice* par exemple... Depuis que M. de La Guérinière était entré, elle semblait s'être métamorphosée. Le professeur recueillait toutes les attentions et tous les mots aimables. Le propriétaire des Rochettes avait beau battre des ailes comme un gros papillon et se mettre en dépense de compliments, ses galanteries les mieux tournées étaient reçues avec une réserve polie, tandis que les flatteries délicates et les paroles fondantes s'en allaient vers Michel. Pour lui, la belle veuve abandonnait ses airs imposants ; elle trouvait des inflexions câlines et déployait une grâce enveloppante qui jetaient le jeune homme dans un délicieux émerveillement. Peu à peu il s'était rasséréné : l'accès de maussaderie qui l'avait pris à l'arrivée du visiteur s'était dissipé. Il avait retrouvé tous ses moyens et causait avec une verve mordante qui semblait agacer le nouveau venu.

Michel s'était d'abord promis de rester à la Chambrerie jusqu'après le départ de ce fâcheux ; mais, au bout d'une heure, voyant que M. de La Guérinière ne bougeait pas, il annonça qu'il rentrait à Tours. Madame du Coudray s'était levée en même temps que lui. Ses yeux effleuraient d'un regard oblique les deux visiteurs. Elle aperçut la rose qui fleurissait la boutonnière de son voisin :

— Ce monsieur de La Guérinière est-il assez coquet et printanier !... s'écria-t-elle. Attendez, monsieur Verneuil, je veux aussi vous fleurir.

Elle prit une rose dans une des jardinières et la fixa elle-même à la redingote de Verneuil.

— De cette façon, ajouta-t-elle, vous penserez à nous tout en travaillant, et vous vous souviendrez que vous m'avez promis de nous trouver une autre pièce.

Le professeur espérait que madame Juliette le reconduirait jusqu'à la grille et qu'il trouverait moyen de lui couler un mot à l'oreille ; — mais il avait compté sans son hôte.

— Minute, jeune homme ! s'exclama M. de La Guérinière ; je sors avec vous et j'aurai le plaisir de vous accompagner jusqu'à la levée.

Pourtant, dans le jardin, tandis que le propriétaire des Rochettes passait un de ses pardessus, Michel murmura en se penchant vers la veuve :

— Il faut absolument que je vous dise ce que j'ai sur le cœur.

— Je vous le répète, vous êtes fou ! chuchota-t-elle derrière son éventail.

Elle lui tendit la main, et Michel la serra longuement... Il semblait ne plus pouvoir la quitter.

— Eh bien ! monsieur le professeur, venez-vous ?
lui cria M. de La Guérinière, qui ouvrait la grille et
qui se retourna d'un air impatient.

Quand ils furent dehors, le petit homme se mit à
longer les murs de façon à profiter de la bande d'ombre qu'ils projetaient sur le chemin, sans se soucier
de laisser son compagnon en plein soleil.

— Une femme charmante, madame du Coudray !
dit-il en clignant de l'œil.

— Charmante, répondit laconiquement Michel en
donnant au diable ce fâcheux qui lui imposait sa
société.

— Et sa fille, une aimable enfant !

— Très aimable, répéta le professeur d'un ton las
et comme un écho maussade.

— Vous les connaissez depuis longtemps ?

— Sans doute.

— Eh ! oui, au fait, depuis cette conférence qui a
mis la ville sens dessus dessous... Je n'y étais pas, je
l'ai regretté... Il paraît que vous vous êtes montré
très éloquent... Un beau talent, celui de la parole ;
cela séduit les dames, mais cela ne donne pas à dîner !...

Puis, voyant que Michel, interloqué, faisait un
haut-le-corps :

— Minute, reprit-il, je m'explique... Combien vous
rapporte bon an mal an votre emploi de professeur ?

— Hein ? s'exclama le jeune homme ébahi.

— Ma demande vous semble indiscrète?... Excusez-moi, je suis un campagnard peu au courant de ces choses-là et j'aime à me renseigner... Voyons, que gagnez-vous par an?

— Cinq ou six mille francs avec les répétitions, repartit Michel d'un ton bref.

— Les répétitions, n'est-ce pas, ce sont les leçons particulières qu'on donne aux élèves peu avancés?... J'en prenais, moi, de mon temps, et je me souviens que nous rendions la vie dure à notre pauvre diable de répétiteur... C'est un métier fort désagréable.

— Rassurez-vous, je ne compte pas m'y éterniser, répliqua Verneuil, dont l'amour-propre était froissé des remarques de son interlocuteur.

— Je comprends ; vous êtes ambitieux et vous espérez sortir de là par un beau mariage.

— Vous vous trompez; je ne songe pas à me marier.

— Vraiment, la main sur la conscience, s'écria M. de La Guérinière, dont l'œil pétilla, vous ne cherchez pas à vous établir?... J'aurais cru...

— Vous avez mal cru... Il n'entre pas dans mes idées de me marier pour de l'argent... Je suis ambitieux, c'est vrai, mais les obligations qu'entraîne le mariage seraient un obstacle à mes projets; je veux rester célibataire afin d'avoir mes coudées franches.

Cette déclaration, formulée d'un ton tranchant, avait un tel accent de sincérité que le bonhomme parut convaincu.

— Topez là ! s'écria-t-il en prenant de force la main

de Michel, c'est crânement dit, mais c'est crânement mal raisonné... Si vous voulez arriver, il faut vous marier, au contraire, ne fût-ce que pour vous mettre à l'abri des tentations de plaisir qui pourraient vous faire dérailler... A votre âge, la femme rôde autour d'un homme comme le lion de l'Écriture. Il faut qu'elle ait accès dans sa vie. Quand elle n'y entre pas par la grande porte, elle s'y glisse par l'escalier de service, et alors c'est bien pis !... Vous haussez les épaules?... Vous vous croyez capable de planer au-dessus des faiblesses humaines?... Je le souhaite pour vous... Vous ne seriez pas cependant le premier jeune oiseau de haut vol dont une maîtresse aurait cassé les ailes... Mariez-vous, allez, et mariez-vous richement; c'est encore le plus sûr moyen de tirer votre épingle du jeu!

M. de La Guérinière, s'apercevant qu'il s'était échauffé outre mesure, avait enlevé son paletot et s'essuyait le front.

— Eh! monsieur, riposta Michel, agacé, je vous répète que je ne suis pas d'humeur à épouser une dot.

— Qui vous parle de prendre tout bêtement un sac d'écus enjuponné? Vous êtes bien de votre personne et vous avez du talent; vous pouvez plaire à une jeune fille qui joindra une belle dot à un gentil minois... Dans notre pays de Touraine, il ne manque pas de ces jolis brugnons à chair appétissante et savoureuse... Tenez, me donnez-vous carte blanche? Avant quinze jours, je réponds de vous en trouver un qui sera mûr à point, et vous n'aurez qu'à tendre la main pour le cueillir.

— Vous êtes trop bon; ne prenez pas une peine inutile, repartit le professeur d'un ton sec et hautain; puis il ajouta froidement :

— Nous voici sur la levée, et c'est ici que nous nous séparons... Bonjour, monsieur !

— Vous faites la sourde oreille, dit M. de La Guérinière; c'est toujours comme ça... Mais vous y viendrez, jeune homme, vous y viendrez!... Portez-vous bien.

Ils se quittèrent. Le propriétaire des Rochettes reprit le chemin de Saint-Cyr en longeant la Loire, tandis que Michel fila vers Portillon. Il fit quelques pas, puis se retourna afin de bien constater que le fâcheux l'avait pour tout de bon débarrassé de sa compagnie.

M. de La Guérinière était monté sur le talus de la levée et sa ronde silhouette se détachait sur l'eau bleue du fleuve ; le vent avait fraîchi, et il était en train de rendosser son pardessus.

— Singulier maniaque ! songeait Michel ; quel diantre d'intérêt ce Tourangeau a-t-il à me voir marié ?

VI

Des artistes du Théâtre-Lyrique étaient venus à Tours en représentation, et les spectateurs affluaient dans la salle de la rue de la Scellerie. Contre l'ordinaire, les premières loges avaient presque toutes été louées. Les Tourangeaux ne sont guère plus épris de musique que de littérature, et, comme dans beaucoup de villes de province, la « société » affecte de ne pas fréquenter le théâtre. Pourtant, cette fois, l'affiche portant en vedette le nom de deux ou trois étoiles, le « beau monde » avait jugé de bon ton de ne pas s'abstenir. A cette époque, le théâtre n'avait pas été encore reconstruit, et la vieille salle étalait sous un éclairage assez pauvre ses tentures fanées, ses dorures rougies et sa lamentable décrépitude. Les loges au papier vert déchiré et sali semblaient étonnées de donner l'hospitalité à un public si élégant et si correct. Dans leur ombre quasi-noire, les chatoiements du satin, les étincelles des diamants et le floconnement neigeux des

dentelles mettaient une splendeur inaccoutumée. Les
avant-scènes étaient occupées par de jeunes gentlemen
du grand cercle. En tenue de soirée, un gardénia à la
boutonnière, ils lorgnaient, envoyaient des saluts familiers dans la direction des loges et prenaient des
airs de dilettantes. En bas, les stalles d'orchestre
avaient été envahies par des familles de boutiquiers
et de petits employés, venues moins pour entendre
la musique que pour voir les dames des premières.
Debout, derrière les stalles, les habitués du parterre
formaient une masse compacte et houleuse.

Madame du Coudray et sa fille s'étaient installées
dans une loge de face, accompagnées de Michel Verneuil et de M. de La Guérinière. Blanche et imposante
dans sa robe de satin noir qui moulait merveilleusement les perfections de son buste, madame Juliette
n'avait pour toute parure qu'une rose posée dans ses
épais cheveux blonds, et, aux oreilles, des diamants
qui scintillaient dans la pénombre comme des gouttes d'eau irisées, quand elle se retournait pour causer
avec ses deux cavaliers-servants. Jeanne, en toilette
rose, penchait sa figure spirituelle hors de la loge et
regardait distraitement la salle. Elle affectait de ne
pas s'occuper de ce qui se passait derrière elle ; ses
grands yeux, ordinairement si vivants, semblaient
sommeiller sous leurs longs cils. Depuis quelques
jours, elle paraissait nerveuse et préoccupée.

Le spectacle était composé, non d'une pièce entière,
mais de fragments choisis parmi les principaux opéras
de Verdi, et le rideau se leva sur un acte du *Trouvère*.

— J'aime cette musique, dit madame du Coudray
en se retonrnant vers Michel, tandis que le chœur
attaquait les premières mesures du *Miserere ;* elle me
fait frissonner jusque dans les cheveux.

La belle veuve n'était pas seule à éprouver ce voluptueux frisson. La mélodie du maître italien agissait
de même sur la majorité du public des premières. Les
femmes, tout en agitant nonchalamment leur éventail,
l'écoutaient avec des yeux noyés et des sourires d'extase ; elles la buvaient comme un philtre. Cette musique sensuelle, violente et maladive, mêlée de vulgarité et de lyrisme romantique, entrecoupée de déchi-
rants sanglots et de soupirs passionnés, était bien
celle qui convenait au tempérament de la société mondaine d'alors. Elle en exprimait toutes les ardeurs et
toutes les fièvres : l'énervement spasmodique, la soif
de plaisir, la curiosité de sensations non encore éprou-
vées et achetées au prix de la douleur. Tout autour
de la salle qu'emplissait la voix des chanteurs, il se
formait peu à peu un courant magnétique qui secouait toutes ces nervosités féminines. Les têtes
étaient comme entournées par des parfums trop
forts, une mollesse alanguie détendait les volontés,
les épaules demi-nues avaient la chair de poule. —
Jeanne du Coudray, accoudée sur le rebord de la loge,
les poings sur les tempes, restait muette, et ses yeux
se mouillaient. Michel, debout derrière madame du
Coudray, les prunelles brillantes, les narines dilatées,
respirait à la fois l'odeur fine qui s'exhalait des cheveux de la veuve, et l'air alourdi, tout vibrant de mu-

sique. L'une de ses mains s'était posée sur la chais
de madame Juliette, et quand celle-ci, dans un mou
vement d'extase, renversait sa tête en arrière, il sen
tait avec délices sur ses doigts la pression du dos d
la veuve et la caresse des cheveux fous qui frisottaien
au bas de la nuque. — Seul, M. de La Guérinièr
restait impassible, et pour cause ; la musique avait l
don de l'assoupir. Il dodelinait doucement de la tête
de temps en temps, le bruit des applaudissement
l'éveillait à demi ; il entr'ouvrait ses paupières et jeta
un regard inquiet sur le groupe formé par sa bell
voisine et le jeune professeur.

Lorsqu'au premier acte de *la Traviata* éclata ce
admirable *brindisi* débordant de verve et adorable
ment triste, où se confondent dans une mélodie en
traînante de si ardentes aspirations à la joie et de s
intenses regrets des voluptés évanouies ; quand une
voix savante chanta :

> Tra voi sapro dividere
> Il tempo mio giocondo,
> Tutto é follia nel mondo
> Cio che non é piacer...

madame du Coudray tourna vers Michel deux yeux
imbibés de l'ivresse de cette musique capiteuse, et
comme en se retournant elle avait appuyé son bras
déganté sur le dossier de la chaise, le professeur ne
put résister à la tentation ; il s'empara de cette main
qui frôlait la sienne. Cette fois, madame du Coudray
la lui abandonna sans trop de résistance et, pendant

une courte minute, les deux mains s'étreignirent nerveusement.

La représentation terminée, la foule s'écoula avec lenteur. Jeanne, serrée dans son burnous de cachemire blanc, silencieuse et tête baissée, descendait sous l'escorte de M. de La Guérinière. Derrière, séparés par deux ou trois personnes, venaient madame du Coudray et Michel.

— Oh ! murmurait la veuve, cette musique !.. J'en suis encore comme enveloppée... Avouez qu'elle vous a remué aussi, monsieur Verneuil.

— J'aurais voulu l'entendre seul avec vous ! répondit brusquement Michel, mais nous ne sommes jamais seuls...

— Est-ce ma faute et puis-je chasser les gens qui viennent me voir ?

— J'ai besoin de vous parler... Accordez-moi une heure, rien qu'une, pourvu que je l'aie à moi tout entière ?

— Vous y tenez ? dit-elle en le regardant droit dans les yeux, eh bien ! venez demain soir, à neuf heures. Jeanne dîne chez les Oxenford et je serai seule à la Chambrerie.

Le break des dames du Coudray les attendait devant le théâtre. Elles y montèrent avec M. de La Guérinière, et Michel resta un moment immobile à suivre des yeux la voiture qui fuyait dans l'ombre de la rue de la Scellerie, puis il gagna le quartier désert qui environne la préfecture.

Les rues s'allongeaient silencieuses, entre de blan-

ches maisons bâties à l'italienne, des grilles tapissées
de glycine, et des jardins aux arbres immobiles. Il
faisait clair de lune, et dans la tiédeur de la nuit de
juin, sous une lumière bleuâtre, les toits en terrasse,
les parterres où l'on entendait le sautillement frais
d'un jet d'eau, les magnolias aux feuilles luisantes,
donnaient à Michel l'illusion d'un paysage méridio-
nal. La musique de Verdi qui lui bourdonnait aux
oreilles ajoutait encore à l'hallucination. Il marchait
en proie à une exaltation toute juvénile, fredonnant
des lambeaux d'opéras et sentant encore dans sa
main l'impression de la main de madame Juliette.
Jamais il n'avait joui d'une aussi complète félicité.
Son amour-propre était satisfait, ses rêves les plus
chers arrivaient l'un après l'autre à un heureux épa-
nouissement ; il se sentait en pleine possession de sa
jeunesse et de sa force, et il avait la perspective d'un
rendez-vous d'amour pour le lendemain. La joie de
vivre dilatait tout son organisme, il marchait la tête
haute dans la nuit et aspirait avec volupté les vertes
odeurs éparses dans l'air. Du haut de son bonheur
présent, il plongeait dans ses souvenirs passés avec
l'égoïste sentiment de bien-être d'un millionnaire qui
passe étendu dans son landau et regarde d'un œil de
commisération les petites gens qui vont à pied. — Il
se revit avec sa blouse déchirée, ses sabots de bouleau, son fouet à la main, poussant ses vaches dans
la plaine de Véel... Que de chemin il avait fait depuis
lors, et quelle route facile s'ouvrait maintenant devant
lui ! Il savait ce qu'on peut conquérir avec de la

volonté et il se sentait capable de vouloir de plus grandes choses encore. Sa destinée était dans ses mains comme une cire molle et il lui semblait qu'il était maître de la pétrir à son gré. — Une heure sonna à Saint-Gatien. Il était si éveillé et si joyeux qu'il ne se souciait pas de rentrer chez lui. — Jouissons du présent ! se dit-il. — Il redescendit la rue Royale, traversa le pont et se dirigea vers le coteau de Saint-Cyr.

La Loire qu'il apercevait entre les arbres était toute diamantée et bleuie par la lune. La ville étendue sur l'autre rive sommeillait dans des vapeurs transparentes. Du côté du vallon de la Choisille, l'odeur des vignes fleuries emplissait l'air calme d'une suave haleine amoureuse. Non loin de l'église de Saint-Cyr, les arbres de Judée et les marronniers enveloppaient de leurs masses de feuillage la maison où dormait Juliette. — Comme elle était royalement belle, ce soir ! songeait Michel, et quel charme ce sera demain de la tenir palpitante dans mes bras !.. Car elle m'appartiendra, je me le suis juré... C'est par elle que je veux connaître ces joies raffinées de l'amour mondain, qui sont restées jusqu'à présent pour moi comme un jardin fermé.

Dans son corps demeuré si longtemps chaste s'allumait brusquement toute une flambée de désirs pour cette belle personne si élégante, si fière et si étrangement attirante. Il s'était promis de la posséder, il la voulait, et il entrait dans sa théorie d'aller toujours jusqu'au bout de sa volonté. Cette passion qui le poussait n'avait rien de tendre, ni de sentimental ; c'était l'élan fougueux et égoïste d'un jeune sauvage qui se jette violemment sur l'objet qui l'a tenté...

> Tutto é follia nel mondo
> Cio che non é piacer !...

fredonnait-il en humant à pleins poumons l'odeur des vignes en fleurs ; je viderai jusqu'au fond cette coupe de plaisir et puis je reviendrai plus dispos et plus opiniâtre aux travaux sérieux de la vie...

Il ne rentra chez lui qu'au soleil levant. Ce jour-là, il n'avait pas classe au lycée ; il dormit jusqu'à midi d'un sommeil de plomb et sans rêve.

A peu près à l'heure où il s'éveillait, M. de La Guérinière, ganté de frais et vêtu de son habit bleu, sonnait à la grille de la Chambrerie et demandait si madame du Coudray pouvait le recevoir.

La femme de chambre, après avoir été prendre les ordres de sa maîtresse, l'introduisit dans le salon. — Madame allait descendre, elle s'habillait et priait monsieur de s'asseoir en l'attendant.

Le propriétaire des Rochettes ne s'assit pas ; il tourna d'un air agité et perplexe autour des meubles épars dans un élégant désordre, s'arrêtant pour respirer une fleur ou pour feuilleter un livre, puis reprenant sa promenade circulaire. Ses paupières demi fermées voilaient son regard inquiet ; il passait nerveusement la pomme de sa canne sur ses lèvres ; son ventre rondelet était remué par des soubresauts convulsifs.

— Je vous ai fait attendre, monsieur de La Guérinière, dit tout à coup madame du Coudray en soule-
vant la tapisserie d'une porte de communication ; pardonnez-moi, je me suis levée tard et je ne voulais pas
me montrer avant d'avoir achevé un bout de toilette...

Un observateur moins ému que La Guérinière aurait qualifié ce « bout de toilette » de véritable toilette
de combat. La mise de madame du Coudray, tout en
ayant l'air très simple, était un chef-d'œuvre de coquetterie raffinée. Une matinée de mousseline blanche plissée, garnie de rubans bleus alternant avec de
la dentelle, couvrait comme d'une tombée de neige
les contours irréprochables de sa poitrine et de ses
hanches. Ses cheveux relevés très haut sur le sommet
de la tête dégageaient la nuque de façon à en laisser
admirer la chair blondissante et veloutée ; les manches
larges montraient jusqu'au coude les rondeurs des bras,
et quand, après avoir indiqué un fauteuil à son voisin,
elle s'assit sur le canapé, sa jupe découvrit dans un
nuage de mousseline deux petits pieds chaussés de
bas de soie bleue à coins noirs.

M. de La Guérinière ébloui ferma un moment les
yeux ; quand il les rouvrit, il aperçut les prunelles
grises de madame Juliette qui se fixaient sur lui avec
une expression interrogatrice.

— Chère madame, commença-t-il après avoir respiré longuement, vous vous étonnez de ma visite
matinale ?... J'aurais été plus correct en venant vous
voir un peu plus avant dans la journée, mais je tenais
à vous trouver seule...

6

— Lui aussi ! pensa-t-elle. — Elle posa ses pieds
sur un coussin, s'accouda au bras du canapé et, la tête
appuyée sur sa main : — Vous êtes le bienvenu à
toute heure, mon cher voisin, répondit-elle ; allez, je
vous écoute.

— Madame, reprit avec bonhomie le propriétaire
des Rochettes, vous m'avez reproché hier de m'être
assoupi pendant le spectacle ; mais si je m'endors de
bonne heure, je me réveille avant le jour, et ce matin,
en attendant le déjeuner, j'ai beaucoup réfléchi... J'ai
passé la cinquantaine, c'est une saison où le cœur
devrait être calme ; le mien, au contraire, est sens
dessus dessous... Vous avez dû vous en apercevoir du
reste, et je ne vous ai pas laissé ignorer combien je
suis éperdument amoureux de vous...

— On fait des folies à tout âge, interrompit madame du Coudray.

— Hélas ! oui, soupira-t-il en lançant à sa voisine
une œillade par-dessous ses gros sourcils ; jusqu'au
jour où j'ai eu le bonheur de vous connaître, j'avais
cru pouvoir échapper à ce danger... J'avais refusé de
me marier et j'avais mené ma barque de façon à éviter
les écueils de la passion... Bref, j'étais un célibataire...

— Endurci, acheva-t-elle... Je le sais, vous avez
assez souvent manifesté devant moi votre aversion
pour le mariage ; ce qui, soit dit en passant, n'était
pas précisément respectueux, car du moment que vous
me faisiez la cour, cela avait l'air d'insinuer que vous
me croyiez capable d'être autre chose que votre femme
légitime...

— Minute, madame ! répliqua-t-il un peu confus, écoutez-moi jusqu'au bout... Donc j'ai cinquante ans passés, mais je suis encore vert ; j'ai de plus une fortune assez ronde : vingt-cinq mille francs de rentes en bonnes valeurs et autant en terres ; je possède une maison à Tours, un domaine d'excellent rapport entre Yzeures et Preuilly, sans compter cette bicoque des Rochettes à laquelle je dois le bonheur de vous connaître... J'ai des goûts simples et un caractère facile... Je mets tout cela à vos pieds, si vous voulez me faire l'honneur de vous appeler madame de La Guérinière.

— Enfin, nous y venons ! pensa madame Juliette en prenant une attitude méditative pour dissimuler sa satisfaction.

Elle n'espérait pas une si prompte réussite, bien que, pour l'obtenir, elle eût employé ses plus coquettes manœuvres. M. de La Guérinière eût pu se dispenser de lui détailler par le menu l'importance de son patrimoine ; elle savait à quoi s'en tenir depuis le jour où elle avait reçu la première visite du propriétaire des Rochettes. Elle avait depuis longtemps calculé sur ses doigts les revenus probables de ses propriétés et elle s'était dit que ces cinquante mille francs de rentes, joints à la fortune qu'elle possédait de par le testament de M. du Coudray, lui permettraient de revenir à Paris et d'y mener le train de vie qu'elle rêvait. Elle ne voulait d'ailleurs reparaître dans la société parisienne que sous le nom nouveau que lui donnerait un second mari. Celui de du Coudray lui rappelait désagréablement sa faute originelle et une

situation fausse, régularisée trop tard. Elle était impatiente de faire peau neuve et de rentrer dans le
monde, comme une reine de féerie après un changement de décor. C'est pourquoi, dès le principe, elle
avait jeté son dévolu sur M. de La Guérinière, dont
l'honorabilité et la fortune étaient solidement assises.

— Elle était fine et avait lu dans le jeu du propriétaire des Rochettes : ce célibataire vert-galant connaissait l'histoire de son premier mariage, et l'avait
tout d'abord regardée comme une femme aimable,
sans préjugés, avec laquelle on pourrait aller fort loin
sans aller cependant jusqu'au mariage. Mais, en
même temps, elle avait deviné que le bonhomme, en
dépit de sa finasserie tourangelle, s'était enflammé sérieusement. Une femme moins adroite et moins expé-
rimentée aurait joué la vertu, pris une attitude réservée et des airs de dignité, afin de faire revenir
M. de La Guérinière de son opinion préconçue. Juliette du Coudray avait adopté une tout autre tactique ; comme les grands capitaines et les diplomates
consommés, elle savait être habilement imprudente ;
elle avait jeté entre les jambes de ce quinquagénaire
hésitant un amoureux jeune, fougueux et entreprenant.
Elle avait prévu que la perspective d'un rival ardent
et audacieux comme Michel Verneuil aiguillonnerait
fortement la passion de M. de La Guérinière, et qu'il
essaierait de triompher de cet adversaire redoutable
en se servant du seul moyen qui pût lui assurer la
victoire : — l'offre de sa fortune et de son nom.

Ses calculs étaient justes ; seulement elle avait estimé que la résistance du vieux célibataire durerait plus longtemps et elle s'était engagée trop à fond avec le professeur ; — et puis, à ce jeu scabreux, elle n'avait pas su toujours garder son sang-froid, et elle risquait maintenant de se brûler au feu qu'elle avait allumé. Elle voyait le péril, et c'était à cela qu'elle rêvait, la main posée comme un masque sur la partie inférieure de son visage, tandis que M. de La Guérinière, inquiet de son silence et de son immobilité, commençait à craindre un refus :

— Est-ce que par hasard, se demandait-il, elle me sacrifierait à ce jeune pédant de collège?... — Vous ne répondez pas? murmura-t-il d'une voix étranglée.

— Mon cher voisin, répliqua Juliette, je suis à la fois flattée et touchée de votre proposition, mais je m'y attendais si peu que mon silence est bien excusable... Laissez-moi respirer et songez que je dois non seulement me consulter moi-même, mais encore envisager la situation qu'un nouveau mariage créera à ma fille... Soyez assez aimable pour m'accorder vingt-quatre heures et revenez demain chercher ma réponse.

— Je vous aime trop pour vous mettre le poignard sur la gorge, repartit tendrement M. de La Guérinière. Demain, à la même heure, j'aurai l'honneur de vous revoir. Pesez le pour et le contre, mais dites-vous bien que si j'ai mes cinquante ans contre moi, je suis à l'âge où l'on devient un mari sûr et dévoué. Ma maturité vous offre des garanties d'affection et de

6.

sécurité que toute la verdeur d'un jeune mari ne pourrait vous donner.

— A demain! répéta Juliette en souriant... Mais
dès aujourd'hui, je puis vous affirmer que si je me
décidais à un second mariage, je ne pourrais faire un
choix plus honorable et plus selon mes goûts.

Elle lui tendit la main. Il la baisa longuement, avec
un clappement de langue pareil à celui d'un buveur
qui déguste un vin exquis, puis il prit sa canne et sortit d'un air rajeuni et fringant.

— Et ce Verneuil, à qui j'ai donné un rendez-vous
ce soir! songeait madame du Coudray, tandis que
la grille se refermait en grinçant sur le propriétaire
des Rochettes.

L'œil fixe, les lèvres serrées, elle se reprochait de
s'être laissé griser par la musique italienne et d'avoir
trop accordé à la satisfaction d'une dangereuse curiosité :

— Si seulement La Guérinière avait parlé vingt-
quatre heures plus tôt, murmurait-elle, en appuyant
son front contre la fenêtre du jardin... Enfin j'ai eu
un instant de faiblesse : qui n'en a pas ?... Il s'agit
maintenant de ne pas lâcher la proie pour l'ombre.

Elle avait deux moyens d'échapper au péril de ce
rendez-vous : envoyer sur-le-champ à Tours un domestique avec un billet donnant contre-ordre à Michel, ou bien consigner le jeune homme à sa porte
quand il arriverait ce soir à la Chambrerie.

— Non, pensa-t-elle, s'il ne me voit pas ce soir,
il reviendra un autre jour, et puisque je dois m'enga-

ger dès demain avec M. de La Guérinière, je n'aurai
fait qu'accroître le danger... Il importe d'avoir une explication immédiate et définitive avec Michel... Je le
recevrai et je le mettrai à la raison... Mais comment?...
Bah ! c'est un sauvage, mais c'est aussi un naïf, et
sur ces caractères-là, il y a toujours moyen de mordre.

En relevant la tête, elle aperçut sa fille qui remontait l'une des allées du jardin. Jeanne marchait le
front baissé et sa démarche, ordinairement si vive,
avait je ne sais quoi de languissant et de lassé qui
étonna madame du Coudray. La figure charmante de
la jeune fille se montrait en pleine lumière dans l'en-
cadrement des massifs ; ses joues semblaient avoir
pâli et ses yeux étaient battus.

— Qu'a donc cette petite? se demandait madame
Juliette.

Elle ouvrit la fenêtre : — Jeanne ! viens un peu ici,
j'ai à te parler.

— Quoi donc, maman? s'écria mademoiselle du
Coudray en entrant.

— Assieds-toi près de moi, dit sa mère. — Elle
lui fit une place sur le canapé, lui prit les mains, la
regarda bien en face et poursuivit : — Je te trouve
changée depuis quelques jours... Es-tu malade?

— Moi, maman? je n'ai rien.

— Si fait; tes yeux sont cernés comme si tu dor-
mais mal, tu es taciturne, mélancolique, et avec ton
caractère, ces changements-là ne sont pas naturels.

— Mais, maman, je t'assure...

— Moi, je t'assure que tu as quelque chose..

Voyons, Jeanne, tu n'as jamais eu de secret pour
moi, tu n'es plus une fillette et nous pouvons parler à
cœur ouvert... A ton âge, ces tristesses vagues sont
l'accompagnement ordinaire de quelque histoire sentimentale... Est-ce que tu aurais un amour en tête?

— Moi! s'écria Jeanne en rougissant jusqu'aux
oreilles.

— Tu rougis, donc j'ai touché juste. Il ne te reste
plus qu'à me nommer le beau ténébreux qui te fait
passer des nuits blanches... En vaut-il la peine au
moins?

— Maman, balbutia la jeune fille vexée et confuse,
ne te moque pas de moi, je t'en prie!

— Cherchons ensemble, continua impitoyablement
madame Juliette, il ne vient pas tant d'hommes ici,
et ce sera tôt fait... M. de La Guérinière est hors de
cause, naturellement. Est-ce le jeune Oxenford?...

— Par exemple! protesta Jeanne avec un accent
dédaigneux.

— M. Perrusson?

Nouveau hochement de tête négatif.

— C'est M. Michel Verneuil alors?

La jeune fille restait muette, elle avait baissé les
yeux, et son trouble qui augmentait équivalait à une
réponse.

— Comment! elle aussi, pensait madame du Coudray, mais c'est donc un don Juan que ce monsieur!
— J'aurais dû m'en douter, reprit-elle tout haut; au
lendemain de sa conférence, M. Verneuil réunissait
les conditions voulues pour passer à l'état de héros
de roman... Et tu le lui as laissé voir?

— Jamais! dit Jeanne en relevant la tête.

— Mais il l'a deviné probablement.

— Lui! pas le moins du monde! repartit-elle vivement avec une nuance d'amertume ; il a le cœur trop occupé ailleurs.

Ce fut au tour de madame du Coudray d'être embarrassée :

— Que veux-tu dire? murmura-t-elle.

— Tu es belle comme une fée, maman, et il n'a d'yeux que pour toi...

Tout en parlant, Jeanne s'était serrée contre sa mère ; elle pressait sur la magnifique poitrine de madame Juliette son visage bouleversé, comme pour cacher les larmes qui lui mouillaient les paupières. — Va, je ne suis pas jalouse, continuait-elle d'une voix étouffée ; je comprends qu'il t'aime mieux que moi. Rassure-toi, il ne saura jamais rien de ce qui se passe en moi-même. Je m'arracherais les yeux, s'écria-t-elle avec véhémence, si je supposais qu'ils dussent me trahir !

— Tais-toi! répondit madame du Coudray en lui baisant les cheveux, tais-toi, mauvaise enfant, tu te montes l'imagination pour des riens. Dans la vie il ne faut jamais voir les choses par le côté romanesque. Ce monsieur aurait un singulier goût s'il préférait ma maturité à ta jeunesse, et alors il ne serait guère digne de toi. Dans tous les cas, sois bien persuadée que ce n'est pas moi qui l'encouragerai à une pareille folie. Promets-moi d'être prudente et laisse-moi chapitrer M. Verneuil. S'il est, comme je le crois,

un garçon sérieux, il comprendra que je ne l'ai pas
reçu ici pour porter le trouble dans notre intérieur.

— Non, je t'en prie, ne lui dis rien... Qu'importe!
puisqu'il ne m'aime pas!

— Il m'importe beaucoup! répliqua sévèrement
madame du Coudray, à moi qui suis ta mère et
qui dois veiller sur toi. Aie confiance en moi et lais-
sons cela pour aujourd'hui. Va t'apprêter, tu sais
qu'il y aura du monde chez les Oxenford. Fais-toi
belle.

Jeanne se leva lentement, passa sa main sur ses
yeux et se dirigea vers la porte ; mais avant de sortir,
elle se retourna :

— Maman! s'écria-t-elle.

— Quoi encore ?

— Tu ne m'en veux pas ?

— Non, enfant terrible!... Mais va donc, tu ne seras
jamais prête !

Quand Jeanne fut partie, madame du Coudray sourit
de son ironique sourire de sphinx : — Allons! se dit-
elle, j'ai bien fait de ne pas décommander mon rendez-
vous... A nous deux, maintenant, monsieur le professeur !

VII

Parmi les rares joies dont la vie humaine est clair-
semée, l'une des plus vives est, pour un jeune homme,
d'aller à un rendez-vous d'amour par une belle nuit
d'été. On respire alors dans leur prime-fleur les sensations les plus exquises, harmonieusement fondues :
le chaud frémissement de la jeunesse qui court dans
les veines, le charme de la saison qui s'épanouit et de
la nuit qui s'étoile, le mystère du crépuscule qui s'a-
vance ainsi qu'un complice bienveillant, et cette espérance de bonheur, plus délicieuse que le bonheur
même, parce que la réalité n'y a encore mêlé aucun
regret, aucune désillusion.

Toutes ces sensations joyeuses, Michel Verneuil les
éprouvait largement en suivant à la brune le chemin
de Saint-Cyr. Comme il l'avait avoué jadis à Adrien
Perrusson, il y avait au fond de lui un appétit voluptueux que la volonté avait longtemps refréné, et que
l'influence des milieux était en train de surexciter vio-

lemment. On n'habite pas impunément un pays dor
la population ne semble vivre que pour le plaisir. L
climat de la Touraine pousse aux jouissances maté
rielles par de lentes et insinuantes provocations
comme une habile entremetteuse d'amour. La moll
tiédeur de l'air, les caresses du soleil, l'abondance de
fleurs et des fruits, la bonne chère et le bouquet par
fumé des vins, le luxe et le confortable qui règnen
partout, sont autant de corrupteurs subtils qui pénè
trent traîtreusement dans l'organisme et l'imprègnen
tout entier. Michel avait subi la contagion, et quand
il s'était rencontré avec madame du Coudray, il étai
comme le fruit mûr qui ne tient plus que par un
point à la branche, et dont le moindre souffle détermine
la chute.

Tout en gravissant la pente caillouteuse qui mène au
sommet du coteau de Saint-Cyr, Michel consultait sa
montre. Il était en avance. Ralentissant le pas, il fermait les yeux pour mieux jouir intérieurement des fé-
licités qui l'attendaient ; ou bien il s'arrêtait, en flâ-
neur, à regarder par une grille entr'ouverte l'intérieur
de quelques-unes des élégantes villas assises au revers
de la colline. — Que de fois, pendant ses jours de solitude, il avait parcouru ce chemin, contemplant avec
convoitise ces heureuses demeures, et que de fois il
avait rêvé d'y pénétrer comme un hôte aimé et choyé !
Maintenant son rêve allait se réaliser. Il lançait un
coup d'œil dédaigneux sur ces maisons qui ne valaient
point la Chambrerie et il hâtait de nouveau le pas.
Enfin, dans la sérénité de la nuit, neuf heures tintè-

rent à l'église de Saint-Cyr. Il tourna en palpitant l'angle du sentier, et en palpitant il sonna à la porte de madame du Coudray.

Dès que la grille eut tourné sur ses gonds, il distingua dans l'ombre madame Juliette qui venait au-devant de lui sur le perron.

— Vous êtes exact, dit-elle en souriant et en lui tendant la main.

Le ton aisé et presque insouciant de la veuve le déconcerta un peu. Elle n'avait pas l'air d'être assez émue à son gré. Il arrivait tout bouillant de désir et il n'admettait pas qu'on le traitât en amoureux peu redoutable. Cet excès de confiance l'irritait comme un défi.

Juliette s'était dirigée lentement vers le petit salon dont les portes-fenêtres restaient ouvertes. Elle avait changé de toilette. La pimpante matinée de mousseline blanche qui avait émerveillé M. de La Guérinière était remplacée par une robe de cachemire prune très montante. Ce costume sombre donnait à la veuve quelque chose de plus imposant et de presque austère.

Le salon, sobrement éclairé par une lampe recouverte d'un abat-jour tombant très bas, avait au contraire un aspect provocant et amoureusement mystérieux. La lumière discrète laissait dans une pénombre confuse les sièges épars et les jardinières pleines de fleurs ; les baies des portes encadraient des coins de ciel étoilé ; des haleines de chèvrefeuille et de seringa, pénétrant par toutes les ouvertures, emplissaient la pièce ombreuse d'une odeur excitante.

7

— Eh bien! commença madame du Coudray en se retournant vers Michel, vous ne parlez pas, vous semblez désappointé !... J'ai cependant fait ce que vous désiriez et vous me devez au moins un merci. Seriez-vous comme les enfants qui deviennent indifférents dès qu'on a satisfait leur caprice?

— Je suis, répliqua-t-il, comme ceux qui aiment passionnément et auxquels la passion ôte la parole... Je voudrais que la musique d'hier résonnât tout à coup au fond du jardin et vous rendît un peu de cette émotion que vous n'avez plus et qui me possède toujours...

— Avouez que cette musique de Verdi nous avait grisés tous deux.

— Ce n'était pas la musique, c'était l'amour qui me montait à la tête, et aujourd'hui comme hier, je ne suis plus maître de moi!

Brusquement il s'était rapproché d'elle et lui avait saisi les mains. Ils se trouvaient maintenant face à face et se mesuraient du regard comme deux champions qui vont commencer la lutte ; lui, tout illuminé par la passion fougueuse qui l'emportait, ayant dans les yeux cette lueur de poésie farouche qui avait frappé et attiré Juliette dès leurs premiers entretiens; elle, blanche, avec un sourire inquiétant, fixant ses grises prunelles diamantées sur celles du jeune homme comme pour le tenir en respect.

— Vous vous calomniez, murmura-t-elle d'une voix assourdie, vous êtes plus raisonnable que vous n'en avez l'air... J'en suis si convaincue que je laisse volontiers mes mains dans les vôtres pour vous prouver ma confiance.

— Vous m'aimez? demanda-t-il impérieusement en l'attirant plus près de lui.

— Il me semble, répondit-elle d'un ton calme, que je vous ai donné assez de témoignages d'affection pour que vous n'en doutiez plus.

— Ah! reprit-il avec irritation, ne jouons pas sur les mots!... Je ne suis pas comme les jeunes gens de votre monde, élevés dès l'enfance à marivauder avec les femmes... Je suis un sauvage!

— Je m'en aperçois...

— Je n'entends rien à ces affections qu'on peut détailler et loger comme des marchandises dans des cases différentes : une pour la tête, une pour le cœur et une autre pour les sens... Moi, j'aime avec mon être tout entier et vous ne vous doutez pas de la puissance d'un amour pareil.

Il la força de s'asseoir sur le canapé, et, sans lui lâcher les mains, prit place auprès d'elle.

— Vous ne me connaissez pas! continua-t-il... Et avec une éloquence exaltée, entraînante, entrecoupée de cris passionnés, il lui raconta toute sa vie. Il dit son enfance solitaire, sa jeunesse laborieuse, ses rêves ambitieux, et l'amour allumé par Juliette faisant soudain explosion dans sa réclusion studieuse. — Il n'avait rien exagéré; cette passion naïve, toute d'une venue, robuste et verdoyante, était complètement nouvelle pour madame du Coudray. Il y a des heures où une femme jeune, si bien armée qu'elle soit et résolue à se défendre, aime à ce qu'on lui coule à l'oreille de ces choses douces et troublantes. Il y avait longtemps que la belle veuve n'avait ouï une musique à la fois si neuve et si caressante. La verdeur de cette passion imprégnée de sèves agrestes l'étonnait et la secouait étrangement. Un moment elle fut de nouveau tentée. Elle se sentait attirée par une curiosité émue, pareille à celle qui poussait certaines grandes dames du XVIIIe siècle à s'amouracher d'un jeune pâtre.

— M'aimez-vous? murmura Michel en l'entourant de ses bras et en la serrant contre sa poitrine.

Elle ne parlait plus : elle semblait s'abandonner... Dans le silence du petit salon, la vibration de la cloche de Saint-Cyr qui sonnait dix heures, pénétra avec une sonorité inusitée, et ce timbre argentin rappela madame du Coudray à la réalité. Elle songea qu'elle n'avait plus guère qu'une heure devant elle, pour déblayer le terrain de façon à pouvoir donner le lendemain une réponse définitive à M. de La Guérinière. Cette réflexion lui rendit le sang-froid qu'elle commençait à perdre.

Tout en souriant, elle dénoua de son corsage les deux bras de Michel, tandis que celui-ci répétait d'une voix plus impérative :

— M'aimez-vous?

— Non, répliqua-t-elle, pas de cette façon!

Il la regarda d'un air ébahi, puis, avec sa rudesse rustique, essayant de reprendre la position conquise, il revint à la charge :

— Il n'y a pas deux façons... On aime ou on n'aime pas.

— Alors, dit-elle en se reculant et en se levant, soit, je n'aime pas!

— Ah! gronda-t-il en tressaillant.

Il se leva à son tour et marchant vers elle :

— Alors pourquoi ces regards qui me brûlaient et ces paroles caressantes dont vous étiez prodigue?... Pourquoi ce serrement de main hier au théâtre? Pourquoi cette promesse qui m'a amené ce soir chez vous?... Tout cela était donc un pur manège de coquetterie?

Elle secoua négativement la tête.

— Si vous étiez sincère, poursuivit-il, pourquoi revenez-vous aujourd'hui sur vos engagements?

— Et à quoi donc vous imaginez-vous que je me sois engagée?

— A être à moi... Il y a des regards par lesquels on se donne aussi complètement que par un baiser, et ces regards, vous les avez eus pour moi.

— Vous vous êtes mépris...

— Non! affirma-t-il sourdement, c'est vous qui avez changé... Mais il est trop tard et j'exige que vous teniez votre promesse!

Elle se dit qu'avec un pareil enragé il n'était pas prudent de pousser les choses à l'extrême, et, au lieu de lui résister ouvertement, elle résolut de biaiser pour se reprendre peu à peu et en détail. D'ailleurs le péril même de la lutte la surexcitait, l'approche du danger lui causait une sorte de jouissance nerveuse qu'elle n'avait pas goûtée depuis longtemps. Elle fixa bravement ses yeux sur Michel, et, de nouveau sou-

riante, elle reprit les mains du jeune homme dans les
siennes :

— Quel enfant vous êtes ! murmura-t-elle câlinement... Calmez-vous !.. Voyez, vous me tenez maintenant à merci et il n'y a pas de crainte que je vous
échappe... Venez vous asseoir, laissez vos mains dans
les miennes et écoutez-moi... Quand vous m'aurez entendue, il sera toujours temps pour vous de parler en
maître et d'exiger, comme vous dites, l'exécution de
mes promesses.

Elle le fit asseoir tout près d'elle : — Quel âge me
donnez-vous bien ?

— Je ne sais, répondit-il, qu'importe ? Je vous
aime !

— J'ai trente-huit ans bientôt, mon ami, et vous,
vingt-huit, je crois... Cela met entre nous une différence de dix années... à mon préjudice, c'est-à-dire
que, dans dix autres années, je serai une vieille
femme, une grand'mère... Réfléchissez un peu et
convenez qu'avec une pareille disproportion d'âge, si
nous nous épousions, nous ferions, vous, un marché
de dupe et moi, une sottise...

— Mais !.. balbutia Verneuil interloqué de cette
hypothèse matrimoniale qui n'était pas entrée un instant dans ses calculs.

— Je dis : si nous nous épousions, continua doucement Juliette, car je ne vous fais pas l'injure de supposer que vous avez songé à une autre alternative...
Une femme, qui se respecte et qui est libre, n'a que
cette façon de « se donner » à l'homme qu'elle aime,

quand cet honnête homme lui-même peut disposer librement de sa personne... Je le répète : croyez-vous, en mettant de côté le ridicule que ces unions disproportionnées ont aux yeux du monde, croyez-vous prudent et même possible un mariage entre vous et moi ?

Michel, décontenancé, fronçait le sourcil et gardait le silence. Cette question inattendue l'avait brusquement refroidi. Le campagnard ambitieux et calculateur, qui dormait au fond de lui, commençait à se réveiller, et il était fort embarrassé de s'expliquer. La perspective d'un mariage avec madame du Coudray lui agréait peu, et, d'un autre côté, encore qu'on puisse mettre bien des excès de langage sur le compte de la passion, il n'est pas commode, quand une femme honnête vous demande si vous l'aimez pour le bon motif, de lui répliquer crûment en face comme dans je ne sais quel vaudeville : « Non, c'est pour l'*autre*... »

— Vous vous taisez ! ajouta madame du Coudray, et votre silence en dit long.

Michel se mordait la moustache. Il comprenait qu'il perdait du terrain. Il se trouvait maintenant dans une situation trop défavorable pour revendiquer « les droits de la passion. » Il voulait néanmoins protester, mais Juliette l'interrompit, et lui posant doucement le bout de ses doigts sur les lèvres :

— Non, vous parlerez tout à l'heure.

Elle soupira, et renversant sa tête sur le dossier du canapé :

— Je ne suis pas égoïste, reprit-elle, et dans tout

cela je considère bien plus votre intérêt que mon bonheur... Vous arrivez, vous, à la pleine jeunesse ; moi,
j'entre dans la maturité... Mon rôle de jeune femme
est fini : je n'ai plus qu'à vieillir le plus lentement
possible et à m'occuper de mes devoirs de mère...
Vous, vous devez songer à votre avenir et cultiver un
talent qui ne pourra que grandir. Après le premier
éblouissement passé, vous regretteriez amèrement de
vous être engagé avec moi d'une façon absolue... Je
pensais à ces regrets inévitables ce matin, en me rappelant cette divine musique qui nous a si fort émus
tous deux hier soir, et je me répétais que je voudrais
pourtant vous être bonne à quelque chose, sans que
mon affection courût le risque d'entraver votre carrière... Car je vous aime, s'écria-t-elle en lui serrant
les mains, j'ai pour vous une tendresse qui est plus
que de l'amitié... Et à force de chercher, j'ai trouvé
une combinaison qui me permettrait de vous presser
sans remords contre ma poitrine et de vous dire :
« Embrassez-moi comme une mère ! »

— Je... ne vous comprends pas, murmura Michel.

— C'est que je ne m'explique peut-être pas bien,
repartit madame du Coudray, et en vérité il est toujours délicat d'expliquer un sentiment très compliqué
et un peu exceptionnel... Avez-vous quelquefois
pris le temps de regarder ma fille ?

— Mademoiselle Jeanne ! s'exclama-t-il lentement,
tandis que peu à peu une clarté nouvelle et inquiétante s'allumait dans son cerveau.

— L'avez-vous regardée, non avec l'indifférence

d'un passant, mais avec cette admiration attentive qu'on doit avoir pour tout ce qui est jeune et beau?

— Je n'ai d'yeux et d'admiration que pour vous, vous le savez bien! protesta-t-il avec véhémence.

— Mon ami, Jeanne, c'est moi, mais c'est moi à dix-neuf ans, avec toutes les promesses d'une beauté encore en bouton, toute la fraîcheur de sensations, toute la vivacité d'esprit que je n'ai plus... Je l'ai élevée avec amour; je lui ai infusé avec mon sang tout ce qu'il y a de bon et de désirable en moi... Jeanne me ressemblera... en mieux. Allez, vous n'auriez pas à faire une grande dépense d'imagination et de cœur pour croire m'aimer encore en aimant ma fille.

— Jamais! s'écria-t-il avec colère.

— Avant de vous prononcer avec cette violence, laissez-moi achever, continua madame Juliette de sa voix la plus pénétrante et la plus attendrie... Je ne vous ai encore entretenu que de moi et des raisons presque égoïstes qui m'ont amenée à chercher un moyen de concilier la tendresse de l'amie avec les devoirs de la mère. Laissez-moi vous parler d'elle... de ma Jeanne, qui, elle aussi, a droit à mon affection... Je dois m'inquiéter de son cœur autant que du mien, et si vous trouvez ce soir un changement dans mes façons d'être avec vous, c'est que je me suis aperçue d'aujourd'hui seulement que ma fille vous aime.

— Moi? murmura le professeur ébahi.

— Oui, vous, mon cher Michel, et si vous n'aviez pas eu les yeux offusqués par l'ivresse d'une passion

7.

plus exaltée que durable, vous auriez deviné avant
moi que vous possédiez le cœur de cette enfant.

— Vous me voyez confondu. Comment cela a-t-il
pu arriver ?

— L'amour vient sans qu'on y pense, dit la chanson... Souvenez-vous des enthousiasmes de Jeanne,
rappelez-vous son imprudente visite au lendemain de
la conférence... J'avais pris tout cela pour des espiè-
gleries d'enfant terrible ; mais les tristesses et les airs
préoccupés de Jeanne depuis quelques jours, depuis
que vous êtes plus assidu ici, m'ont tout à coup
éclairée et désabusée... Elle a lu dans mon cœur
avant même que j'aie pu déchiffrer le sien ; elle
croit que je vous aime, et elle en souffre.

Michel écoutait, avec une surprise non exempte
d'un naïf orgueil, cette confidence habilement pré-
parée et presque musicalement modulée par madame
Juliette. — Ainsi Jeanne l'aimait ; il avait le premier
éveillé le sentiment de l'amour dans cette âme neuve,
si richement douée de tous les dons naturels de l'esprit !.. Bien qu'il eût toujours traité mademoiselle du
Coudray en enfant, bien que ses désirs fussent solli-
cités violemment par la beauté plus sensuelle et plus
éclatante de Juliette, sa vanité d'homme n'en était
pas moins agréablement chatouillée par cette révélation. — La tête renversée, les yeux perdus vers le
coin de ciel constellé qu'encadrait la porte-fenêtre, il
écoutait sans parler la voix câline et insinuante de
madame du Coudray.

— Vous le comprenez, poursuivait celle-ci, je ne

puis pas être honnêtement la rivale de ma fille, mais je puis mêler l'affection toute maternelle que je vous porte à la tendresse que j'ai pour Jeanne ; je puis doublement vous aimer comme amie et comme mère en vous donnant ma fille.

— Vous n'y pensez pas, c'est impossible ! se récria Michel.

— Ne m'interrompez pas encore... Je ne vous parlerai pas des avantages purement matériels que Jeanne vous apporterait avec sa main. Ma fille est riche, nous avons de magnifiques et puissantes relations... Une fois marié, vous pourriez aisément continuer votre carrière à Paris, dans des conditions plus flatteuses pour votre amour-propre et plus en rapport avec votre talent. Mais je n'insiste pas sur ces raisons secondaires ; c'est votre cœur que je veux toucher, et non votre ambition... Jeanne a assez de prix pour qu'on la prenne pour elle-même, en dehors de toute considération intéressée. Ce n'est pas un mariage d'argent que je vous offre, mais une union intime où nos trois affections se mêleraient, tout en gardant leurs caractères bien différents : moi, vous aimant comme une mère, Jeanne et vous, vous adorant comme deux enfants... Maintenant j'ai fini et j'attends votre réponse.

— J'admire, répliqua Michel d'un ton sarcastique, comme vous disposez facilement de mon cœur ! Mais il n'est pas aussi maniable que vous le supposez, madame !... C'est vous que j'aime et non votre fille... Qnel homme me croyez-vous donc pour imaginer que je puisse feindre un amour que je n'ai pas, tandis que je me sens passionnément épris de vous ?

— Je ne vous dis pas de feindre, je vous supplie de faire un effort sur vous-même et de tourner vers ma fille un amour que je ne puis plus encourager... Elle est jeune, elle est charmante, elle vous aime... Vous verrez en peu de temps que cette conversion est plus facile que vous ne pensez, et, croyez-moi, vous ne perdrez pas au change !

— Je ne veux pas changer !

— Il le faut ! répéta madame du Coudray en reprenant sa voix impérieuse et en se levant brusquement; vous comprenez qu'après la confidence que je vous ai faite, vous ne pouvez plus reparaître ici que comme le fiancé de Jeanne... Ma tranquillité à moi m'importe peu, mais je dois veiller sur celle de ma fille.

— Et si je refuse? s'écria Michel en croisant les bras.

— La porte de la Chambrerie vous sera fermée et nous ne nous reverrons plus... Maintenant allez, et consultez votre cœur.

Elle descendit les marches du perron et se dirigea vers la grille. Il la suivait silencieusement et d'un air dépité ; quand elle eut la main sur la clé de la porte, elle se retourna vers lui :

— Vous m'écrirez oui ou non, dit-elle : je comprendrai.

Elle lui donna une légère tape sur l'épaule et ajouta d'un ton caressant :

— Bonne nuit, mon ami, ce n'est pas adieu, n'est-ce pas ? mais au revoir !...

Michel se retrouva sur le chemin de Saint-Cyr, comme un dormeur qu'on a réveillé en sursaut. Il marchait machinalement, à grands pas, sans pouvoir ressaisir le sang-froid nécessaire pour lier ses idées les unes aux autres, sentant seulement au fond de lui une pénible déception mêlée à une sourde irritation. Dans son cerveau les mots « oui ou non... adieu ou au revoir » tintaient alternativement comme une obsession. Il arriva vers minuit devant sa maison de la rue de la Grandière sans savoir par quels chemins il avait passé. Au battement de ses artères et à son essoufflement quand il monta l'escalier, il se rendit compte néanmoins de la hâte fiévreuse avec laquelle il avait dû marcher.

Quand il fut rentré dans sa chambre, il s'assit près de la croisée ouverte. La tête entre ses mains, il essayait de réfléchir et de coordonner ses idées. Le sentiment de l'orgueil irrité se réveilla chez lui tout d'abord. — Croit-elle que je sois à vendre? s'écriat-il... Elle me jette sa fille à la tête comme on jette à un chien un os à ronger, afin de se débarrasser de lui, et elle s'imagine que j'accepterai un pareil marché!... Non, je n'en suis pas encore réduit là... Je préfère ne plus remettre les pieds à la Chambrerie!

Et tandis que ce mot de la Chambrerie lui venait sur les lèvres, il revit nettement devant ses yeux l'élégante et confortable maison de madame du Coudray avec son perron fleuri d'héliotropes et sa ceinture de marronniers. Il eut la sensation de quelqu'un qui s'exile et qui aperçoit de loin, en se retournant, la de-

meure aimée où il ne reviendra plus. Il s'était si bien
habitué depuis trois mois à prendre presque chaque
jour le chemin de cette maison, que cette habitude
était devenue un des éléments essentiels de son existence. Il se demandait avec inquiétude comment il
ferait pour s'en passer. — Et puis, comme les ambitieux et les joueurs, il était superstitieux. Ses visites
à la Chambrerie se liaient intimement dans son esprit avec ses premiers succès, et il lui semblait qu'en
tournant le dos à la maison de madame du Coudray,
il changerait fatalement du même coup le cours de
sa bonne fortune. Cette demeure était pour lui comme
un fétiche qu'il redoutait de perdre. Tandis qu'il roulait confusément dans sa tête ces réflexions désagréa-
bles, il sentait peu à peu la somnolence l'envahir et
il se laissait aller à un engourdissement lourd, qui le
délivrait momentanément de la compagnie de ses pensées chagrines... Il resta ainsi assoupi pendant plus
d'une heure. Quand il rouvrit les yeux, il vit devant
lui la rue obscure et les masses noires des arbres du
jardin d'en face. La fraîcheur de la nuit l'avait calmé,
ses nerfs étaient détendus, et il put examiner avec
plus de sang-froid la situation que venait de lui créer
la volte-face inattendue de madame Juliette.

— N'exagérons rien, se dit-il ; ce serait une sottise
de prendre trop au sérieux une simple blessure d'a-
mour-propre. J'avais juré que Juliette m'appartiendrait
et elle m'échappe, c'est fâcheux, mais je ne suis pas
un enfant et je n'ai pas le droit de compromettre mon
avenir par dépit amoureux... Jouer au don Juan ou au

Lovelace, c'est bon pour les oisifs et les cerveaux étroits. J'ai d'autres visées, et je serais un niais de briser de gaîté de cœur, sous mes pieds, les premiers échelons qui me serviront à atteindre le but que je me suis proposé. D'ailleurs mon amour pour Juliette n'est qu'une passion purement charnelle ; raison de plus pour ne pas donner à un pareil caprice une importance capitale.

Il s'était levé et arpentait lentement le parquet de sa chambre.

— Mais alors, reprenait-il, si je renonce à la conquête de madame du Coudray, pourquoi jouerais-je le rôle d'un farouche Hippolyte à l'égard de sa fille?... Si Jeanne m'aime, quel sot point d'honneur m'oblige à me poser en héros insensible et incorruptible? Tous les gens sensés me riraient au nez. Jeanne est un peu trop volontaire et étourdie, à mon goût, mais elle est jolie, spirituelle et enthousiaste... Ce serait une éducation à faire, voilà tout... De plus, elle a de la fortune. Par ce mariage, je serais riche... Riche, c'est-à-dire indépendant et maître de monter aussi haut que je voudrais !...

Il s'arrêta. Dans le silence de la maison endormie, la pendule seule jetait le bruit de son tic-tac monotone ; ce tic-tac, à la fois pressé et régulier, semblait pénétrer jusqu'aux centres cérébraux de Michel et y répéter comme un écho :

— Tu seras riche !... riche !

Il alla s'accouder à la fenêtre. Dans la fraîche obscurité du jardin d'en face, on voyait vaguement se

mouvoir les masses feuillues des arbres. Tout à coup
ces feuillées frissonnèrent, un rayon argenté frisa les
hautes branches ; lentement, à l'horizon, la lune
échancrée se leva, blanche et virginale comme une
jeune fiancée, et sa clarté tranquille baigna la figure
songeuse du professeur. Il voulut voir dans cette apparition un présage de bon augure. Cette lumière
amicale et chaste s'associa dans son esprit avec l'i-
mage de Jeanne du Coudray.

— Elle m'aime! se disait-il; elle m'aime!... Et je
n'ai qu'à tendre la main pour qu'elle soit à moi.

Il est vrai qu'en même temps, au dedans de lui,
une voix aiguë répondait :

— Mais toi, l'aimes-tu?... l'aimes-tu?

— Assez de rêves! murmura-t-il en fermant la fenêtre et en tirant les rideaux.

Il se déshabilla et s'endormit d'un sommeil fiévreux.

VIII

Madame du Coudray ne s'était pas trompée dans ses prévisions : chez Michel, l'ambitieux avait parlé plus haut et plus fort que l'amoureux. Dès le surlendemain, elle reçut du professeur un billet contenant simplement ces mots : « Oui... Je consens à essayer d'en aimer une autre que vous, et, bien qu'il m'en coûte, je reviendrai à la Chambrerie aux conditions que vous y avez mises vous-même. »

Il y revint peu de jours après. Dans l'intervalle, madame Juliette avait revu M. de La Guérinière et avait définitivement accepté l'offre de son nom ; seulement, en femme prudente et qui sait tout prévoir, elle avait obtenu du propriétaire des Rochettes que leurs projets resteraient encore secrets pendant quelques mois.

— J'ai des vues pour l'établissement de ma fille, lui avait-elle dit, et jusqu'à ce que tout soit arrangé à mon gré, je tiens essentiellement à ce que le public

et Jeanne elle-même ignorent notre futur mariage...
C'est plus convenable, et j'espère que vous serez de
mon avis.

M. de La Guérinière, tout joyeux d'en être arrivé
à ses fins, avait répondu que les désirs de sa belle
amie étaient des ordres et qu'il s'en rapportait à elle
entièrement.

Lorsque Michel rentra dans le petit salon qui avait
été témoin de sa défaite, il ne put dissimuler sa con-
fusion et son embarras. Madame Juliette vint au-devant de lui en souriant, et lui tendit la main.

— Mon ami, lui dit-elle, devinant qu'il cherchait à
excuser sa rapide évolution et voulant lui épargner
une explication un peu mortifiante, ne revenons pas
sur notre conversation de l'autre soir... Elle restera
entre nous et personne ne la connaîtra jamais... Il est
inutile que je vous rappelle nos conventions; Jeanne
est au jardin, allez l'y trouver... C'est elle maintenant
qui doit attirer vos regards et occuper toute votre
pensée.

Michel baissa la tête et descendit docilement les
degrés du perron. Il cheminait avec lenteur le long
des allées tournantes, s'attardant à chaque massif de
rosiers et se sentant pour la première fois fort embarrassé du langage qu'il allait tenir à la jeune fille. Au
détour d'un sentier, il se trouva brusquement à l'entrée de la tonnelle et aperçut Jeanne, assise près de
la table rustique.

Elle était vêtue d'une robe à raies blanches et roses;
ses cheveux, relevés au sommet de la tête et légère-

ment crêpés au-dessus du front, la faisaient ressembler à une figure de Watteau. Elle lisait ou plutôt elle rêvait sur son livre. Au bruit des pas sur le sable, elle leva les yeux, reconnut Michel et rougit légèrement.

— Vous cherchez maman? lui cria-t-elle quand il ne fut plus qu'à peu de distance ; elle doit être au petit salon.

— Je le sais, répondit-il, et je savais également que je vous trouverais ici.

— Vraiment ! s'exclama-t-elle avec une intonation malicieuse, et vous êtes venu tout de même?... Qu'avez-vous donc de si important à me communiquer?

— J'ai du plaisir à vous voir... N'est-ce pas suffisant pour motiver ma visite?

Elle ouvrit de grands yeux et secoua la tête.

— Cela vous étonne? reprit-il en s'asseyant près d'elle.

— Oui, cela m'étonne de vous voir préférer ma société à celle de maman... Enfin, une fois n'est pas coutume !... Oh! ajouta-t-elle en coupant la parole à Michel, qui balbutiait quelques mots de protestation, ne vous récriez pas... Je me rends justice ; je suis bien trop en l'air et trop enfant pour que ma conversation puisse plaire à un homme aussi sérieux que vous?

— Je crois, répliqua Michel en souriant, que vous trompez doublement ; je ne suis pas aussi grave que vous vous l'imaginez, et vous n'êtes pas aussi enfant que vous voulez le paraître.

Tout en parlant, il la regardait. Elle rougit de nouveau et s'écria avec vivacité :

— Qu'en savez-vous? Prétendez-vous que je cherche à me donner des airs que je n'ai pas ? Vous ne
me connaissez guère alors ! Ma seule qualité est d'être
naturelle et de me montrer telle que Dieu m'a faite...
Si vous êtes franc, à votre tour, vous avouerez que
c'est précisément cela qui m'a nui dans votre esprit.

— Vous voulez rire.

— Pas du tout... Tenez, le jour où j'ai été vous
manifester mon enthousiasme à domicile, à propos
de votre conférence, j'avais cru naïvement vous faire
plaisir, et dès les premiers mots que vous m'avez
adressés, j'ai compris que ma démarche vous paraissait ridiculement inconvenante... Est-ce vrai?

Ses deux grands yeux de vierge curieuse et ingénue
se fixèrent sur ceux de Michel de façon à fouiller sa
pensée jusqu'au tréfond, et, comme elle avait touché
juste, le professeur ne put soutenir ce regard pur et
hardi.

— Vous vous trompiez, répondit-il, ou, du moins,
vous interprétiez mal un mouvement tout sympathique... Votre démarche me semblait imprudente et je
craignais qu'elle n'eût pour vous des conséquences
fâcheuses... Il y avait dans mon accueil, non pas la sé-
vérité d'un juge, mais la sollicitude d'un ami.

La figure songeuse de Jeanne s'éclaira tout à coup.
Ses lèvres s'entr'ouvrirent et montrèrent ses dents
blanches dans un sourire éblouissant. Ce fut comme
un rapide coup de soleil glissant entre deux nuages

sur une campagne tout à l'heure assombrie et maintenant radieuse.

— Ainsi nous sommes amis ? demanda-t-elle.

Michel admirait la merveilleuse mobilité de cette spirituelle physionomie, la grâce de ce jeune sourire, la flamme pure et vive de ce regard enthousiaste. Il s'apercevait pour la première fois que Jeanne était réellement séduisante, et il convenait qu'il n'aurait pas grand'peine à en devenir amoureux. Elle n'avait certes pas la beauté sensuelle et irritante de sa mère, mais sa mignonne personne était toute charmante, tout illuminée par un esprit enjoué et prime-sautier. Le parfum qu'elle exhalait avait la franche et suave senteur d'une rose sauvage ; les séductions de Juliette du Coudray étaient, au contraire, troublantes et capiteuses comme l'odeur des seringas. Les yeux du professeur s'arrêtèrent avec une expression joyeuse sur ceux de la jeune fille :

— Amis, répondit-il, nous l'avons toujours été, et j'espère que notre amitié deviendra plus étroite encore.

La figure de Jeanne était redevenue subitement soucieuse et méditative.

— Qu'avez-vous ? reprit-il, mes paroles vous ont-elles déplu ?

— Non, mais voulez-vous que je vous dise ? — Elle leva un doigt en l'air et l'agita en menaçant Michel : — Il y a de maman là-dessous, avouez-le !

— Je ne vous comprends pas, murmura-t-il, décontenancé par la perspicacité de la jeune fille.

— Vous êtes venu de votre plein gré m'offrir votre amitié?

— De mon plein gré.

— Hum!... C'est que, voyez-vous, je suis très exclusive et je ne veux devoir qu'à moi-même l'affection qu'on me montre.

— Vous avez raison... Mettez la mienne à l'épreuve.

— Soit... Voici ma main en signe de traité d'alliance.

Elle lui tendit la main. Il la prit dans la sienne et la garda un moment, non sans un vague sentiment de remords, en songeant qu'il avait serré de même, quelques jours avant, la main câline de madame Juliette.

A partir de cette journée, il devint le cavalier assidu de Jeanne du Coudray. Il évitait les occasions de se trouver seul en compagnie de Juliette, avec le même soin qu'il les recherchait autrefois. Il éprouvait de l'embarras à la regarder en face ; il craignait de lire sur les lèvres ironiques de la veuve un commentaire railleur de l'évolution qu'il avait si docilement et si promptement opérée. Du reste, il redoutait presque autant de rester en tête-à-tête avec lui-même ; il avait peur, en allant au fond de sa pensée, d'y trouver un jugement trop sévère et trop méprisant sur le motif ambitieux qui l'avait poussé vers Jeanne. Il essayait de se tromper lui-même et de se monter la tête, en se persuadant qu'il était uniquement attiré par la grâce naturelle et la fraîche verdeur de la jeune fille. Peu à peu, il en arriva à se faire illusion et à s'imaginer qu'il fût devenu amoureux de mademoiselle du Coudray, même si elle eût été sans dot, riche seulement de sa spirituelle beauté. N'était-ce pas tout simple qu'il cherchât à épouser une fille aimable, sympathique et à laquelle il plaisait? Était-ce sa faute si cette fiancée joignait à toutes ses qualités natives une belle fortune et de puissantes relations?...

Quant à Jeanne, elle était trop fière de l'attraction inespérée qu'elle exerçait sur le professeur pour analyser minutieusement la nature de ses sentiments. Elle était à un âge où l'on aime l'amour encore plus que l'amoureux, et l'amour de Verneuil la flattait assez pour qu'elle l'acceptât avec enthousiasme. Elle voyait toujours Michel sur l'estrade de la conférence, jetant des phrases sonores au milieu des applaudissements de la foule. Elle se disait qu'il serait un jour célèbre, qu'elle aurait la satisfaction d'avoir la première encouragé ses débuts et prédit son succès. De tout temps elle avait rêvé de devenir la femme d'un artiste, d'un poète ou d'un orateur illustre. Michel était certainement appelé à prendre une place éminente dans le monde des lettres ou dans le monde politique. Avec son remarquable talent de parole, son imagination brillante et sa haute culture intellectuelle, il n'aurait qu'à paraître dans le milieu parisien pour attirer l'attention. Elle le pousserait vers la grande ville, elle serait sa muse et elle partagerait sa gloire, — car elle ne doutait plus maintenant de l'affection du jeune homme. Elle la sentait se développer sour-

dement; elle savourait avec délices ces exquises pré-
mices de la tendresse qui sont le meilleur de l'amour.
Elle attendait avec une joie émue l'heure prochaine
où Michel lui dirait : « Je vous aime, voulez-vous être
ma femme? » Elle trouvait dans cette attente une
mystérieuse douceur qui lui faisait monter des larmes
aux yeux, quand le soir, dans sa chambre, elle re-
passait en dénouant ses cheveux les incidents de la
journée : les paroles tendres murmurées à l'oreille,
les silences plus éloquents encore que les paroles, les
mains serrées à tout propos, enfin ce charmant *adagio*
de l'amour, toujours le même et toujours enivrant.

Ainsi tous deux se trompaient plus ou moins inconsciemment. Tous deux prenaient pour un attachement
solide une intimité qui n'existait qu'à la surface. Cet
amour qui semblait monter du fond du cœur n'était
que l'ébullition de deux cerveaux échauffés, l'un par
l'imagination, l'autre par la fièvre ambitieuse ; et le
bonheur qu'ils entrevoyaient à l'horizon n'avait pas
plus de consistance que les apparitions de villes et de
forêts qu'on aperçoit au loin dans ces déserts de sable
surchauffés par l'éclatant soleil du midi...

Cependant Michel, bien qu'il multipliât ses visites
à la Chambrerie, ne s'était pas encore prononcé de
façon à ne laisser planer aucun doute sur ses intentions. On eût dit qu'il hésitait à engager définitivement son avenir. Madame du Coudray commençait
à s'impatienter. Jeanne seule, enveloppée de cette
atmosphère azurée et isolante dans laquelle vivent
ceux qui aiment pour la première fois, ne trouvait

pas le temps long. Pour elle les jours se succédaient, lumineux et argentés, apportant chacun une émotion et une joie nouvelles. Les hôtes de la Chambrerie étaient continuellement en fête. Les parties de campagne alternaient avec les soirées dansantes en plein cœur d'été. On visitait tour à tour les châteaux et les sites renommés de la Touraine, et M. de La Guérinière servait de cicerone.

Un jour, on avait remonté le cours de l'Indre depuis Azay jusqu'à Montbazon. Le mois de juin tirait à sa fin et la vallée était dans toute sa gloire. Sur les deux versants, parmi les noyers et les vignes, les petits châteaux à tourelles, les villas modernes aux toits en terrasse, les clôseries entourées de figuiers s'étageaient gaîment dans la verdure, tandis qu'au fond l'Indre sinueuse et lente coulait à pleins bords entre des prairies plantureuses, déjà mûres et dorées. Madame du Coudray avait fait apporter des provisions dans le break et on déjeuna sur l'herbe, à la lisière d'un bois de chênes, situé à mi côte et d'où le regard embrassait les molles ondulations de la rivière. Dans le bas, un moulin jetait son bruit sourd d'eau bouillonnante et, tout autour, les prés étendaient leur nappe fleurie. Il y avait dans ce pli de vallée une telle luxuriance de végétation que Jeanne n'y put tenir et que, laissant sa mère et M. de La Guérinière, elle s'élança vers les prés, suivie de Michel.

Tête nue et ayant dédaigné de s'abriter sous une ombrelle, les jupes relevées, les manches retroussées jusqu'au coude, elle se plongeait voluptueusement

8

dans cette verdure comme dans un bain, s'accrochant aux clématites, meurtrissant ses mains aux tiges des églantiers, disparaissant jusqu'aux hanches dans les hautes herbes et poussant des cris de joie à chaque trouvaille. Michel, plus calme, la suivait de loin et difficilement. Il s'empêtrait dans les ronces, tandis qu'elle semblait glisser comme un oiseau à travers ce fouillis d'arbustes et de plantes grimpantes. Parfois il ne voyait plus que l'extrémité de son bras blanc ou le sommet de sa tête dorée de soleil; puis il la perdait de vue complètement. La poudre grise de toutes ces fleurs remuées s'élevait autour de lui en buées odorantes; les coquelicots, les boutons d'or et les sauges tranchaient sur le vert foncé de l'herbe; dans la chênaie, des ramiers roucoulaient amoureusement; la rivière miroitait, couvrant ses rives parfumées de menthe d'une humidité qui fumait au soleil. Dans les sourires du ciel, dans l'odeur de la terre, dans la tiède vapeur de l'eau, il y avait comme une invitation à l'amour.

Tout à coup Jeanne reparut, les mains pleines de fleurs, les cheveux et les bras mouillés. Elle avait glané sa gerbe, tête baissée, dans les hautes tiges; des feuilles vertes et des fleurettes de myosotis étaient restées collées à son front ou mêlées à ses cheveux. Elle avait l'air de s'être roulée dans la prairie, et, parmi ces débris de verdure et de fleurs, éclataient la vive lumière de ses yeux, le charme éblouissant de son sourire.

— Vous êtes belle! adorablement belle! s'écria Michel émerveillé.

Il y avait un si énergique accent de conviction dans cette exclamation admirative que la figure de Jeanne devint radieuse.

— Vraiment, vous me trouvez belle?

— Vous le savez bien... On doit vous l'avoir dit souvent.

— C'est vrai, mais je n'ai jamais eu tant de plaisir à me l'entendre dire.

Il y eut un silence. Jeanne, les prunelles illuminées et les joues en feu, mordillait les graminées de son bouquet. Michel, très ému pour la première fois, continuait à la regarder avec une admiration croissante. L'expression, ordinairement sévère et un peu dure de sa physionomie s'était amollie et ses yeux avaient des lueurs d'attendrissement.

— Venant des autres, reprit Jeanne lentement et en détournant la tête, ce compliment semblait banal et me laissait indifférente... Mais vous n'êtes pas prodigue de compliments, vous!... au contraire, et alors...

— Alors?...

— Cela me touche davantage, parce que cette fois je sens que cela part du fond de votre cœur.

— Et sentez-vous aussi que je vous aime? murmura-t-il en lui prenant vivement les deux poignets.

Elle ferma les yeux. A la fois saisie et heureuse, elle desserra les doigts. Son bouquet se dénoua et roula dans les plis de sa robe retroussée.

— Le croyez-vous? répéta-t-il d'une voix sourde.

— Je le crois, balbutia-t-elle en remuant difficilement ses lèvres alourdies.

— Et vous, chère enfant, voulez-vous m'aimer?

— Oui! dit-elle d'un ton plus ferme.

— Merci!

— Merci de quoi? demanda-t-elle en ouvrant de grands yeux.

— De consentir à être la femme d'un pauvre diable de professeur comme moi.

Elle haussa gentiment les épaules.

— Allons donc! s'écria-t-elle en souriant, n'ayez pas de fausse modestie... Vous savez bien ce que vous valez et c'est moi qui suis fière d'avoir été choisie par un homme tel que vous.

En l'entendant s'exprimer sur son compte avec une foi si enthousiaste, Michel fut pris d'un scrupule. Bien qu'il eût toujours la même confiance dans la puissance de sa volonté, il fut effrayé de voir quelle haute idée Jeanne se faisait de sa valeur et de son avenir.

— Ne vous illusionnez pas trop, reprit-il, je ne suis qu'au début d'une carrière difficile; j'aurai des luttes à soutenir et sans doute des défaites à essuyer... Peut-être pourriez-vous regretter d'avoir associé votre vie à la mienne?

— Jamais! répliqua-t-elle en relevant la tête d'un air résolu; je me tiendrai à vos côtés pour vous encourager dans la lutte et je serai de moitié dans vos succès.

— Serez-vous aussi de moitié dans mes déceptions?

— Pourquoi pas? repartit-elle avec un sourire d'incrédulité, ne serons-nous pas unis *for better, for worse*, comme disent les Anglais, pour la bonne ou la mauvaise fortune?

— Je vous aime! répéta-t-il en lui baisant les mains... Maintenant que tout est arrangé entre nous, il ne nous manque plus que le consentement de madame votre mère.

— Oh! elle ne nous le refusera pas... Allons le lui demander.

— Comme cela? tout de suite? objecta Michel avec un peu d'embarras.

— Pourquoi pas? Le plus tôt sera le mieux.

— Eh bien! allons! murmura-t-il en se dirigeant vers le talus de la prairie.

Mais Jeanne restait immobile; une réflexion venait de lui traverser subitement l'esprit. Elle était devenue songeuse et sa méditation lui creusait un pli sur le front.

— Dites-moi, demanda-t-elle tout à coup en saisissant le bras de Michel, il y a une question que je veux vous poser... Elle m'est déjà venue plus d'une fois sur les lèvres... Promettez-moi d'y répondre franchement.

— Je vous le promets.

— Pendant longtemps j'ai cru que vous étiez amoureux de maman et que vous ne pensiez qu'à elle...

— Quelle singulière idée! fit-il en détournant la tête.

— Elle n'a rien de singulier. Maman est plus belle et plus séduisante que moi et vous auriez fort bien pu

lui donner la préférence ; personne n'eût trouvé cela
étonnant.

— C'est possible, répondit-il avec un sourire embarrassé, mais l'amour ne raisonne pas comme tout
le monde.

— Ainsi vous ne l'avez jamais aimée, bien vrai?

Il hésita un moment ; cela lui coûtait de mentir
aussi effrontément, mais il réfléchit que sa situation
actuelle lui imposait ce mensonge :

— Jamais ! affirma-t-il, non sans que ce reniement
lui causât un certain malaise intérieur.

Elle poussa un soupir de satisfaction. — Pardonnez-moi, reprit-elle, mais pendant des semaines ce
soupçon m'avait rendue si malheureuse, que je voulais en avoir le cœur net.

— Je n'aime que vous, Jeanne !

Et comme il répétait pour la troisième fois ce mensonge, il tressaillit en entendant la voix mordante de
madame du Coudray qui s'écriait du haut du talus : —
Allons, jeunes gens, il est temps de partir!...

Huit jours après, dans l'église de Saint-Cyr, on pu-
bliait les bans du mariage de Jeanne du Coudray et
de Michel Verneuil.

IX

Le roulement sourd des roues, les clameurs des co-
chers et les piaffements des chevaux emplissaient de
leur tapage la rue Barbet-de-Jouy, où se trouvait le
petit hôtel habité par les La Guérinière. On était en
février 1874, et une belle nuit de gelée augmentait encore la sonorité du pavé. Depuis un mois, madame
de La Guérinière avait repris ses mercredis. La
grande porte de la cour, ouverte à deux battants et
hospitalièrement illuminée par deux candélabres dont
le gaz tremblotait au vent, donnait accès aux voitures
qui déposaient sous la marquise des couples emmi-
touflés de fourrures, tandis que des invités plus mo-
destes, profitant économiquement de ce que la gelée
avait durci la boue, arrivaient à pied, rasant les murs,
le col de leur pardessus relevé jusqu'aux oreilles et
les mains à demi gantées.

L'appartement de réception occupait tout le rez-de-
chaussée. — D'abord une sorte de *hall*, lambrissé de

vieux chêne, tendu de verdures, meublé de bahuts et de sièges dénichés dans une vieille abbaye tourangelle; puis un premier salon ouvrant à droite sur un fumoir, à gauche sur une serre dont la rotonde vitrée empiétait sur le jardin de l'hôtel; enfin, au fond, un second salon plus vaste, où une profusion de lumières flambait au-dessus d'une profusion de fleurs. Toutes les ouvertures formaient de larges baies fermées à demi seulement par d'amples portières d'étoffes des Indes. Le fumoir était décoré dans le goût japonais, avec des divans bas, des murs peints à fresque, représentant un treillis où s'enlaçaient des pivoines et des fleurs de pêcher, tandis que sur la frise laquée des danseuses de Tokio détachaient en relief leurs robes multicolores, leurs figures glabres et leurs chevelures noires épinglées. Dans la serre, les plantes vertes, entre-croisant confusément leurs feuilles palmées ou lancéolées, tamisaient avec douceur la lueur des lampes dissimulées dans des fouillis de verdure ; au milieu des fougères et des mousses, un jet d'eau égrenait ses notes fraîches et cristallines dans le bourdonnement des conversations.

Il était près de minuit et le timbre annonçait encore de temps à autre quelques retardataires. La soirée battait son plein. Dans le grand salon, les dames s'étaient entassées pour entendre un monologue débité par une actrice que son rire étincelant et ses dents blanches avaient mise à la mode. Quelques hommes seuls s'étaient faufilés dans cet auditoire féminin; leurs habits noirs faisaient tache au milieu des épaules

nues et des étoffes claires. Les autres avaient reflué
dans les pièces voisines, où ils causaient debout, en
groupes, s'éventant avec leur claque ou s'épongeant
le front avec leur mouchoir; car la multiplicité des
lumières et la cohue des invités avaient surchauffé
l'atmosphère, imprégnée de l'odeur des fleurs mêlée
à des senteurs d'iris et d'opoponax, et légèrement
embrumée en outre par la fine buée des cigarettes du
fumoir.

Dans cette dernière pièce, la voix de l'actrice débi-
tant ses vers n'arrivait que par bribes inintelligibles
et on se croyait dispensé d'écouter. Les fumeurs
étaient presque tous des artistes ou des gens de
lettres; cela se reconnaissait à leurs physionomies
mobiles, à leurs regards à la fois fatigués et brillants,
à leurs gestes excessifs, à leur façon de discourir en
complétant leur parole par une pantomime expressive. Là, le ton de la causerie était très monté; on
effleurait tous les sujets, sans suite, sans gêne, avec
une prestesse et une fantaisie semblables au sautillement nerveux d'un écureuil.

— Que faites-vous pour le Salon?

— Rien... une grande machine allégorique que l'État
m'a commandée et que personne ne regardera : « la
Cour de cassation réformant un arrêt; » vous voyez
ça d'ici !

— Étiez-vous à la première du Gymnase?

— Oui... quel four, hein?... C'était crevant.

— Tiens, n'est-ce pas la femme de l'ex-ministre de
l'agriculture, là-bas, avec des cerises dans les cheveux?

— Emblème de son ministère perdu... Elle a vieilli de dix ans depuis la chute du dernier cabinet.

— Vous êtes difficile... Elle a des yeux magnifiques, et je sais des gens qui la trouvent encore très verte.

— L'absinthe aussi est verte ; ça ne l'empêche pas d'être amère !... La dame porte sur sa figure verjus toute l'aigreur des insuccès de son mari...

— Bonsoir, Gagnière ! tu viens donc ici ?

— C'est la première fois... J'ai été amené par un ami, et toi ?

— Moi, j'étais déjà des mercredis de l'an dernier.

— Alors, tu dois connaître la maison... Qu'est-ce que c'est que les La Guérinière ?

— Mon cher, côté des femmes, superbe... Côté des hommes, assommant... Voilà.

— Ils n'habitent Paris que depuis 1871 ?

— Oui, ils sont venus avec le gouvernement de M. Thiers. A Tours, pendant la guerre, madame de La Guérinière avait un salon où elle recevait les hommes politiques échoués en Touraine... Ça l'a mise en goût, et elle s'est installée à Paris pour continuer la petite fête.

— Ils sont riches ?

— Cent cinquante mille francs de rentes, à ce qu'on dit.

— Achètent-ils de la peinture ?

— Peuh ! au fond, ce sont des bourgeois, mais des bourgeois qui rougissent de leur état et qui veulent avoir l'air d'être dans le grand courant... Ils se jettent dans l'excentricité par peur d'être pris pour des

philistins... Ils sont impressionnistes en peinture,
wagnériens en musique, naturalistes en littérature,
mais tout cela par genre... Le cœur n'y est pour
rien... Le bonhomme La Guérinière pleure des larmes
de sang quand il achète un Manet à l'Hôtel des Ventes.
Il s'endort comme un plomb dans son fauteuil, quand
on chante chez lui *Tristan et Yseult*, et à cette heure
il doit être assoupi derrière quelque paravent... En
revanche, les deux femmes sont d'enragées mondaines... Madame de La Guérinière est passée maîtresse dans l'art de faire son salon. On la voit à toutes
les premières, à la Chambre, aux réceptions de l'Académie, au vernissage, partout où il est de bon ton de
se montrer avec le dessus du panier... Dès que quelqu'un tient la corde, artiste, homme politique ou
écrivain, elle se met à ses trousses, elle le tanne pour
qu'il vienne chez elle... S'il accepte une invitation à
dîner, crac! ça y est... Il est pris dans la souricière.
C'est comme cela que je suis venu ici, moi... Du reste,
je ne m'en plains pas; les dîners sont exquis;
madame de La Guérinière et sa fille sont charmantes,
et elles donnent chaque mercredi à leurs invités la
primeur de l'acteur à succès ou du virtuose à la
mode... Tiens, ce soir nous aurons Garido, le fameux
chanteur espagnol, avec ses séguedilles et ses com-
plaintes gitanas.

Celui qui parlait fut interrompu par une exclamation admirative de son ami, dont les yeux curieux,
sans cesse en mouvement, étudiaient le personnel de
ce salon nouveau pour lui. — Mazette! s'écriait Gagnière, vois donc la jolie femme!

En même temps il montrait du coin de l'œil à s[on]
voisin une jeune femme qui sortait de la serre et [se]
frayait un chemin au milieu du troupeau serré d[es]
habits noirs. — De taille moyenne, svelte, remarqua[-]
blement bien faite, elle était vêtue d'une robe de sat[in]
blanc, dont le corsage réduit à sa plus simple expre[s-]
sion, c'est-à-dire sans manches, largement échancr[é]
dans le dos et sur la poitrine, montrait hardiment de[s]
épaules et une gorge de Diane chasseresse, ainsi qu[e]
des bras d'un modelé très pur. Ses cheveux châtain[s]
relevés au-dessus de la nuque, frisaient en boucle[s]
abondantes sur le front et faisaient ressortir l'éclat d[e]
deux grands yeux d'un bleu foncé. Dédaigneuse, le[s]
narines dilatées et les lèvres souriantes, elle passa[it]
tranquillement au milieu des groupes masculins, san[s]
paraître embarrassée des regards de convoitise qu[e]
lui attirait la demi-nudité de son buste. Elle s'arrêt[a]
un moment dans le fumoir et tendit le bout des doigt[s]
à l'artiste qui causait avec Gagnière :

— Bonsoir! lui dit-elle, n'avez-vous pas vu M. Perrusson?

Et, sur une réponse négative, elle rentra dans l[e]
grand salon.

— Tu la connais? demanda Gagnière à son ami.

— Parbleu! c'est la fille de la maîtresse du logis[,]
la belle madame Verneuil.

— Une ravissante créature! Et elle est mariée?

— Elle a épousé à Tours une espèce de grand
homme de province, un normalien qui faisait florès
là-bas, et pour lequel madame de La Guérinière a ob-
enu une suppléance à la Sorbonne.

— Verneuil ! attends donc, j'ai entendu parler de lui... N'a-t-il pas été chargé de remplacer ce pauvre X... dans sa chaire d'éloquence française à la Faculté ?

— Précisément. X... est très malade, il ne se rétablira pas et on espère que Verneuil lui succédera ; mais j'ai idée qu'il faudra en rabattre... Le suppléant n'a pas fait oublier le maître, au contraire !... A sa leçon d'ouverture, il a remporté la plus belle veste qu'on puisse rêver... On n'est pas ennuyeux comme ça !...

— Tu y étais ?

— Hélas ! Madame de La Guérinière m'y avait traîné avec tous ses amis. On avait fait beaucoup de tam-tam autour du débutant. On l'annonçait comme un esprit hardi, un critique doublé d'un poète... Toutes les belles dames qui avaient l'habitude de savourer l'éloquence fondante de X.. étaient venues pour juger son successeur. Le grand amphithéâtre était plein à crouler. Enfin, le suppléant paraît et sa belle tête barbue gagne d'abord les cœurs. Très ému, il débute péniblement, d'une voix sourde que la moitié de la salle n'entend pas... Ajoute à cela une éloquence sentant la province, toute plaquée d'images violentes et parfois emphatiques... Ce qu'il débitait ne manquait pas d'originalité, mais c'était trop lourd pour des estomacs parisiens, trop farouche pour des oreilles féminines. Et puis, un tas de maladresses et de gaucheries ! La déception était visible, on bâillait, il s'en est aperçu et a perdu la tête. Bref, un désastre. Du coup, il a été classé parmi les parleurs ennuyeux. Ses leçons ne sont pas suivies ; il circule au quartier latin une charge qui le représente discourant devant un seul auditeur, assoupi au milieu des bancs déserts, avec cette légende : « Le cours de Verneuil, un jour qu'il y avait plus de monde qu'à l'ordinaire. » — Ça vous tue un homme, et il ne s'en relèvera pas.

— Et sa femme?

— Elle l'aime beaucoup, dit-on... Il n'avait pas de fortune et ç'a été un mariage d'inclination... C'est égal, à la place de Verneuil, je ne serais pas tranquille.

— S'il n'est pas un niais, il faut qu'il soit crânement fort pour laisser cette jolie personne courir le monde dans un costume aussi élémentaire.

Un brusque mouvement, en arrière des deux causeurs, leur fit tourner la tête et ils aperçurent Michel Verneuil qui s'éloignait, les sourcils froncés.

— Bigre! murmura l'ami de la maison, c'est le mari... Il se trouvait derrière nous et il nous aura entendus... Regarde-moi cette mine de sauvage dépaysé... Il a l'air de s'ennuyer ici comme s'il assistait à son cours !

Michel Verneuil avait en effet saisi au vol la dernière réflexion de Gagnière, et son premier mouvement avait été de secouer rudement les épaules de l'inconnu qui se permettait cette remarque impertinente. Il fut retenu par la crainte de faire un esclandre dans ce salon où il avait déjà commis tant d'impairs. A la fois furieux de ce qu'il avait entendu et honteux d'être surpris aux écoutes, il battit en retraite et s'enfonça dans la cohue des habits noirs qui emplissaient le premier salon.

En passant devant une glace, il fut effrayé de l'altération de ses traits et de la pâleur de son teint. Il se réfugia dans la serre, s'assit sur un divan dissimulé par un massif de rhododendrons, renversa sa tête en arrière dans la verdure, et, les bras croisés, les regards perdus dans le vide, il sentit une gorgée d'amertume lui remonter jusqu'aux lèvres.

Non, malgré ce mariage inespéré qui faisait pleurer d'aise, là-bas à Véel, le père Verneuil, et qui avait valu au bonhomme une pension viagère assez ronde ; malgré la beauté de sa femme ; malgré le luxe de l'hôtel La Guérinière, dont il habitait le second étage, Michel n'était pas heureux. La fortune lui vendait cher les faveurs dont elle l'avait d'abord accablé. Au début, les moindres détails de son programme avaient été exécutés à point, et comme par miracle. A Tours, il avait tenu le premier rang parmi les gens notables de la ville et son orgueil avait été agréablement chatouillé. Pendant la guerre, il n'avait pas hésité à s'engager dans un bataillon de mobilisés et il s'était bravement conduit. A la paix, enfin, il était rentré à Paris dans les meilleures conditions et avait obtenu presque d'emblée cette suppléance à la Sorbonne. A trente-trois ans, il avait pu réaliser les rêves qu'il formait, alors qu'il usait encore ses semelles d'étudiant sur les pavés de la rue Saint-Jacques. Puis, brusquement, le vent avait tourné. — La destinée lui avai fourni libéralement tous les éléments d'une victoire,

mais il n'avait pas su déployer l'habileté nécessaire
pour en tirer parti. Il manquait de savoir-faire. Dans
ce milieu parisien, où tant de gens d'esprit se dispu-
tent les premières places, l'ambitieux qui a déjà réussi
à s'élever au-dessus de la foule est comme un dan-
seur en équilibre sur une corde raide ; au moindre
faux pas, il est perdu. Michel était resté trop provin-
cial ; ébloui par la rapidité merveilleuse de ses succès
en Touraine, il s'était imaginé naïvement qu'il n'avait
plus d'efforts à faire et que Paris se contenterait des
mêmes tours d'esprit qui charmaient les Tourangeaux.
Sur le sol glissant de la capitale, son pied s'était posé
avec trop de lourdeur. Dans ce monde raffiné, blasé,
gouailleur, il s'était senti tout à coup désorienté. Il
ignorait l'art des nuances, des sous-entendus et des
ménagements. Il apportait dans ses relations une raideur désagréable, et ses coups de boutoir blessaient
les gens les mieux disposés à le servir. Il disait tout
à trac son opinion sur les œuvres et les hommes, ou
bien, quand il essayait de déguiser sa pensée, comme
il était mauvais complimenteur, ses efforts pour être
aimable le poussaient à de grosses maladresses, pires
encore que les éclats de sa sauvage franchise. Aussi
il s'était fait peu d'amis et beaucoup d'ennemis. Il
l'avait bien vu après son début malheureux à la Sorbonne. Ce jour-là, il avait coulé à fond sans que personne lui tendît la perche.

Maintenant, il était pris d'une rage sourde en constatant qu'il se trouvait rejeté dans l'obscurité, tandis
que d'autres, ayant moins de talent, mais plus de

souplesse que lui, arrivaient à la célébrité. Parmi ses anciens camarades de l'école ou de la conférence, plusieurs avaient déjà pris leur place au soleil : celui-ci était au conseil d'État, cet autre à la tête d'un journal influent. De son coin, dans la serre, il apercevait Adrien Perrusson causant avec madame Verneuil et saluant d'un sourire protecteur des gens enchantés de recevoir son salut. Perrusson, lui aussi, avait fait sa trouée. Élu député dans le Loir-et-Cher, il louvoyait adroitement entre les centres et la gauche ; il était le chef d'un groupe dont l'appoint pouvait déplacer la majorité, et dans les commissions, sa parole commençait à avoir de l'autorité. Il s'était fait une tête d'homme politique, à la fois grave et souriante, sérieuse sans raideur, aimable et prudente. Habile et insinuant, il passait, à droite, pour un doctrinaire libéral ; à gauche, pour un républicain teinté d'opportunisme. Sa faconde était spirituelle, discrète, enveloppante, avec une petite pointe de solennité académique. Il disait « le parlement » quand il faisait allusion à l'assemblée, et « le verdict de la nation » quand il s'agissait des élections. Il était resté garçon, ayant pour principe qu'un homme politique ne doit se marier que lorsqu'il est sous-secrétaire d'État ou ministre ; mais il avait de brillants succès près des belles dames qui fleurissaient les tribunes de Versailles ; il était très mondain, et dans les couloirs de la chambre il avait la réputation d'un homme à bonnes fortunes.

Avec un dépit mal contenu, Michel le regardait coqueter auprès de Jeanne. De ce côté-là aussi il se sen-

tait gravement atteint. Son insuccès de la Sorbonne
lui avait fait perdre aux yeux de sa belle-mère et de
sa femme une bonne partie de son prestige. — Quand
une jeune fille s'est mariée avec la conviction qu'elle
épouse un grand homme, elle ne pardonne pas facilement à son mari ses désillusions. Les femmes ne
croient guère qu'au succès effectif, immédiat; elles
n'ont pas la patience d'attendre, et quand leur tendresse est fondée tout entière sur l'espérance d'une
gloire qui ne vient pas, cette tendresse perd bien vite
de sa chaleur. Madame Verneuil avait secrètement et
vivement souffert d'un échec qui remettait tout en
question; elle commençait à douter de son mari.
Michel lisait dans les yeux de la jeune femme cet affaiblissement progressif de l'enthousiasme d'autrefois, et il en était cruellement humilié. Il se rendait
compte de la diminution qu'il subissait dans l'esprit
de Jeanne, et son énergie, son aplomb, son ardeur au
travail diminuaient quant et quant. Sa seule excuse en
contractant ce mariage riche avait été d'apporter,
avec son talent et ses espérances d'avenir, l'équiva-
lent de la fortune qu'on lui offrait. Maintenant cet
apport était bien entamé, la balance n'était plus égale.
Michel devenait l'obligé de sa femme, et cette situation inférieure, outre qu'elle le mortifiait, lui enlevait
l'autorité nécessaire pour parler en maître dans son
ménage. Les rôles étaient renversés; à cette heure, il
n'était aux yeux du monde que le mari obscur d'une
femme riche et jolie, dont on vantait partout l'élégance
et la spirituelle originalité. Jeanne brillait en pleine

lumière; lui, restait dans la pénombre. Cet amoindrissement moral le torturait et le paralysait.

Il aurait voulu se relever en publiant un grand ouvrage qu'il méditait depuis longtemps : l'*Histoire des paysans de France ;* mais pour cela il fallait mettre en œuvre des matériaux nombreux, lentement amassés, et, avec l'éparpillement de la vie mondaine, tout travail lui était impossible. Sa femme le traînait au théâtre ou au bal. Dès sept heures, il endossait son habit noir, assistait à des dîners assommants, se montrait chaque nuit dans deux ou trois soirées, et rentrait à trois heures du matin, fourbu, écœuré par la banalité des plaisirs parisiens. Ses belles et fécondes matinées de travail d'autrefois, il ne pouvait plus les retrouver. Au milieu de cette dissipation bruyante et creuse, il n'avait plus la tranquillité d'esprit nécessaire pour coordonner ses idées et s'adonner avec suite au terrible labeur de l'exécution. Le temps passait, Michel restait obscur, se rongeant les ongles avec rage et constatant chaque jour la stérilité de sa vie. Il en était venu à regretter amèrement les lointaines années, où, pendant les froides nuits de janvier, dans l'étable paternelle, il se jetait, à l'Angelus, hors de son lit de planches, et étudiait ses leçons à la lueur d'une lanterne fumeuse, en réchauffant ses pieds entre les flancs des vaches accroupies...

Des accords plaqués résonnèrent sur le piano du grand salon. Les groupes épars s'étaient rapprochés et massés auprès des portières; les causeurs du fumoir avaient baissé le diapason de leur conversation,

et, dans le silence presque général, une voix déjà un
peu fatiguée, mais merveilleusement conduite, s'élevait tout à coup. C'était le chanteur Garido qui commençait une complainte gitana. Il chantait avec beaucoup de naturel et de sentiment, comme s'il eût été au
milieu de la campagne. Sa chanson espagnole avait
l'ampleur et la mélancolie des grandes étendues de
landes solitaires. Elle donnait la sensation du plein
air, et, dans ces salons où l'on étouffait, elle ouvrait
comme une large fenêtre sur la nature et les vastes
horizons où l'on respire librement. Toutes les musi-
ques populaires se ressemblent. Elles ont les mêmes
beautés, les mêmes tristesses, les mêmes accents de
passion spontanée et vraiment humaine. Michel surpris et très ému prêtait l'oreille ; il lui semblait reconnaître les mélopées rustiques qu'il avait entendu chanter, tout enfant, aux pâtres de la plaine de Véel. Le
monde factice où il vivait maintenant avait disparu. Il
fermait les yeux et se revoyait seul parmi les friches
de son pays natal, à la tombée du jour, quand les
ombres s'allongent et que des fumées planent au-dessus des villages. Il croyait respirer l'odeur des feuilles
mortes dans les bois en automne, et le parfum des ser-
polets foulés aux pieds par son troupeau. La verte
sève de ses jeunes années lui remontait au cœur et il
reprenait courage. — Non, se disait-il, toute énergie
n'est pas encore éteinte ; secoue-toi, tu es encore maître de ta destinée ! — Le paysan s'était réveillé en
lui, son sang battait avec plus de force dans ses artères et ses joues s'étaient colorées. Quand le chan-

teur eut fini, Michel se leva, ragaillardi et réconforté.
Son aplomb lui revenait, il était honteux de son rôle
passif; il voulait à son tour se mêler aux gens qui
brillaient dans le salon de sa belle-mère et qui, après
tout, valaient moins que lui.

Il avisa un groupe d'hommes mûrs qui conversaient
dans l'embrasure d'une porte, et parmi lesquels se
trouvait Perrusson. Il s'approcha. On causait politique et on discutait les derniers votes de l'assemblée.

— Le pays, déclarait un monsieur décoré, à la mine
solennelle et à la parole silencieuse, le pays n'a pas
encore retrouvé son équilibre moral, mais nous es-
pérons que le septennat le lui rendra.

— Le septennat, objectait Perrusson, n'est pas un
gouvernement défini, il ne saura ce qu'il est que lorsque les lois constitutionnelles le lui auront dit... Avant
tout, le parlement doit voter une constitution, et cette
constitution doit être libérale sans arrière-pensée...
Ah! si les classes dirigeantes étaient clairvoyantes et
sages...

— Les classes dirigeantes! interrompit un troisième,
si vous croyez encore à leur influence, vous êtes joliment naïf!... Elles ne dirigeront rien, parce qu'il leur
manque la foi et l'énergie. Elles voudraient bien résister, mais elles ont peur de sortir de la légalité et elles
lâchent pied tout doucement devant le flot démocratique qui monte. Aujourd'hui, elles acceptent le septennat, demain elles se résigneront à la république de
Danton qui les dépouillera de leurs places, puis à la
république de Blanqui qui leur enlèvera leur argent,

9.

et quand nous en serons là, messieurs, nous pourrons
dire : *Finis Galliæ*. La France est perdue, bien le bonsoir !

— Je vous demande pardon, s'écria Michel, le pays
ne périra pas, car alors il y aura quelqu'un qui le dé-
fendra et le sauvera.

— Et qui donc ? demanda le monsieur à la rosette
en relevant avec hauteur sa tête doctorale et gourmée.

— Le paysan.

— Le paysan ! répéta l'autre avec un sourire dédaigneux.

— Oui, le paysan ! affirma Michel avec plus de
force, le paysan qui possède la terre en partie et qui la
possédera bientôt en entier, parce que, vous autres,
vous ne voulez plus et vous ne savez plus la cultiver ;
le paysan qui fait encore des enfants, et dont les enfants qui emplissent vos écoles deviendront vos maîtres, parce qu'à un corps robuste ils joignent une intelligence saine et forte ; le paysan qui, étant le nombre, sera l'âme et la sauvegarde de la démocratie
nouvelle. Il saura défendre la terre qu'il aime et dont
il connaît le prix, contre les ennemis du dedans et du
dehors. L'avenir est aux gens des campagnes, parce
qu'ils forment une race jeune, économe et résistante.
Quant à la société actuelle, émasculée par le luxe et
l'oisiveté, qui ne sait plus obéir, qui n'ose plus vouloir
et qui regarde avec des yeux épeurés le pouvoir tomber de ses mains malades, elle sera submergée par le
flot montant des travailleurs de la terre, et elle dis-
paraîtra...

Cette farouche prophétie, qui sonnait dans la bouche de Verneuil comme le glas de l'ancien état social, avait jeté un froid. Les auditeurs examinaient le gendre de madame de La Guérinière avec stupéfaction et gardaient le silence. Le groupe s'émietta avec des chuchotements et des haussements d'épaules, et peu à peu Michel, brisé par sa propre éloquence, resta seul dans l'embrasure de la porte.

Le monsieur décoré avait pris son chapeau d'un air digne et se dirigeait vers le hall, quand il rencontra madame de La Guérinière.

— Quoi, déjà ? s'écria celle-ci.

— Il le faut, chère madame ; je dois être demain matin à Versailles... A propos je ne croyais pas votre gendre aussi éloquent ; il nous a donné tout à l'heure la chair de poule. Seulement, ses doctrines sont dangereuses, subversives même. Je ne l'engage pas à les émettre à la Sorbonne, car je me verrais forcé de proposer au ministre de lui donner un remplaçant... Mes compliments, madame, votre soirée était charmante !

Il salua froidement et prit congé de la belle Juliette, qui se dirigea vivement vers Michel.

— Mon cher, commença-t-elle de sa voix la plus tranchante, quels discours avez-vous donc débités au personnage qui me quitte ?

— Quel personnage ?

— Ce monsieur à favoris que vous voyez là-bas près de la porte.

— Mais je lui ai simplement exposé des idées que je crois très justes.

— Elles sont renversantes, à ce qu'il paraît, vos idées ! Saviez-vous au moins à qui vous parliez ?

— Non. Quel est ce monsieur si prompt à se scandaliser ?

— C'est le nouveau sous-secrétaire d'État à l'instruction publique.

— Diable ! murmura Michel un peu interloqué.

— Mon pauvre ami, poursuivit Juliette de La Guérinière en lui dardant le plus dur regard de ses yeux gris, vous n'arriverez jamais à rien ! Enfin, c'est votre affaire, gâchez votre avenir si cela vous plaît ; mais quand vous serez *chez moi*, ayez la bonté de mettre une sourdine à votre éloquence, et tâchez de ne pas effaroucher les gens qui viennent me voir. C'est le moins que vous puissiez faire et je ne suis pas trop exigeante, vous en conviendrez !...

X

— Qu'est-ce encore ? s'écria avec impatience Jeanne Verneuil, debout devant une haute glace psyché, tandis que la femme de chambre lui enlevait sa robe, au retour de la soirée de madame de La Guérinière.

— Ne te dérange pas, c'est moi, répondit Michel.

— Ne pouviez-vous frapper ? Vous savez bien que je n'aime pas qu'on entre ainsi chez moi, comme un coup de vent... Défaites-vous donc de ces façons cavalières et par trop sans gêne !

Elle lui parlait le dos tourné et d'un ton de mauvaise humeur. Sa robe était tombée à ses pieds, ses cheveux dénoués roulaient en moutonnant sur ses épaules. La grande glace reflétait deux yeux bleus à demi noyés dans l'ombre, une bouche aux lèvres rouges et boudeuses, la rondeur laiteuse des bras nus et de la poitrine serrée dans le corset bordé de dentelle. La chambre, tendue de satin bleu et vieil

or, offrait ce désordre élégant que met autour d'elle
une jolie femme en abandonnant sa toilette de soirée : — gants et bouquets de fleurs épars sur un guéridon, l'éventail entr'ouvert à côté des porte-bonheur
jetés en tas sur la peluche du dessus de cheminée,
une écharpe de gaze et une sortie de bal oubliées
sur un fauteuil. — Du cabinet de toilette éclairé et
entrebâillé, une fine odeur de verveine s'exhalait dans
l'atmosphère tiède, échauffée par un clair feu de bûches
pétillantes. Le large lit Louis XIII à colonnes s'avan-
çait jusqu'au milieu de la pièce, étalant à l'ombre du
baldaquin bleu, à dents frangées de mèches vieil or,
la blancheur des couvertures déjà défaites. — En
voyant Michel Verneuil, la femme de chambre avait
jugé convenable de laisser les deux époux en tête-à-
tête et s'était retirée discrètement.

— Je me suis permis d'entrer, reprit brièvement
Michel, parce que j'avais deux mots à te dire.

— Dites-les vite, c'est impatientant ! Je déteste qu'on
soit sur mon dos quand je me déshabille.

En même temps Jeanne avait jeté un fichu de dentelle sur ses épaules nues. Ce mouvement n'échappa
point à Michel qui reprit avec ironie, en abandonnant
son tutoiement familier :

— Vous avez pour moi, ma chère, une pruderie
que vous n'avez pas pour les étrangers ; car ce soir,
chez votre mère, vous étiez décolletée plus que de
raison.

— Cela vous scandalise ?... Il me semble pourtant
que mes épaules sont bonnes à montrer...

— Je suis le premier à les admirer, mais je désirerais que cette admiration ne fût point partagée par
tout Paris... Je n'aime pas ces exhibitions en public.

— C'est petite ville comme tout, ce que vous dites
là... Mon cher ami, vous avez gardé un fond de pro-
vincialisme qui me désespère.

— C'est possible, répliqua Michel, mais dans ce
cas il y avait autour de moi beaucoup de provinciaux,
si j'en juge par les réflexions qu'on faisait et que j'en-
tendais.

— Vraiment !... Des réflexions de femmes maigres !
Rassurez-vous, j'ai la conscience tranquille et je ne
crois pas commettre un gros péché en montrant un
peu de peau... Et puis, vous savez, le qu'en dira-t-on
a toujours été le moindre de mes soucis.

— Nous n'avons pas là-dessus la même manière
de voir ; il m'est désagréable d'être exposé à entendre
des réflexions désobligeantes, et si vous avez de l'affection pour moi, vous allongerez un peu le corsage
de vos robes...

— Ceci, mon cher Michel, est une question qui ne
regarde que ma couturière, et, je vous prie de me
laisser la discuter avec elle... Je ne me mêle pas de
la façon dont vous faites vos cours, moi !

Michel fronça les sourcils. Cette réponse jetée à
l'étourdie lui sembla une allusion intentionnellement
méchante à son peu de succès à la Sorbonne. — Quand
nous souffrons d'une blessure secrète, nous devenons
sensibles à l'excès et le moindre frôlement de la partie endolorie nous fait crier. — Le professeur se pro-

mena nerveusement à travers la chambre, puis revenant vers sa femme et la regardant dans les yeux :

— Jeanne, reprit-il, vous ne m'aimez plus !

Elle haussa les épaules et dissimula un bâille-
ment.

— Il est bien tard, murmura-t-elle en riant, si nous
remettions cette discussion à demain...

— Pas de faux fuyants ! poursuivit-il avec amertume,
vous avez toujours eu une qualité que je prise au-dessus de toutes les autres : — la franchise... Eh bien,
répondez-moi franchement, Jeanne, vous ne m'aimez
plus... pourquoi ?

— Vous qui philosophez sur toutes choses, vous
devriez savoir que ce n'est pas une question à laquelle
on puisse répondre... On aime ou on n'aime plus,
fatalement... Quant à expliquer pourquoi, si franche
qu'on soit, c'est impossible... Enfin, puisque vous
faites appel à ma sincérité, eh bien ! oui, je reconnais
qu'entre nous il n'y a plus ce je ne sais quoi de velouté
et de tendre qui existait autrefois... A qui la faute ?...
A moi sans doute, qui n'ai pas le don de vous rendre
aimable.

— Cela signifie en bon français que je ne sais plus
me faire aimer.

— Cherchez... Il y a quelque chose comme cela.

Il se remit à arpenter silencieusement la pièce, la
tête penchée et les regards assombris.

— J'avoue, continua-t-il, que je ne m'attendais pas
à une aussi attristante révélation.

— Vous m'avez demandé d'être franche, je le suis,

dit-elle, en s'asseyant dans une chauffeuse et en tisonnant le feu avec impatience.

— Jeanne ! s'écria-t-il avec dépit, en se rapprochant d'elle, vous souvenez-vous d'une conversation que nous avons eue dans les prés de l'Indre, quelques semaines avant notre mariage?... Dans ce temps-là, vous me voyiez avec des yeux peut-être trop épris et vous exagériez ma valeur intellectuelle... Rappelez-vous ce que je vous ai dit au sujet des obstacles que je pouvais rencontrer et des échecs que je pouvais subir ; je craignais pour vous les désillusions, parce que je savais que toutes les femmes ne voient la marque du talent que dans le succès... Les événements m'ont donné raison et vous ne m'aimez moins que parce que je n'ai pas réussi...

Il avait touché juste, et dans son for intérieur Jeanne était obligée de se confesser à elle-même que là était le pourquoi de l'évanouissement de son amour. Seulement, comme beaucoup de femmes, elle ne consentait pas à avoir tort, et elle jugea à propos de se rebiffer contre cette vérité qu'on lui jetait trop crûment au nez.

— Vraiment, dit-elle avec humeur, vous avez une haute idée de mon caractère et vous me faites jouer un joli personnage !.. Je ne comprends pas que vous teniez à être aimé d'une femme aussi sotte que moi.

— Je ne vous accuse pas, répondit Michel ; je constate seulement un fait qui est très triste ;... l'amoindrissement de votre affection, au moment où j'aurais besoin d'être aimé, soutenu, encouragé... Je suis navré, dans le combat que je livre contre la mauvaise chance, de ne pas vous sentir à côté de moi comme une alliée tendre et vaillante.

Ces derniers mots avaient remué Jeanne, son cœur se serra et une buée humide scintilla au fond de ses paupières. Elle eut un bon mouvement et se leva en tendant la main à son mari.

— Vous me jugez mal, murmura-t-elle, vous aurez toujours en moi une amie dévouée et prête à vous soutenir.

Cette protestation amicale, et surtout l'expression plus compatissante que tendre qu'il crut surprendre dans les yeux mouillés de Jeanne, ne suffirent pas à satisfaire l'orgueil blessé du professeur.

— Merci! fit-il avec hauteur, ce n'est pas de la commisération que je vous demande, mais un sentiment plus intime et plus chaud que je regrette de ne pas trouver... Je n'ai pas besoin de pitié; je ne suis pas encore aussi fini qu'on veut bien le répéter dans l'entourage de votre mère... Je sens en moi une force qui persiste, j'ai la volonté d'arriver et j'arriverai.

— Personne ne le souhaite plus que moi, répliqua froidement Jeanne, en retirant brusquement sa main et en se pelotonnant de nouveau dans sa chauffeuse.

— Seulement, ajouta-t-il en comprenant qu'il avait été trop rude, seulement il m'eût été doux et glorieux de vous associer étroitement à mes efforts... Nous aurions été ensemble à la peine et au succès... Ah! Jeanne, les jours heureux de la Chambrerie!... Les joyeux châteaux en Espagne bâtis sous les arbres de

Judée de la tonnelle, vous les rappelez-vous encore?

— Parfaitement, répondit-elle du bout des lèvres.

— Vous souvenez-vous de cette soirée de février où vous êtes venue me féliciter si cordialement chez moi, au lendemain de la conférence?

— Et où vous m'avez accueillie avec vos coups de boutoir, comme, du reste, vous avez reçu à l'instant ma main, que je vous tendais de bonne amitié.

— J'ai toujours été un sauvage, vous le savez, reprit-il un peu honteux et en essayant de lui reprendre la main ; mais le dedans vaut mieux que l'écorce.

L'évocation de ses souvenirs tourangeaux, de cette prime-saison des fiançailles venait de remuer dans le cœur de Michel un fond de tendresse voluptueuse. Il s'en dégageait un parfum de jeunesse qui lui montait à la tête; c'était comme l'odeur d'un regain encore vert, soudain retourné, et dont l'émanation aromatique vous grise. Il regardait avec des yeux pleins de convoitise le séduisant négligé de sa femme, les bras nus marqués d'une fossette au coude, la poitrine mal couverte par le fichu de dentelle, la chevelure déroulée encadrant délicieusement une figure spirituelle et boudeuse. La tiédeur parfumée de la chambre, le pétillement des bûches, la blancheur invitante du lit défait réveillaient sa sensualité endormie, et des désirs amoureux enfonçaient dans sa chair leurs fines aiguilles. Il s'était agenouillé près du fauteuil où Jeanne restait renfrognée, et il s'efforçait de dénouer les bras nus qu'elle avait croisés sur sa poitrine.

— Si tu voulais, murmurait-il avec des notes attendries dans la voix, nous retrouverions ces bonnes heures d'autrefois et nous serions de nouveau unis de corps et d'âme, comme au temps où nous étions à Tours...

Mais plus il devenait tendre, plus elle se sentait glacée; elle opposait à ses caresses une résistance passive et serrait plus obstinément ses bras contre son corps, en hochant dédaigneusement la tête.

— Je vous en prie, dit-elle d'un air ennuyé, laissez-moi me coucher ; il est tard, je tombe de sommeil.

— Si tu me gardais près de toi ? insistait-il d'un ton câlin ; si comme autrefois, je te servais moi-même de femme de chambre ?...

— Grand merci ! mais je préfère être seule... Bonsoir !

— Et si je voulais rester, s'écria-t-il impétueusement en la prenant brusquement par la taille, si je voulais user de mes droits ?...

— Ceci passe la plaisanterie ! répondit-elle en se levant tout d'une pièce et en se dégageant de l'étreinte de son mari... Je ne suis pas encore habituée à ces façons-là.

Elle se pencha vers la cheminée, poussa rageusement du doigt le bouton d'une sonnette, et, presque immédiatement après, on entendit heurter discrètement à la porte.

— Entrez ! cria-t-elle d'une voix vibrante.

La tête ensommeillée de la femme de chambre apparut derrière la portière soulevée.

— Rosine, continua Jeanne sans tourner le dos, éclairez monsieur jusqu'à sa chambre.

Et continuant d'enlever les épingles restées dans sa coiffure, elle ajouta d'un ton indifférent : — Bonsoir !... tandis que Michel, les poings serrés et les sourcils froncés, disparaissait à la suite de la soubrette.

Et ainsi, à partir de cette nuit, la mince cloison de glace qui séparait déjà les deux époux, s'était épaissie et allait devenir un mur impénétrable.

XI

— Non, vous n'êtes pas sérieusement des conser-
vateurs ! Ce que vous êtes, je vais vous le dire : Vous
êtes restés les hommes de la politique de combat. Eh
bien ! sachez-le, ce n'est pas sur la politique de combat qu'on fonde des institutions... On peut exaspérer
les passions mauvaises et soulever des tempêtes, mais
on ne fonde rien... rien !

Adrien Perrusson, les deux mains sur le rebord de
la tribune, avait renversé en arrière sa tête élégante
et fine, aux joues scrupuleusement rasées et dont le
profil rappelait celui de Saint-Just. L'œil étincelant,
les narines gonflées, il se tournait d'un air de défi vers
le banc des ministres, et il jetait ces phrases véhémen-
tes au milieu de l'assemblée houleuse. Les applaudissements de la gauche éclataient comme une cla-
meur d'orage dans l'ancien théâtre du palais de Versailles.

Il continua d'une voix métallique et plus menaçante
encore :

— Et si un jour l'histoire daigne s'occuper de votre passage aux affaires, je vous prédis, — et ce sera
votre châtiment, — qu'elle caractérisera votre gouvernement par ces mots : Impuissance, contradiction
et duplicité!

Il descendit calme et grave les degrés, tandis que
les applaudissements redoublaient plus formidables
encore, et qu'un frémissement approbateur courait
dans les galeries. De nombreux amis quittaient leurs
bancs et arrivaient les mains tendues pour le féliciter.
La droite, murmurante, regardait avec inquiétude le
groupe indécis et chuchotant des ministres. L'interpellation de Perrusson les avait sérieusement atteints,
cela se voyait à l'allongement de leurs figures.

Le président fit tinter sa sonnette et donna, au
milieu du tumulte, la parole au vice-président du
conseil.

Le silence se rétablit, tandis que le ministre montait
à la tribune avec une mauvaise humeur et un embarras visibles :

— Messieurs, commença-t-il, il est tard, et le gouvernement prie l'assemblée de vouloir bien remettre
la suite de la discussion à demain, pour lui permettre
de répondre aux accusations passionnées que vous
venez d'entendre.

Rumeurs et déception mal dissimulée du côté de
la droite, bravos ironiques à gauche. — Le gouvernement se sentait désarçonné; il ne savait que répondre... Au milieu du bruit, le président cria de nouveau :

— Il n'y a pas d'opposition? La suite de la discussion est renvoyée à demain.

Et la foule des députés s'écoula bruyamment dans la galerie des tombeaux transformée en salle des pas perdus, tandis que les tribunes se vidaient. Il était à peine quatre heures et demie. En arrivant sous le vestibule de la cour de la chapelle, Adrien vit devant lui Jeanne Verneuil, qui avait assisté à la séance et qui avait l'air d'attendre quelqu'un. Il s'avança pour la saluer. Dès qu'elle l'eut aperçu, elle se précipita vers lui avec sa pétulance ordinaire et lui serra chaleureusement la main.

— Tous mes compliments, lui dit-elle avec enthousiasme; vous avez eu pour vos débuts un magnifique succès!... J'en suis encore toute remuée.

Il s'inclina en souriant.

— Mon plus beau succès sera de vous avoir émue, dit-il de sa voix la plus insinuante. Rentrez-vous à Paris?

— Non, pas immédiatement; j'avais cru que la séance finirait tard, et j'avais commandé ma voiture pour six heures seulement... Voulez-vous que nous fassions un tour de parc? On étouffait dans la salle, et je ne serais pas fâchée de respirer un peu au grand air...

— Je suis trop heureux de passer quelques moments avec vous... Cela vaut mieux que les plus brillantes victoires parlementaires.

Il lui offrit le bras, et, silencieusement, ils longèrent le parterre du nord, puis contournèrent les deux bas-

sins jumeaux situés en contre-bas de la terrasse. La
bise de mars, qui avait soufflé pendant tout le jour,
venait de tomber après avoir séché les allées détrem-
pées par les giboulées de la veille. Le ciel gris, mar-
bré de déchirures bleues, avait encore conservé la
froideur des colorations hivernales ; mais l'air s'était
adouci, et l'humus mouillé, sous les feuilles sèches de
l'automne précédent, avait déjà un parfum printanier.
Parmi les arbres les merles sifflaient, et çà et là, dans
les parterres, des fleurs précoces mettaient comme
un sourire de renouveau sur la terre nue des plates-
bandes. Les charmilles régulièrement taillées et les
hauts bouquets touffus de marronniers et d'ormes
encadraient sévèrement de leurs massifs d'un violet
sombre la longue pelouse du tapis vert, puis le bassin
d'Apollon, jusqu'au grand canal, où l'eau dormait
avec des miroitements argentés dans la majestueuse
perspective des futaies, terminées au loin par des
files de peupliers svelbes et une grise étendue de
plaine. Malgré sa solitude et sa majesté, le vieux
parc, ce soir-là, paraissait rajeuni. Les faibles rougeurs du ciel à l'ouest, les bourgeons des marronniers
gonflés et prêts à s'ouvrir, les roucoulements des ramiers posés sur le marbre gris des statues ; tous ces
détails du paysage semblaient des avants-coureurs de
la saison nouvelle, et l'atmosphère était imprégnée
d'une langueur amollissante.

   Jeanne Verneuil, enveloppée dans ses fourrures qui
fleuraient le vétiver, éprouvait l'effet de ces effluves
printaniers, et Adrien Perrusson, malgré ses préoc-

10

cupations ambitieuses, cédait lui-même à ce charme alanguissant des premiers beaux jours. La jeune femme appuyait avec moins de réserve son bras sur celui du député et leurs pas sonnaient gaîment sur le sable durci des allées. La fraîcheur du dehors avait mis une teinte rose sur les joues de Jeanne, ses yeux bleus brillaient, et elle parlait avec une espiègle animation, comme si la chanson des merles et l'odeur des violettes avaient encore accru l'excitation nerveuse due aux émotions de la séance parlementaire.

— Le ministère ne s'en relèvera pas, affirmait-elle de son ton tranchant; demain il sera à terre... Et vous entrerez certainement dans la nouvelle combinaison... Vous voilà devenu une puissance.

Perrusson secouait la tête et plissait dédaigneusement les lèvres, de l'air d'un homme absolument désillusionné et détaché des vanités humaines.

— De grâce, murmura-t-il avec une légère mélancolie, ne parlons pas politique ! Si vous saviez comme cette cuisine des affaires me donne des nausées !... En face de ce beau parc où le printemps s'éveille, parlons de choses plus poétiques et plus charmantes... Parlons de vous.

Il y avait longtemps qu'Adrien Perrusson rêvait de supplanter son ami Michel dans le cœur de Jeanne. En retrouvant à Paris « la spirituelle madame Verneuil, » comme l'appelaient les reporters mondains de certains journaux; en constatant qu'elle était devenue une des beautés à la mode, dont on détaillait les toilettes dans les comptes-rendus des premières et des séances de la Chambre, il s'était dit que la conquête de cette étoile servirait au rayonnement de sa notoriété commençante. A la vérité, cette conquête présentait des difficultés, car Jeanne avait épousé Verneuil par amour, et rien ne prouvait encore qu'elle eût cessé d'aimer son mari. Néanmoins, avec la nature étourdie et primesautière de mademoiselle du Coudray, on pouvait s'attendre à tout. Perrusson se rappelait l'imprudente visite de la jeune fille, rue de la Grandière, au lendemain de la conférence; chez une personne aussi impressionnable et mobile, ce qu'un enthousiasme avait produit, une désillusion pouvait le détruire avec la même rapidité. Or il était évident qu'en ce moment l'astre de Michel Verneuil déclinait, tandis que celui de Perrusson montait au-dessus de l'horizon. Adrien bénissait le hasard qui lui avait permis de rencontrer Jeanne, le jour même de son premier succès de tribune, et il était décidé à profiter de cette occasion pour s'établir définitivement dans un cœur qu'il sentait depuis quelque temps déjà plus disposé à s'ouvrir.

— Parlons de vous, reprit-il, puisque j'ai ce soir la bonne fortune de vous tenir à mon bras dans cette solitude, laissez-moi vous dire à quel point vous occupez ma pensée, et avec quel bonheur je reporte à vous tout ce qui peut m'arriver de flatteur et d'heureux.

— Eh quoi! répondit-elle en dissimulant sous un enjouement moqueur l'émotion que lui causaient les paroles du député, eh quoi! oseriez-vous soutenir que

vous pensiez à moi, quand vous discutiez tantôt les
circulaires du ministre de l'intérieur?

— Oui, certes, s'écria-t-il, je songeais que vous
étiez là, et votre présence m'encourageait à tenir bon
devant la violence des interruptions... Je me disais
comme dans Corneille :

Sors vainqueur d'un combat dont Chimène est le prix...

Jeanne sentit la rougeur lui monter aux joues, et
un éclair demi joyeux, demi courroucé passa dans
ses yeux.

— Savez-vous, monsieur le député, répliqua-t-elle
avec vivacité, que ce que vous me dites est assez impertinent?

— Ce serait impertinent si je vous le débitais
comme une galanterie banale, mais c'est l'expression sincère et longtemps contenue d'un sentiment
profond... Je vous le dis, parce que je vous aime passionnément.

Ils étaient arrivés dans une longue allée déserte,
encore semée de feuilles sèches qui craquaient sous
leurs pieds. Au loin, devant eux, au centre d'un rond-
point déjà brumeux, une statue blanche et vaporeuse
rompait seule la solitude de ce chemin, que les branches entre-croisées des futaies plongeaient dans une
demi-obscurité.

En entendant cette déclaration formulée d'un ton à
la fois ému et décidé, Jeanne tressaillit. Elle pensait
bien que les choses en viendraient là un jour ou l'autre.

Depuis le commencement de l'hiver, Perrusson lui faisait une cour assidue; toutefois, elle espérait qu'il s'en tiendrait longtemps aux escarmouches légères d'une galanterie plus spirituelle que dangereuse. L'heure où il faudrait songer à une défense sérieuse semblait être encore dans un lointain vague, comme cette statue aux formes indécises qu'elle apercevait là-bas dans la perspective fuyante de l'allée... Et voilà que tout à coup elle se trouvait mise en demeure de répondre catégoriquement... Néanmoins, cette situation nouvelle n'était pas de nature à l'intimider; elle a'lait à son caractère franc, hardi et ennemi de l'équivoque. — Elle s'arrêta, respira longuement, et posant sa main un peu tremblante sur le bras de son compagnon :

— Ce que vous me dites, murmura-t-elle, je l'avais déjà deviné... Elle s'interrompit. — C'était plus embarrassant qu'elle ne se l'était imaginé, et au fond d'elle-même elle s'indignait de ne pas trouver des paroles plus sévères :

— Ah ! madame ! s'exclama Perrusson , dont la figure s'épanouit.

— Attendez, s'écria-t-elle, laissez-moi m'expliquer avant de prendre cette mine triomphante !... Je suis... touchée des sentiments que vous m'exprimez, mais c'est tout...

— Vous êtes cruelle! soupira-t il.

— Et vous, vous êtes léger... vous oubliez que j'ai un mari...

10.

— Vous aimez Verneuil ? demanda Perrusson en la regardant bien en face.

— Ceci, c'est mon affaire... En tout cas, je suis sa femme, et j'ai trop horreur du mensonge pour le tromper, surtout...

— Surtout ?

— Surtout quand je me rappelle combien il m'aimait quand il m'a épousée.

— Oh ! fit le député avec un sourire incrédule.

— Certainement ! affirma-t-elle avec impétuosité ; quels motifs avez-vous d'en douter ?

— Moi ? aucun ! répliqua-t-il en accentuant encore l'ironie de son sourire.

— Oui, il m'a passionnément aimée et il m'aime toujours, j'en ai la conviction ; et je dois au passé, je me dois à moi-même de me conduire loyalement... Vous le voyez, je vous dis nettement les choses.

— Nettement et impitoyablement , protesta-t-il, mais vous ne m'empêcherez pas de vous aimer.

— Eh ₎bien ! soyez pour moi un ami dévoué... désintéressé, reprit-elle doucement attendrie, cela vaudra mieux.

Elle lui tendit la main, il la saisit avec un geste hypocritement et câlinement résigné.

Après tout, on devinait à sa façon de parler qu'elle n'aimait plus ce mari qui l'avait déçue et qu'elle considérait déjà comme un fruit sec ; d'un autre côté, elle n'avait pas dit catégoriquement qu'elle n'aimait pas Perrusson. — Il s'inclina respectueusement vers cette main tendue et y mit tendrement ses lèvres, à la place

où la peau blanche se montrait entre le chevreau noir
et la fourrure parfumée de la manche :

— Enfin, murmura-t-il, tandis qu'elle lui retirait
son bras, laissez-moi espérer qu'un jour... quand
vous saurez combien je vous suis attaché...

— Jamais! interrompit-elle en baissant les yeux et
en marchant à côté de lui.

Adrien, avec son sourire sceptique aux lèvres, regardait en dessous la jolie figure de Jeanne. Dans les
branches noires des marronniers de l'allée obscure,
les merles continuaient de siffler gaîment leur chanson
du soir. Tout en écoutant ces sifflets ironiques, le
jeune député songeait que les résolutions humaines
sont le jouet des événements, et qu'il n'y a pas plus de
« jamais » irrévocables que de convictions inébran-
lables...

XII

— Madame de La Guérinière prie monsieur de vouloir bien passer chez elle le plus tôt possible.

Rosine, la femme de chambre, se tenait debout sur le seuil du cabinet de travail, attendant d'un air maussade que Michel Verneuil, occupé à écrire, daignât tourner la tête pour lui donner une réponse.

— C'est bien, répondit-il enfin en posant sa plume ; dites à madame de La Guérinière que je vais descendre.

Il passa une redingote, brossa hâtivement son chapeau, et, après cette toilette sommaire, il gagna le rez-de-chaussée de l'hôtel.

Dans le hall, un groom en livrée bâillait sur le *Petit Journal*. A la vue de Michel, il se leva nonchalamment et le conduisit à travers l'enfilade des salons jusqu'à la chambre à coucher de madame Juliette.

Au milieu d'un coquet ameublement Louis XVI, où les tentures de vieilles cretonnes avaient été soigneusement assorties aux meubles qui étaient tous « du temps, » madame de La Guérinière écrivait devant un bureau de bois de violette à ornements de cuivre doré. Au bruit de la porte, elle se retourna, et enveloppa d'un regard dédaigneux le professeur, dont la redingote inélégamment boutonnée et les cheveux en désordre dénotaient l'insou ieuse indifférence de l'homme d'étude, interrompu en plein travail. Le coup d'œil fut rapide, pas assez cependant pour que Michel n'eût le temps d'y lire une intention hostile.

Madame de La Guérinière ne pardonnait pas à son gendre de l'avoir déçue. Elle poussait l'acrimonie jusqu'à rendre Michel responsable des fautes qu'elle avait commises elle-même : — ainsi la légèreté avec laquelle elle avait encouragé la passion naissante du professeur, afin de forcer la main à M. de La Guérinière, la hâte égoïste qu'elle avait mise ensuite à marier sa fille pour se débarrasser d'un amoureux gênant; toutes ces lourdes et coupables bévues, qui lui étaient personnelles, servaient à grossir sa rancune contre le gendre malencontreux dont elle s'était affublée, et qui n'avait pas eu seulement l'esprit de racheter ses méfaits en devenant un grand homme. Un autre motif de haine l'excitait encore : elle n'ignorait pas que Verneuil était maintenant fixé sur son compte, qu'il la tenait pour une fieffée coquette et qu'il la méprisait. Le voisinage de cet homme qu'elle avait dupé la gênait. Il la gênait dans son passé, et il la gênait plus encore dans ses velléités d'indépendance et de dissipation, maintenant qu'elle portait le nom de M. de La Gué-

rinière. Entre le gendre et la belle-mère il y avait une
sourde et profonde aversion qui ne pouvait manquer
d'éclater un jour, au grand détriment de la sécurité
intérieure du ménage de cette dernière.

— Ah! c'est vous? dit madame Juliette de sa voix
hautaine, en faisant décrire à sa chaise un demi-tour,
eh bien! vous savez ce qui arrive?

— Non ; qu'arrive-t-il? demanda flegmatiquement
Michel.

— X... de plus en plus souffrant, a demandé sa
mise à la retraite. Je l'ai appris hier à la réception du
ministre. Devinez qui on présente pour son successeur?

— Mais, murmura Michel en s'efforçant de paraître calme, tandis qu'une vive émotion le secouait en
dedans, je suppose...

— Vous supposez que c'est vous ?... détrompez-
vous, mon cher, on présente un de vos cadets, Thévenot, le maître des conférences à l'École normale, et
c'est lui qu'on choisira.

— Vous en êtes sûre ?

— Très sûre... Le sous-secrétaire d'État me l'a
avoué et la nomination sera signée aujourd'hui...
Voilà le résultat de vos intempérances de langage.

— Mes intempérances de langage, comme il vous
plaît de les appeler, sont l'expression sincère d'une
conviction arrêtée, et je ne regrette plus cette chaire,
du moment qu'il fallait l'acheter au prix de ma dignité.

— C'est votre opinion personnelle, ce n'est pas la
mienne ni celle de votre femme. Vous pouviez, il me

semble, vous préoccuper un peu plus de nos propres
convenances... C'eût été une juste compensation...

— Une compensation à quoi, s'il vous plaît? répondit-il avec emportement.

— Je n'insiste pas; récriminer ne nous avancerait à
rien... Toujours est-il que votre suppléance est à vau-
l'eau, car Thévenot sera d'une exactitude rare... Maintenant, que comptez-vous faire?

— Ce que je faisais avant d'avoir cette suppléance...
Je continuerai mon *Histoire des paysans*.

— Toujours, alors! s'écria madame Juliette avec
une grimace dédaigneuse; vous êtes monotone, mon
cher. Vous n'avez qu'une note; elle est originale, mais
on s'en lasse à la longue; vous devriez la changer. Vos
paysans et encore vos paysans! Où ça vous mènera-
t-il?... Pas à l'Institut, bien sûr!

Rien ne pouvait irriter davantage Verneuil que le
ton de dénigrement avec lequel madame Juliette parlait de son travail de prédilection. Elle le savait et
semblait prendre plaisir à le blesser aux endroits les
plus sensibles. En l'écoutant, Michel frémissait et
devenait ombrageux comme un étalon piqué par des
mouches, un jour d'orage.

— Enfin, poursuivit Juliette, heureusement les
autres entendent mieux que vous vos propres intérêts... J'ai plaidé votre cause auprès du ministre et
je l'ai supplié de vous donner un dédommagement.

— Ah! interrompit-il avec une une ironie sourde,
vous avez daigné vous occuper de moi?

— Oui, et, grâce à mes démarches, votre dignité

sera sauve... J'ai obtenu qu'on vous chargerait d'une mission littéraire à l'étranger.

— Une mission?...

— Très honorable et très convenablement payée... Il s'agit d'aller recueillir en Serbie et en Bulgarie les chants populaires des Slaves de la vallée du Danube. J'ai pris sur moi de déclarer au ministre que vous accepteriez avec reconnaissance, et vous recevrez demain la notification officielle.

— Vous avez eu tort de m'engager sans m'avoir consulté, répliqua Michel stupéfait, je me sens impropre à remplir cette mission: d'abord je ne connais pas les langues slaves, et ensuite je ne suis pas musicien.

— Bah! vous prendrez avec vous un manœuvre, qui vous notera les airs et vous traduira les paroles... Ce sera l'affaire d'un an, et à votre retour on vous décorera.

— Grand merci!... Un an d'exil pendant lequel ma femme restera à Paris, je suppose?

— Naturellement... Vous n'avez pas la prétention d'emmener Jeanne avec vous dans ce pays de sauvages?

— J'ai la prétention de n'y pas aller moi-même et je regrette que vous vous soyez mêlée de cette affaire.

— Voilà les remerciements dont vous me comblez! s'écria aigrement madame de La Guérinière. Je devais m'y attendre!... Quels motifs, je vous prie, donnerez-vous au ministre pour rejeter une proposition que tant d'autres accepteraient avec joie?

— Je refuserai simplement de me charger d'un travail que je ne suis pas apte à exécuter.

— Et si pour toute réponse on vous met en disponibilité, croyez-vous que ce sera agréable pour nous? s'exclama Juliette en lui lançant un regard méprisant.

Michel lut dans ce regard tous les reproches blessants que sa belle-mère n'osait encore articuler; il y vit le regret injurieux d'un mariage disproportionné, où sa fille avait apporté la fortune et où, lui, n'apportait rien que des déconvenues; il sentit que madame Juliette était sur le point de lui jeter au visage quelque insinuation plus méchante encore. Le rouge lui monta aux joues et il repartit rudement :

— Rassurez-vous, madame, je m'arrangerai pour n'être à charge à personne... J'écrirai dans les journaux.

Elle haussa les épaules :

— C'est-à-dire que vous vous compromettrez encore un peu plus... Ah! monsieur, vous avez indignement trompé mes espérances!

— En ce cas, riposta-t-il en prenant son chapeau, nous nous sommes trompés mutuellement.

— Ainsi, demanda-t-elle d'une voix altérée, c'est votre dernier mot ?... Vous refusez?

— Je refuse.

— Vous avez tort ! lui cria-t-elle, tandis qu'il ouvrait la porte pour sortir, vous vous en repentirez!

— C'est possible... Bonjour, madame!

Quand il fut parti, madame de La Guérinière fut

prise d'une rage froide. Elle s'était bercée de l'espoir
que, par découragement ou par amour-propre, il ac-
cepterait cette mission, et elle s'était félicitée d'avance
de cet expédient honorable qui la débarrasserait de la
présence de Michel, au moins pour un certain temps.
— Plus tard, lorsque cette séparation aurait reçu un
commencement d'exécution, on se serait arrangé pour
la prolonger en douceur et pour la rendre définitive.

— Et voilà que ce gendre gêneur et mal élevé s'obs-
tinait à rester dans sa maison, à revendiquer ses droits
de mari et à lui tenir tête, c'était trop d'outrecuidance.
Une espèce de rustaud qui sans elle serait encore obscur professeur en province!... Mais il n'aurait pas le
dernier, cela elle se le jurait; elle lui montrerait qu'il
ne faisait pas bon s'attaquer à elle...

Les lèvres serrées, ses yeux gris chargés de mena-
ces, ses mains croisées sur sa poitrine orageusement
soulevée, elle allait et venait, cherchant un moyen de
mater l'insolent qui la bravait; quand Jeanne, soule-
vant brusquement la portière, fit invasion dans la
chambre et apparut, toute pimpante et triomphante,
dans la printanière fraîcheur d'une neuve toilette d'a-
vril : chapeau bleu turquoise, orné d'une touffe de
primevères jaunes : polonaise de faille du même bleu,
dans le corsage de laquelle était planté, comme un
rappel de couleurs, un bouquet des mêmes fleurettes;
jupon de velours noir à longue traîne, laissant voir,
sous le volant bleu de la balayeuse, de minces bot-
tines mordorées.

— Mère, s'écria-t-elle impétueusement, nous allons

à l'exposition des Mirlitons avec M. Perrusson et Zimmer, qui nous fera les honneurs de sa *Nymphe couchée*.... Nous accompagnes-tu?... Ce sera charmant.

— Merci, je ne suis pas d'humeur à m'amuser, répondit madame Juliette de sa voix la plus âpre.

Jeanne examina sa mère un moment et fut frappée de l'expression menaçante de ses traits.

— Que se passe-t-il? reprit-elle; tu as l'air furibond.

— Je n'en ai pas que l'air, je suis hors de moi... C'est ce qui arrive du reste chaque fois que j'ai affaire avec ton mari.

— Vous vous êtes encore querellés? A propos de quoi?

— Ton mari est un vaniteux et un esprit faux... Il a une haute opinion de son mérite et ne fait que des sottises... Après son échec à la Sorbonne, il a commis maladresses sur maladresses et, naturellement, on a donné sa chaire à un autre... Pour sauver les apparences, j'avais à grand'peine obtenu du ministre qu'on le chargerait d'une mission en Serbie... C'était une occasion unique pour lui de se relever et de montrer qu'il a une valeur quelconque... Croirais-tu qu'il refuse?... Monsieur ne sait pas le slave! Monsieur ne veut pas s'expatrier!

— Dame! écoute donc, petite mère, ce sont des raisons, cela!

— Tu l'approuves alors, toi? répliqua madame de La Guérinière en regardant Jeanne d'un air étonné; à

ton aise !... Tu n'es cependant pas payée pour cela,
ma pauvre fille !... Quant à moi, je suis à bout de patience, et puisque ce monsieur ne veut pas comprendre à demi-mot, je me propose de lui dire tout net
qu'un homme qui n'a apporté à sa femme ni les avantages de la fortune, ni le prestige d'une situation
brillante, devrait rougir de paresser en vivant à nos
dépens.

— Maman ! ne fais jamais cela ! s'écria Jeanne alar-
mée... Je t'en prie, sois indulgente avec Michel ; il est
déjà assez malheureux...

— A qui la faute ?... Il était tout au moins de son
devoir de racheter cette inégalité en se montrant plus
docile... Il avait fait un assez beau rêve en t'épousant !

— Tu es injuste, petite mère, tu as toujours l'air
de supposer que Michel m'a épousée pour mon argent.

— Dame ! murmura méchamment madame de La
Guérinière.

— Tu sais bien le contraire, tu sais bien qu'il s'est
marié uniquement parce qu'il m'aimait.

— Il te l'a dit, du moins ! repartit Juliette en regardant sa fille avec une singulière expression de pitié
sarcastique.

Ce regard équivoque troubla Jeanne. Il lui rappelait
les hochements de tête et les sourires incrédules par
lesquels Perrusson, dans le parc de Versailles, lui
avait répondu quand elle avait protesté de l'amour
désintéressé de Michel. Elle tressaillit, et tout à coup,

avec son impétuosité ordinaire, elle s'écria en se rapprochant de sa mère :

— Où veux-tu en venir avec tes réticences ironiques?... Tu n'es pas la première qui ait fait allusion à de prétendus calculs intéressés... Je n'en ai rien cru, mais puisque tu répètes les mêmes insinuations que les autres, je tiens à ce que tu t'expliques nettement.

Madame de La Guérinière haussa les épaules.

— Tu es naïve, si tu crois qu'il t'a épousée pour tes beaux yeux.

— Oui, je le crois. Michel m'aimait et il m'aime encore !... Je ne vois pas quelles raisons j'aurais d'en douter.

En même temps elle redressait la tête avec toute l'ostentation d'une jolie femme qui se sait jeune et séduisante. Il y avait dans son regard et dans son attitude quelque chose de si triomphant et de si naïvement provocant, que madame Juliette y vit comme un défi jeté à sa beauté déjà mûre, et fut piquée au cœur d'une pointe de jalousie. La mère disparut ; Jeanne n'eut plus devant elle qu'une femme froissée dans son amour-propre et poussée par un désir pervers de rabattre cet orgueil de vingt-quatre ans.

— Ma chère, dit madame de La Guérinière, tu as été la dupe d'un ambitieux... — Et sans réfléchir à l'odieux d'une pareille révélation, elle ajouta : — Trois semaines avant de t'épouser, il faisait la cour à une personne de ma connaissance, et gaillardement, je t'en réponds.

— C'est impossible ! murmura Jeanne en pâlissant.

— Dis donc tout de suite que j'ai menti ! riposta madame Juliette avec aigreur.

— Vous avez dû vous tromper ou vous laisser tromper... Je ne veux pas croire qu'un honnête homme ait pu se parjurer d'une façon aussi misérable... Ce sont là des calomnies de quelque femme jalouse, mais il me faut des preuves : en avez-vous ?

— Ah ! il te faut des preuves ! s'exclama madame de La Guérinière, à qui la contradiction et le désir de se venger faisaient perdre toute mesure... Tu es comme saint Thomas !

Elle marcha vivement vers un secrétaire ventru, placé dans une encoignure, fit jouer le cylindre, fouilla dans un tiroir et revint vers sa fille :

— Tu connais l'écriture de ton mari ? Eh bien ! lis ce billet et ne sois plus incrédule...

En même temps, elle lui tendait, dépliée, la lettre que Michel lui avait adressée au lendemain même du fameux soir, où elle lui avait signifié son ultimatum.

Jeanne avait saisi le papier et elle parcourait ce triste billet où trois lignes de la rude. écriture de Michel ne laissaient plus de doute sur sa culpabilité : « Oui, je veux essayer d'en aimer une autre que vous, et bien qu'il m'en coûte, je reviendrai à la Chambrerie aux conditions que vous y avez mises vous-même. »

Blanche comme un linge, les lèvres froides, la gorge sèche, la jeune femme froissa la lettre avec rage.

— C'était toi ! balbutia-t-elle atterrée.

— C'était moi.

— Les conditions, reprit Jeanne avec un rire forcé, c'était que M. Verneuil daignerait s'occuper de moi... n'est-ce pas?

— Évidemment.

— Et, s'écria-t-elle en regardant madame Juliette droit dans les yeux, c'est vous, ma mère, qui avez prêté les mains à cette ignoble comédie?... Ah! je ne vous le pardonnerai jamais!

Elle sortit, blême de colère, en faisant claquer la porte.

Une fois dehors, elle s'arrêta un moment pour respirer et se composer une contenance, car Perrusson et Zimmer l'attendaient dans le hall, et il était inutile de leur laisser voir quelles tempêtes s'agitaient tumultueusement en elle. En passant devant une glace, elle eut peine à se reconnaître dans cette figure tragique aux yeux étincelants, aux lèvres décolorées, dont elle voyait le pâle reflet se détacher sur le fond sombre du miroir. Elle passa dans la salle à manger, demanda un verre d'eau, l'avala d'un trait, puis faisant un puissant effort sur elle-même, elle eut l'énergie de retrouver un sourire quand elle rejoignit ses deux compagnons.

Chez les natures expansives et nerveuses il se produit un singulier phénomène. Incapables de se contenir lorsqu'elles éprouvent une émotion légère, elles ressentent si fortement les grandes douleurs ou les grandes joies, qu'elles en sont comme paralysées et peuvent garder longtemps à l'état latent les passions

violentes qui fermentent en elles. Jeanne était ainsi
organisée : alors qu'elle trahissait par des cris et des
gestes exubérants le moindre mouvement de contra-
riété ou de plaisir, elle devenait de marbre sous le
coup d'une émotion profonde. C'était seulement après
de longues heures d'insensibilité apparente que la
crispation intérieure perdait de son énergie et que par
suite d'une brusque détente nerveuse, les sentiments
comprimés se répandaient au dehors avec l'impétuosité d'une rivière qui rompt son écluse. — Pendant le
trajet qu'on fit en voiture, elle se mêla peu à la conversation. Elle laissait le peintre et le député causer
beaux-arts et expositions, et, repliée sur elle-même,
elle écoutait gronder sa colère. — Ainsi, pour Michel
Verneuil, elle n'avait été qu'un pis-aller; il était venu
vers elle, la bouche encore pleine des protestations
d'amour qu'il avait adressées à madame Juliette; il
n'avait obéi qu'à un vil calcul d'intérêt, et tandis
qu'avec ingénuité elle lui avait ouvert son cœur enthousiaste et débordant de tendresse, il n'avait pas eu
honte de jouer pour elle une humiliante comédie. Les
amoureuses causeries sous la tonnelle de la Chambrerie n'étaient que des mensonges. — Mensonge, la déclaration faite dans les prés de l'Indre; mensonges,
les assurances d'amour unique et exclusif répétées
solennellement. — Elle avait été jouée indignement,
et indignement livrée à un ambitieux qui ne la prenait que pour son argent. — Et c'était pour ce faux
grand homme qu'elle avait refusé d'écouter Adrien
Perrusson, pour ce parjure qu'elle avait eu des mé-

nagements et des délicatesses d'un autre âge !... Allons donc ! elle était lasse de ce rôle ridicule... Il ne fallait pas pousser la duperie jusqu'à la bêtise !

— Mais, madame, s'écria tout à coup Zimmer avec sa pointe d'accent alsacien, prenez garde, vous cassez votre ombrelle.

Jeanne inconsciemment brisait dans ses doigts crispés le frêle manche d'ivoire.

— Tiens, c'est vrai ! dit-elle avec un éclat de rire strident, et en même temps elle jeta par la portière les débris de l'en-tout-cas, tandis que les deux hommes la regardaient en ouvrant de grands yeux.

A partir de ce moment, elle se mit à causer et à rire avec une surexcitation fiévreuse.

— Elle est charmante ! dit le peintre à Perrusson, quand ils furent sous le porche du cercle des Mirlitons, mais un peu excentrique.

Dans la salle des fêtes du cercle, il y avait foule. La fine fleur des mondaines, des oisifs et des célébrités du jour, circulait avec peine devant les toiles accrochées aux murs. Les belles dames se soulevaient sur la pointe des pieds et se bousculaient pour mieux voir ; elles avaient des mines pâmées pour le moindre tableautin. A tout instant les mots : « Délicieux ! adorable ! exquis ! » s'échappaient de ces lèvres féminines qui, à force d'abuser des épithètes laudatives, n'en connaissaient plus la valeur. On s'entassait en face du tableau de Zimmer : — une nymphe étendue sur l'herbe, dans sa nudité ambrée, près d'une source bleue et calme, au fond d'une solitude boisée dont les feuil-

lées, brunies par le crépuscule, laissaient entrevoir
des coins d'azur pâli. — Jeanne, grisée par sa colère,
par le va-et-vient de la foule, par la vue de cette belle
chose, parlait avec animation et prodiguait au peintre
ses éloges les plus enthousiastes. Zimmer, les yeux
baissés, les lèvres souriantes, recevait d'un air
bonhomme cette douche de compliments, et se bornait à répondre avec son laconisme alsacien :

— Je vois la poésie *tes* choses et j'essaie de la rendre
avec *tes* couleurs... Voilà tout.

On les suivait du regard et on se les montrait d'un
léger coup de coude. Jeanne saisissait à la volée des
chuchotements échangés derrière son dos : « C'est
Zimmer ! — Et cet autre... C'est Perrusson ; vous
savez, le député qui a si bien tombé le ministère ! »

Elle était fière d'être vue au bras du leader du
centre gauche ; elle l'entraînait au plus épais de la
foule ; elle affectait de rire plus fort et d'élever la voix
pour qu'on se retournât sur leur passage.

Quand ils furent las de piétiner et d'être coudoyés,
ils remontèrent dans le landau, et madame Verneuil
ordonna au cocher d'aller au Bois.

C'était l'heure mondaine et parisienne entre toutes.
Cinq heures. Les équipages se suivaient en doubles
et triples lignes bruissantes, entre les taillis où poin-
taient de fines pousses vertes, que dorait un soleil
oblique. Dans le roulement des roues, le piaffement
des chevaux, le grincement du gravier, les conversations se brouillaient et se perdaient. Bleu et argenté
par places, le lac étendait à l'abri des sapins ses eaux

moirées, où des cygnes tournoyaient lentement, et que parfois traversait une barque dont les rames humides scintillaient en pleine lumière.

Depuis qu'on avait quitté les Mirlitons, l'excitation fiévreuse de Jeanne s'était encore accrue. Le brouhaha des voitures, l'air des bois, la vue des lilas qui fleurissaient, lui donnaient un redoublement de verve. Ses yeux brillants semblaient s'être agrandis, ses joues s'étaient allumées, et elle riait plus fort, d'un rire un peu forcé mais infatigable. Elle fit arrêter le landau devant le chalet qui se trouve au coin de la route du lac et de l'allée de Neuilly, et, sous prétexte de marcher un peu, elle entraîna ses deux compagnons dans une allée latérale. On eût dit qu'elle prenait plaisir à se montrer aux yeux de tous dans la société de Perrusson et de Zimmer. Ils s'attardèrent à converser ainsi, sans façon, sous la jeune verdure des marronniers et des cytises, tandis que les voitures filaient devant eux à travers les arbres, et que les eaux du lac se teignaient d'un rose de plus en plus foncé aux lueurs du soleil couchant. Vers sept heures, Zimmer qui devait prendre sa part d'un dîner d'artistes au pavillon d'Armenonville, quitta la jeune femme et le député, qui remontèrent seuls en voiture.

A peine le landau se remit-il à rouler dans les allées déjà voilées par les premières vapeurs crépusculaires, que Jeanne devint subitement silencieuse. La verve pétillante et tapageuse qui l'animait semblait tomber avec les dernières clartés du jour. Après cette violente tension du système nerveux, la réaction se pro-

duisait fatalement. Enfoncée dans son coin, les bras
croisés, les yeux tournés vaguement vers l'ouverture
de la glace baissée, Jeanne ne répondait plus que
distraitement et par monosyllabes aux remarques
d'Adrien. La conversation, réduite à un monologue,
languissait et parfois était remplacée par un silence
gênant. Le député observait avec un curieux intérêt
l'attitude étrangement absorbée de sa voisine. Quelque
chose lui disait que l'heure était venue où il allait recueillir les fruits de ses assiduités patientes et res-
pectueuses. Il regardait avec un battement de cœur
voluptueux la nuit descendre sur l'avenue, et les
premiers becs de gaz s'allumer le long des trottoirs.
Jeanne était devenue tout à fait muette. Elle fit un
mouvement pour se renfoncer plus profondément dans
son encoignure, et Perrusson vit tout à coup aux
lueurs d'un candélabre, les yeux de la jeune femme
scintiller de cet éclat humide qu'y mettent les
larmes.

— Vous pleurez, demanda-t-il d'une voix tendrement inquiète, en se penchant vers elle et en lui prenant les mains ; qu'avez-vous ?

— Ce n'est rien, dit-elle, c'est nerveux. — Puis tout
à coup, l'irritation longtemps contenue faisant explosion : — Ah ! s'écria-t-elle, quelle misérable chose
que la vie !

Le moment psychologique était venu. Adrien releva doucement la glace de la portière contre laquelle
Jeanne était assise, puis, avec un redoublement de
tendresse respectueuse, il reprit :

— Vous souffrez !... Je vous en prie, confiez-moi vos peines... comme à un ami dévoué, qui vous aime et vous aimera toujours, quoi qu'il arrive !

Elle se retourna impétueusement vers lui et d'une voix âpre :

— Pourquoi aurais-je confiance en vous ?... répliqua-t-elle. Qui me dit que vous ne mentirez pas et que vous ne me tromperez pas comme les autres, vous !.. Ah ! que j'ai du chagrin !... que j'ai du chagrin !

Des sanglots soulevèrent sa poitrine et elle se mit à fondre en larmes.

— Jeanne ! répéta Perrusson, chère enfant, qu'avez-vous ? — Un heurt violent d'une roue du landau contre la bordure d'un refuge jeta brusquement la jeune femme tout près de celui qui chuchotait des paroles consolantes à son oreille, de sorte que le député n'eut qu'à étendre le bras pour la serrer contre sa poitrine. Elle y resta, toujours muette et toujours en larmes. Adrien l'entourait plus étroitement de ses bras et elle le laissait faire.

— Ayez confiance en moi, continuait-il tout bas et avec un accent amoureux qui doucement allait au cœur de Jeanne, mettez-moi à l'épreuve, je jure de ne plus vivre que pour vous servir et vous adorer... Mon existence est liée à la vôtre, — vous n'aurez qu'à ordonner et j'obéirai... Acceptez-moi comme votre chose, comme votre esclave fidèle jusqu'à la mort... Voulez-vous ?

Elle ne répondait rien, mais dans la pénombre de la

voiture emportée à travers les rues plus noires et plus silencieuses, Perrusson voyait ses prunelles humides et brillantes lever vers lui un regard qui n'avait plus rien d'irrité, — et, comme l'obscurité augmentait, le député enhardi posa lentement ses lèvres sur ces grands yeux mouillés qui palpitèrent sous son baiser.

XIII

Débouchant du boulevard Montmartre, par groupes
de deux ou trois, les convives de la *Soupe maigre*
montaient gaîment l'escalier d'un restaurateur du fau-
bourg Poissonnière. — La *Soupe maigre*, comme
beaucoup de dîners parisiens du même genre, était
une institution destinée à réunir une fois par mois autour de la même table des gens de lettres, des artistes
et des hommes politiques qui avaient mangé ensemble la vache enragée au quartier Latin, avaient fait
partie de la même conférence et s'étaient ensuite lancés en pleine mer, comme des Argonautes à la recherche de la Toison d'or.

C'était le dernier dîner de la saison. On entrait en
juin, le Salon allait être clos, la chambre allait se pro-
roger, l'été amenait forcément la dispersion des convives ; aussi chacun avait-il tenu à se rendre à la con-
vocation du secrétaire. Vers sept heures un quart, il
y avait près de cinquante dîneurs dans le grand salon

du premier, et parmi eux Michel Verneuil. Depuis
quelque temps le professeur saisissait avidement toutes
les occasions de s'absenter de chez lui. Bien que
Jeanne ne lui eût point parlé des révélations de madame de La Guérinière, la froideur marquée de la
jeune femme, l'hostilité agressive de madame Juliette
lui avaient rendu la vie d'intérieur insupportable. Il
se sentait de plus en plus mal à l'aise dans cet hôtel,
où les domestiques eux-mêmes le traitaient en étranger. Avec le flair particulier à la valetaille, ils avaient
rapidement jugé la situation, et le cocher l'avait ré-
sumée en faisant remarquer que « la femme allait à
hue et le mari allait à dia. » Les gens de service en
concluaient que le jeune ménage Verneuil se dislo-
quait, et, comme ils étaient de l'avis de Sosie, ils prenaient carrément le parti de « l'amphitryon où l'on
dîne, » servant le professeur avec ce sans-gêne impertinent dont ils ont l'habitude d'user envers les fâcheux et les parasites. Michel avait pris le logis en
haine. Il cherchait dans le va-et-vient du boulevard
à la tombée du jour, dans le brouhaha des foules entassées au théâtre, dans les réunions bruyantes d'anciens compagnons de jeunesse, à oublier les tristesses
de son ménage et les déboires de sa carrière manquée.

Il était arrivé l'un des premiers au dîner de la *Soupe
maigre* et causait distraitement avec un vieux copain
de l'école, tout en regardant les nouveaux venus entrer et circuler autour de la longue table, où quelques-
uns marquaient d'avance leur place.

Presque tous les convives avaient déjà une notoriété sérieuse : sculpteurs ou peintres médaillés aux
derniers Salons, chroniqueurs ou critiques attachés à
des journaux très lus, romanciers en vogue, députés
influents. — Les camarades restés obscurs étaient en
minorité ; on les reconnaissait à leur taciturnité mélancolique ou à leur empressement obséquieux près
des gens devenus célèbres. — A droite et à gauche,
les poignées de main se donnaient avec une effusion
exagérée, les félicitations s'échangeaient bruyamment,
les plaisanteries éclataient en fusées au milieu d'un
groupe et allumaient l'hilarité d'un groupe voisin.
Les conversations à voix haute se croisaient et s'en-
chevêtraient. Des lambeaux de phrases, ponctués
d'éclats de rire, parvenaient de temps en temps à Michel, tandis qu'il discutait dans son coin avec le compagnon qu'il avait retrouvé.

— Dis donc, criait un grand garçon à la barbe
blonde épanouie en s'adressant à un petit peintre
nerveux et agité, mes compliments ! J'ai vu ton tableau au Salon, ça y est, c'est enlevé ! Tu dois être
content ?

— Oui, assez ; seulement je suis mal placé.

— Tu es sur la cimaise, de quoi te plains-tu ?

— On a mis trop de paysages autour du mien.
C'est une promiscuité écœurante. Le jury n'est pas
assez sévère. Tu devrais bien dire cela dans ton
journal.

— Tu sais, moi je suis pour que le gouvernement
se désintéresse absolument du Salon.

— Parfait! les artistes maîtres chez eux. Il y a assez longtemps que nous le demandons.

— Oui, l'initiative privée ; plus de médailles, plus d'encouragements, plus de budget des beaux-arts...

— Ah! mais non! un instant! Un gros budget au contraire, avec la liberté pour les artistes d'en disposer à leur gré.

— Vous voulez être libres et être encore grassement payés ? Jolie, votre liberté !

— J'ai mon idée là-dessus, et quand Perrusson sera ministre... Où est-il, Perrusson ?

— On demande Perrusson !

— Perrusson ? il ne vient plus.

— Perrusson nous abandonne ; la question d'Orient l'absorbe.

— Tu appelles ça la question d'Orient? Je la connais, sa question ; elle a des yeux bleus, des cheveux châtains et une robe couleur de temps. Perrusson est amoureux.

— Ah ! bah!

— Mais oui, amoureux fou! C'est le secret de Polichinelle. Tu n'as donc pas vu *le Corsaire* de ce matin?

— Non, tu l'as sur toi?

— Voici... écoutez ça... c'est très joli.

« Extrait des *Nuits athéniennes* : — Le jeune orateur Hadrianos avait lutté brillamment à la tribune du Pnyx contre l'archonte éponyme Eucratès, à propos des lettres adressées aux magistrats inférieurs. Cette victoire lui en valut une plus douce et plus éclatante encore : il conquit le cœur jusque-là imprenable de la jolie Simœtha, femme du rhéteur Eudamippos, qui enseignait sans succès l'éloquence, non loin du lycée Périclès-le-Grand, ἐν τῇ Σορβονίᾳ. Ce miracle se fit un jour où Simœtha et Hadrianos se rencontrèrent devant le nouveau tableau du peintre Kimmérios. Erôs choisit cette occasion pour décocher à l'insensible sa flèche la plus acérée. Paf! dans l'œil!.. La flèche fit tchitt! et la farouche Simœtha fut consumée. On la vit s'enfuir dans son char avec l'heureux Hadrianos, vers le bois sacré qui longe le Céphise, et le même soir... »

Un violent coup de coude et une œillade significative avertirent l'imprudent qu'il commettait une maladresse.

— Animal, tais-toi donc! lui souffla un voisin ; Verneuil est ici.

Brusquement le lecteur du *Corsaire* remit son journal en poche, et, dans le groupe un peu décontenancé, un silence embarrassant succéda aux éclats de rire tapageurs. Précaution inutile; du coin où il était enveloppé d'ombre, Michel avait tout entendu. Dans le brouhaha et le décousu des conversations, le nom de Perrusson, l'allusion au rhéteur Eudamippos avaient frappé l'oreille du professeur. Il avait parfaitement saisi le sens de l'historiette du *Corsaire*. Du reste, s'il eût conservé quelque doute, le silence subit et contraint des rieurs en l'apercevant eût suffi pour l'éclairer, et lui démontrer qu'il s'agissait bien de sa femme.

Il lui sembla qu'il venait de recevoir un coup brutal en pleine poitrine. Un moment la respiration lui
manqua, mais il ne sourcilla pas. On servait le potage,
il se mit à table à côté du camarade avec lequel il causait, et tout d'abord il se fit violence pour continuer
l'entretien. Peu à peu cependant il répondit plus distraitement, et l'ami, voyant que la conversation languissait, se retourna du côté de son autre voisin, de
sorte que Michel put s'absorber à son aise dans sa
cruelle méditation.

Mangeant machinalement, jetant dans son gosier
desséché de pleines verrées de vin, le regard fixe et les
oreilles comme tamponnées par un bouchon d'ouate,
il regardait les convives gesticulant autour de la table,
sans plus les entendre que s'il les eût contemplés du
fond d'un puits. La pensée dominante qui le torturait
s'agitait trop bruyamment dans son cerveau pour lui
permettre de percevoir distinctement les sons.

— Ainsi, c'est fait, pensait-il en s'apostrophant sar-
castiquement, c'est fini!.. Non seulement elle ne
t'aime pas, mais elle te trompe avec ton ami le plus intime... C'était écrit! « Tu l'as voulu, George Dandin! »
Tu as souhaité du bien-être, du luxe, de la gloriole, tu
as dédaigné de monter un à un les échelons, comme
les camarades, tu les as escaladés quatre à quatre
pour arriver plus vite. Tu t'es cassé le cou, et, avec ça,
tu es profondément ridicule... Ramasse-toi maintenant!

— Filet Périgueux!... Saint-Julien! disaient les
garçons en se penchant au-dessus de son épaule.

Il tressaillait comme réveillé en sursaut, dressait la tête et écoutait d'un air ahuri le bourdonnement continu des voitures, dont il apercevait les lanternes fuyantes par les fenêtres entr'ouvertes du salon.

— Triple niais ! reprenait-il intérieurement, voilà peut-être des mois que cela dure, tout le monde le savait et en faisait des gorges chaudes ; toi seul, comme toujours, tu ignorais ton sort... toi seul, mari aveugle et berné!.. Et, à cette heure, tandis que tu t'oublies à cette table de cabaret, ta femme, — qui sait que tu rentreras tard, — profite de ton absence pour ouvrir sa porte à son amoureux... Il est évident qu'il est avec elle, sans quoi il serait venu ici faire la roue et prononcer des discours... Oh! il est temps que je me lève et que j'aille les écraser!

Il reculait déjà sa chaise pour partir, mais il hésita en jetant un regard effaré sur l'ovale de la longue table. Il s'imaginait que tous les yeux allaient se fixer sur lui. — Sans doute, son aventure défrayait déjà les conversations et servait de thème aux remarques plaisantes, échangées de convive à convive. On épiait ses moindres mouvements, on étudiait sa contenance. En le voyant quitter la table, on ne manquerait pas de commenter ce brusque départ; il lui semblait déjà surprendre des sourires gouailleurs aux coins des lèvres...

Il se renfonça sur sa chaise. Tout en s'efforçant d'être calme, il pensait à l'insolent article du *Corsaire*. Il se transportait en imagination dans le petit salon de l'hôtel La Guérinière, où, sans doute, en ce moment

Jeanne recevait Perrusson. Il revoyait avec une douloureuse netteté les moindres détails de l'ameublement : les jardinières pleines de fleurs, les sièges bas et
moelleux, les portières épaisses étouffant le bruit des
paroles... Il souffrait le martyre, tandis qu'autour de
la nappe blanche et scintillante de cristaux, des têtes
chauves ou chevelues, aux yeux brillants, aux joues
allumées, s'agitaient, secouées par des éclats de rire
ou par l'entraînement de la discussion. Les assiettes
de dessert circulaient, les bouchons des bouteilles de
champagne partaient avec de rapides détonations. Un
des convives se levait et, balançant sa coupe pleine,
portait un toast en l'honneur d'un camarade décoré
tout récemment. On applaudissait avec fracas, puis le
nouveau chevalier, l'air ému, la bouche en cœur, ar-
rondissant ses périodes, répondait à son tour en re-
merciant verbeusement « ses excellents amis de la
Soupe maigre. » Et les bravos, les poignées de main,
les chocs de verres recommençaient de plus belle.
Michel se sentait devenir fou. Enfin il profita du
moment où on servait le café pour payer sa cotisation
et s'esquiver.

Il descendit précipitamment l'escalier, appela un
cocher qui passait et se jeta dans la voiture, en donnant l'adresse de l'hôtel La Guérinière...

Rue Barbet-de-Jouy, au second, Jeanne Verneuil et
Adrien Perrusson se trouvaient effectivement réunis.
Une seule lampe, posée au milieu des fleurs, éclairait
de sa lueur assourdie le petit salon où ils causaient.
La fenêtre ouverte laissait voir un coin de ciel et

la masse sombre des arbres du jardin remués par une légère brise. Jeanne, vêtue d'un élégant déshabillé de cachemire, s'était enfoncée dans un large fauteuil ; Adrien, agenouillé à ses pieds, lui tenait les mains. Une profonde tranquillité emplissait l'appartement, et les voix s'élevaient à peine, comme un murmure, dans la pièce rendue moins sonore par l'épaisseur du tapis, l'encombrement des meubles et l'ampleur des tentures drapées.

— Nous serons tout à fait *chez nous* ce soir, disait la jeune femme en riant ; ma mère et mon beau-père sont sortis, et j'ai donné congé à ma femme de chambre.

— Et... lui ?

— Il est allé à je ne sais quel dîner de corps, et il ne reviendra pas de si tôt... D'ailleurs il a pris l'habitude de rentrer sans s'occuper de moi... Je fais de même, et nous nous en trouvons très bien.

— Pourtant, supposez qu'il soit tombé ce matin sur *le Corsaire* ?

— Il ne le lit jamais... par principe... Quel sot article ! Qu'avons-nous fait à ces journalistes pour qu'ils s'acharnent ainsi après nous ?

— C'est moi surtout qu'on a visé... Mes légers succès à la Chambre m'ont créé des ennemis dans le parti réactionnaire... Malheureusement, en voulant me frapper, c'est vous qu'on a blessée, chère Jeanne, et je vous en demande humblement pardon.

— Ne vous en désolez pas ; le mieux est de dédaigner de pareilles attaques, qui seront oubliées dans quelques jours... D'ailleurs, ajouta-t-elle étourdiment, nous avons notre conscience pour nous.

— Oui, soupira Perrusson, Dieu sait à quel point nous sommes innocents !

— Vous le regrettez ! s'écria Jeanne en fronçant le sourcil.

— Je regrette de n'avoir pas le droit de vous défendre ouvertement, comme je pourrais le faire si vous m'apparteniez en réalité, si vous étiez à moi aussi complètement que je suis à vous.

— Ne suis-je pas vôtre du fond du cœur ? repartit Jeanne en lui serrant les mains.

Perrusson ne répondit qu'en posant ses lèvres sur es bras nus de la jeune femme ; mais si Jeanne avait pu voir la figure du député en ce moment penché sur ses genoux, elle aurait lu dans les yeux de celui qu'elle aimait une expression de satisfaction médiocre. Adrien n'était pas homme à se contenter de cette possession purement idéale. Jusqu'alors les relations des deux amoureux s'étaient bornées à un échange de paroles tendres, et à ces menues caresses que nos pères appelaient *la petite oie ;* mais plus cette intimité devenait familière, et plus augmentait le péril de la situation. Le tête-à-tête avec une femme jeune, spirituelle, imprudente, qui avouait naïvement son amour, éperonnait singulièrement les désirs d'Adrien Perrusson. De plus, il croyait avoir joué assez longtemps le rôle d'adorateur platonique, et, l'amour-propre s'en mêlant, il voulait mettre un terme à cette situation mal définie où l'excès de l'abnégation chevaleresque ris-

quait de le rendre ridicule aux yeux mêmes de la
femme aimée. Il avait présent à la mémoire le distique
d'Ovide :

Oscula quœ sumpsit, si non et cœtera sumpsit,
Hæc quoque quæ data sunt perdere dignus erat.

« Celui qui a pris un baiser, s'il n'a pas su prendre
le reste, mérite de perdre tout ce qu'il a déjà obtenu. »

Il releva lentement la tête, ne garda qu'un genou
en terre et, en se haussant, passa son bras autour de
la taille souple de Jeanne, de façon à l'attirer à lui.

— Oui, reprit-il avec un regard plein de caresses,
oui, vous m'aimez, je le sais ; mais vous n'êtes pas
autant à moi qu'on le prétend, et je crains toujours
de vous perdre.

Il s'était levé et l'attirait plus vivement vers lui.
Jeanne, à son tour, se sentait gagnée par le charme de
plus en plus fort de ces caresses enhardies. Ils se trouvaient maintenant debout, poitrine contre poitrine. La
pression plus étroite de ce bras viril et câlin alanguis-
sait la jeune femme, et lui faisait courir à fleur de
chair un frisson délicieux. En même temps, elle repen-
sait à cet impertinent article de journal, où on l'accu-
sait d'imprudences qu'elle n'avait pas commises. Des
velléités de révolte et de bravade lui montaient à la
tête. Du moment où le monde la considérait comme
s'étant donnée à Perrusson, pourquoi ne serait-elle
pas réellement à lui puisqu'elle l'aimait ?

— Qui sait ? murmura-t-elle en plongeant ses regards

12

brillants dans ceux d'Adrien, vous m'appartiendriez
peut-être bien moins, si ce qu'on dit était vrai?

— Moi! s'écria-t-il en lui baisant les cheveux, je
suis votre chose, et quoi qu'il arrive, je me considère
comme lié à vous pour la vie.

Elle lui mit ses deux mains sur les épaules, et, le regardant toujours fixement :

— Bien vrai? demanda-t-elle, vous m'aimerez toujours?

— Toujours.

— Passionnément et exclusivement?

— Passionnément et exclusivement!

Ses yeux étincelèrent, puis se baissèrent ; elle
jeta résolument ses bras autour du cou de Perrusson :

— Eh bien! dit-elle, prenez-moi, je suis à vous.

— Oh! Jeanne!

Il avait saisi la tête de la jeune femme dans ses mains,
et il couvrait de baisers brûlants les yeux, les lèvres, le
front, avec une telle véhémence que le peigne s'était
détaché et que les beaux cheveux abondants et soyeux
roulaient épars sur le dos de Jeanne. Celle-ci, la tête
renversée en arrière, à demi grisée, laissait les caresses
courir sur son visage et fermait déjà ses paupières
alourdies, quand brusquement elle s'arracha des bras
de Perrusson, en poussant un cri rauque. En face
d'elle, la portière s'était soulevée et Michel Verneuil venait d'apparaître sur le seuil de la chambre...

— Misérables!...

Les mots s'étranglaient dans la gorge du protesseur. En même temps il s'élançait, les poings serrés, sur le député.

Mais Jeanne, plus prompte encore, s'était jetée entre Perrusson et son mari. Les narines frémissantes, les yeux fulgurants, les lèvres entr'ouvertes, elle se dressait devant Verneuil comme une Némésis.

— Je vous défends de le toucher, disait-elle d'une voix sourde et menaçante. Oui, je l'aime! entendez-vous ; je l'aime!... Je prends la responsabilité de tout, et nous allons nous en expliquer tous les deux.

Michel, qui ne s'attendait pas à ce qu'on lui tiendrait tête aussi audacieusement, restait stupéfait. Pendant ce temps, Perrusson qui retrouvait facilement son sang-froid, avait réfléchi qu'il devait avant tout maintenir son prestige d'homme fort et qu'il ne pouvait avoir l'air d'être protégé par une femme.

— Monsieur, commença-t-il d'un ton calme, vous avez un homme devant vous, et c'est à lui seul que vous avez affaire, ne l'oubliez pas!... Sortons!... Je ne suppose pas que vous désiriez mettre les gens de l'hôtel au courant de ce qui se passe ici... Je suis à votre disposition, ce soir ou demain, quand vous voudrez.

— Non! s'écria Jeanne impétueusement, en maintenant toujours Michel à distance et en montrant la porte à Perrusson, partez seul!... J'ai à causer avec monsieur ; quand il m'aura entendue, il agira avec moi et avec vous comme bon lui semblera.

— Mais!...

— Partez! répéta-t-elle en frappant du pied, je le veux!

— Je vous obéis, murmura-t-il en s'inclinant, — puis s'adressant à Verneuil, il ajouta : — Souvenez-vous que je suis à vos ordres.

— Sauve-toi donc, lâche ! criait Michel exaspéré. — En même temps il s'élançait de nouveau vers Perrusson, mais il trouvait encore Jeanne entre lui et son ennemi. Furibond, il leva la main sur la jeune femme, puis il s'arrêta brusquement.

La porte s'était refermée sur le député, et Jeanne, regardant son mari en face, lui demandait hardiment :

— De quoi m'accusez-vous ?

Michel, révolté de tant d'audace, eut un geste terrible.

— Tonnerre de Dieu ! jura-t-il en lui montrant le poing, vous me bravez, prenez garde !

Pour toute réponse, Jeanne, toujours maîtresse d'elle-même, était allée fermer la fenêtre. En revenant, elle heurta du pied son peigne tombé sur le tapis, le ramassa et le planta tranquillement dans ses cheveux, qu'elle avait rapidement relevés.

— Vous osez m'interroger, reprit Verneuil, hors de lui, je vous trouve dans les bras de votre amant et vous me demandez de quoi je me plains ? Je vous accuse de m'avoir trompé indignement... de vous être conduite comme une fille !

— Pas de grossièretés, interrompit-elle dédaigneusement, c'est inutile !... Expliquons-nous avec calme... Oui, j'ai un amant et je comptais vous en instruire dès demain, car je ne sais pas mentir... Oui, je vous ai trompé, mais vous me trompiez depuis bien plus long-

temps, vous, et je n'ai fait que vous suivre sur ce
chemin-là.

— Moi ! je... balbutia-t-il abasourdi.

— Vous ! affirma-t-elle avec véhémence. Souvenez-
vous de cette matinée dans la vallée de l'Indre, où je
vous ai supplié de me dire si vous n'aviez pas été
amoureux de ma mère, et où, à trois reprises, vous
m'avez juré que vous n'aimiez que moi... Je vous ai
cru, je vous ai épousé, et cependant vous mentiez !

— Qu'en savez-vous ?

— Je le sais !... s'écria-t-elle en relevant la tête avec
colère. J'ai lu le billet par lequel vous acceptiez l'odieux
tripotage où on me livrait, moi, avec mon enthousiasme et ma crédulité, à l'amoureux de ma mère...
Vous m'avez prise par ambition, pour ma fortune, et
vous osez me reprocher de n'avoir pas tenu mes ser-
ments !... Comment donc avez-vous tenu les vôtres,
vous ?... Vous m'avez trompée en m'épousant, je vous
trompe après vous avoir épousé : nous sommes quittes,
et il vous reste encore comme consolation l'argent du
marché...

— Votre argent, essayait-il de répliquer, je le paye
cher !

Il rougissait, il pâlissait, et, songeant avec rage
que d'accusateur il devenait accusé, il ne trouvait plus
rien à dire. Un horrible désespoir s'emparait de lui,
tandis qu'un flot de honte lui remontait du cœur jusqu'aux lèvres...Ah! son ambition, comme il l'exécrait
à cette heure! C'était son ambition qui le condamnait
à rester un mari bafoué et ridicule, quand il aurait dû

venger d'une façon sanglante son honneur outragé..
Se raidissant violemment contre l'ébranlement nerveux qui le secouait, il allait et venait comme un fou
à travers la chambre, tandis que, les bras croisés, impassible, Jeanne attendait.

— Vous avez raison, grommela-t-il enfin avec une
irritation contenue, nous sommes quittes... Nous nous
sommes assez fait de mal pour ne pas désirer nous en
faire davantage... A partir de ce soir, il y a un abîme
entre nous... Quant à l'argent du marché, comme vous
dites, s'exclama-t-il en relevant la tête, il est à vous,
et j'aimerais mieux mourir au coin d'une borne que
d'en emporter une parcelle !... Je sortirai d'ici tout à
l'heure, et vous ne me reverrez plus. Je n'exige qu'une
chose, mais celle-là je l'exige impérieusement, c'est
que vous cesserez de porter mon nom dès demain,
comme je cesserai de porter le poids humiliant de
votre fortune... Est-ce entendu?

— C'est entendu, répondit-elle, énervée et avec un
geste d'impatience.

— Souvenez-vous de votre promesse, et ne me forcez
pas à vous la rappeler !... Il faut que désormais nous
soyons morts l'un pour l'autre... Et maintenant tout
est dit...

Il parlait, les dents serrées et les lèvres pâlies par
une colère froide. Il mit la main sur le bouton de la
porte et ajouta :

— Demain, je ferai enlever d'ici ce qui est à
moi.

Il sortit là-dessus sans la regarder. Il descendit lentement le large escalier de pierre, héla le concierge, puis quand la lourde porte de la cour fut retombée sur lui, il s'éloigna à grands pas de l'hôtel La Guérinière et disparut dans l'ombre des rues désertes.

XIV

Il existe deux sonnets de poète autrichien Lenau,
qui rendent avec une sauvage énergie l'état de dépres-
sion dans lequel la solitude plonge l'âme des malheureux, « quand la dernière espérance s'est évanouie,
comme s'éteint pour le chasseur, au sortir de la mon-
tagne, le dernier aboiement de son chien perdu. »
Alors les êtres et les choses prennent un visage hostile et glacial ; le printemps n'apporte plus de consolation ; près des rosiers en fleurs, on se sent encore
abandonné... « Pour les désespérés, le monde entier
est implacablement triste. » — Deux ans et demi s'é-
taient écoulés depuis que Michel Verneuil avait quitté
l'hôtel de La Guérinière sans esprit de retour, et cet
espace de temps se déroulait derrière lui comme une
lande morne, déserte, ténébreuse, incessamment ba-
layée par un âpre vent de bise. Sur cette étendue
monotone et noire, deux événements seuls se détachaient avec un relief farouche : son duel avec Perrusson et la mort du père Verneuil.

Le surlendemain de leur rencontre dans le salon de
Jeanne, Adrien et Verneuil se retrouvèrent face à face
et le pistolet en main dans une clairière des bois de
Ville-d'Avray. Le plomb du mari érafla légèrement le
bras gauche de l'amant; quant à ce dernier, il tira en
l'air. Après cet inutile échange de balles, Michel ayant
manifesté l'intention de recommencer, les témoins s'y
opposèrent, et les deux adversaires furent entraînés
chacun par leurs amis. Le soir, Michel, las de corps
et d'esprit, rentrait seul dans une misérable chambre
garnie dont la sordide vulgarité lui soulevait le
cœur.

Il était condamné à vivre, et la lutte pour l'existence
allait être dure, car il sortait de l'hôtel de La Guérinière plus pauvre qu'il n'y était entré. Après le récent
éclat de sa séparation et de son duel, il ne pouvait
songer à reprendre une chaire de professeur, même
dans un lycée de province ; toutefois, son titre d'agrégé
et d'ancien élève de l'École normale lui facilitait l'accès
de certains établissements libres où on serait heureux
d'afficher son nom en tête des prospectus. Il se mit en
campagne et parvint à se faire admettre comme *col-
leur* dans deux institutions où l'on préparait au baccalauréat de jeunes cancres qu'on soumettait à un
régime spécial d'entraînement. En outre, à la rentrée
d'octobre, il fut chargé d'un cours de littérature dans
un pensionnat de jeunes filles où il donnait également
quelques leçons particulières assez bien payées. Avec
tout cela, il se faisait de cinq à six cents francs par
mois. C'était plus qu'il ne lui en fallait, maintenant

qu'il était pris d'un profond dégoût de la vie et qu'il menait une existence de cénobite.

Ayant Paris en horreur et redoutant par-dessus tout de rencontrer les gens qu'il avait pu connaître chez sa belle-mère et chez sa femme, il s'était hâté de s'exiler hors des fortifications. Il avait pris, à mi-chemin de Sèvres et de Bellevue, non loin de l'ancienne manufacture, un logement de deux chambres dans une maison isolée. C'était là qu'il se réfugiait, le soir, excédé de sa fastidieuse besogne de répétiteur, harcelé par les souvenirs odieux du passé. La propriétaire de cette maison lui cuisinait son dîner et, après avoir avalé sans appétit une maigre pitance, il s'endormait d'un sommeil de brute. — A ce régime, il dépensait à peine deux cents francs par mois, et il économisait le surplus de son gain afin d'avoir un morceau de pain à se mettre sous la dent en cas de chômage possible. Quand il n'était pas forcé de descendre à Paris, il restait tapi dans sa nouvelle demeure, à l'ombre des murailles de la vieille manufacture, comme un blaireau dans son terrier. Il n'avait pas noué une seule relation de voisinage, et sa propriétaire connaissait à peine le son de ses paroles. Pour couper court aux commentaires, il se faisait passer pour veuf; son entourage ne savait rien de plus sur sa vie antérieure.

Parfois cependant, ce passé qu'il aurait voulu anéantir, sortait de la tombe et ressuscitait soudain pour lui de la façon la plus cruelle. Dans les beaux jours de printemps, tandis qu'il traversait la place de la

Concorde pour aller prendre le tramway de Versailles, il arrivait à Michel de se croiser avec une voiture découverte, emportant vers les Champs-Élysées, au trot de deux chevaux fringants, une jeune femme nonchalamment étendue sur des coussins, et il avait la rapide vision de Jeanne, — maintenant Jeanne du Coudray, — plus jolie que jamais et toute pimpante dans sa toilette printanière. — Brusquement il détournait la tête, un frémissement nerveux contractait sa bouche, et plus maussade encore, plus irrité contre le monde entier, il regagnait sa solitude de Sèvres. La vue de cette femme, morte pour lui, remettait devant ses yeux le spectacle navrant de ses irréparables erreurs de jeunesse. Le rayonnement de l'éblouissante beauté de Jeanne éclairait brutalement les ténèbres de l'âme de Michel, et descendant au fond de lui-même, il reconnaissait à cette clarté le désarroi de son esprit. — Il n'aimait plus Jeanne du Coudray; l'avait-il même jamais aimée? Le dépit, l'ambition et plus tard une simple griserie des sens, voilà en somme ce qu'il avait décoré du faux nom de tendresse. Pour lui, l'amour n'avait guère été qu'une hypocrisie inconsciente; l'amitié, une duperie; la gloire, un mirage menteur aussitôt évanoui qu'entrevu. Il avait encore aux lèvres l'amertume des déboires de l'ambition. De tout ce qui avait allumé les désirs de sa jeunesse, rien ne restait qu'une âcre et nauséabonde fumée. Au fond de tout, il n'y avait qu'une agitation maladive, et finalement le néant.

Et pourtant, par une étrange contradiction, Michel

ne se résignait pas à n'être plus rien. Il se réveillait tout meurtri de sa dégringolade, sans la satisfaction d'avoir monté au moins jusqu'au haut de l'échelle ; il se sentait aplati, annihilé par cette chute sans gloire. Tout était brisé en lui ; il n'avait même plus le ressort nécessaire pour se relever et demander au travail, si-non un succès, du moins une consolation. A quoi bon ? La lecture même de ses auteurs préférés n'avait plus aucune saveur. Il était comme ces malades pour lesquels les aliments les plus exquis ont un goût de terre. Aucune nourriture ne plaisait à son esprit. Il se bornait à tourner machinalement la meule de ses répétitions et de ses cours. Plus d'une fois, en lon-geant la Seine, à la nuit, il s'était dit : « Pourquoi ne pas en finir tout d'un coup ?... » Mais au fond de lui, l'instinct de la conservation protestait ; sa nature paysanne répugnait à la mort volontaire. Il avait une organisation trop robuste et trop bien équilibrée pour subir cet affaiblissement nerveux qui mène à la mo-nomanie du suicide. Il s'éloignait avec un frisson de l'eau noire et tentatrice. Il s'enfermait chez lui et s'en-dormait pour oublier.

Vers le commencement de la troisième année, il fut appelé dans le Barrois par la nouvelle de la mort de son père. Le bonhomme s'était éteint subitement, en pleine possession de ses facultés et n'ayant lâché ni la maison, ni les champs que convoitaient depuis des années ses trois aînés. La fortune paternelle, dont Mi-chel se trouvait héritier pour un quart, se composait de cinq ou six lopins de terre et de la bicoque où il

avait été élevé. Les cohéritiers n'ayant pu s'entendre,
il fallut liciter ce maigre patrimoine. Michel employa
ses économies à racheter la maison, en se disant
qu'un jour il serait peut-être heureux de venir s'y
abriter. Avant de repartir, il parcourut solitaire-
ment la plaine verte et grise où il avait si souvent erré pendant son enfance. — Antée reprenait
des forces chaque fois qu'il touchait du pied la
terre, son aïeule ; Michel sentit tout d'un coup un
renouveau d'énergie monter en lui, tandis qu'il faisait craquer sous ses talons les mottes brunes des
sillons. Au moment où il passait le long d'un champ
que deux paysans retournaient, une alouette prit
l'essor, monta dans l'air matinal et se mit à ga-
zouiller. — « La pauvre petite alouette, comme
elle chante ! » s'écria l'un des laboureurs en relevant la tête et en suivant le vol de l'oiseau qui s'enfonçait plus haut, toujours plus haut dans le bleu. —
Cette remarque inattendue remua singulièrement Verneuil ; elle était comme l'écho d'une réflexion parallèle
qu'il venait de faire. Ce chant d'alouette, si familier
jadis et qu'il n'avait pas entendu depuis des années,
lui causait une surprise presque joyeuse. Au milieu
de ses humeurs noires et de son découragement, il
était étonné qu'il y eût encore au monde de ces notes
allègres et réveillantes. Une vague tendance supersti-
tieuse persistait au fond de son cœur comme un vieux
reste de son origine campagnarde, et il lui sembla que
cette alouette chantante incarnait en elle un peu de
sa jeunesse. Il emporta comme un heureux présage

l'impression de cette musique aérienne et rustique.

Au retour de ce voyage, après une journée passée à courir dans Paris, il avait pris le chemin de fer de la rive gauche pour rentrer à Sèvres, et, comme il faisait beau temps, il était monté sur l'impériale. Entre Clamart et Meudon, son attention fut éveillée par la curieuse conversation de deux voyageurs placés derrière lui et dont il entendait les voix haussées d'un ton dominer le tapage du train en marche.

— Cher monsieur Lechantre, disait le premier avec un accent de prédicateur, il faut, selon le précepte d'Horace, « savoir se contenter d'un plat de légumes pour son souper, » et si, comme le pense judicieusement Montaigne, « la nourriture est une action principale de la vie... »

— Montaigne! interrompait dédaigneusement le second, son livre est écrit pour les vieux et les égoïstes... Tant que j'aurai de bonnes dents, je préférerai un roastbeef à un plat de chicorée.

— Le régime des viandes encrasse le cerveau et amène la pléthore.

— Ça m'est égal, j'aime mieux être malade et manger ce qui me fait plaisir.

— C'est un raisonnement enfantin et je vais vous le prouver: l'accumulation des matières azotées dans l'organisme...

— Taratata ! vous perdez votre temps; quand on veut me prouver quelque chose je n'écoute plus.

— Mon cher monsieur Lechantre, vous êtes un sensualiste !

— Et je m'en flatte!... Que serait la vie sans les
jouissances de l'œil, de l'odorat et du goût, savourées
dans la paix du cœur?... C'est la fête de l'existence ; à
quoi bon l'attrister par des ordonnances de médecin
et des raisonnements couleur de brouillard?

— Permettez, mon cher ami, quoi de plus beau que
de faire luire aux yeux de l'humanité l'espoir d'un
avenir meilleur basé sur l'alimentation végétale?

— Peuh! demandez à vos nièces ce qu'elles pen-
sent de ce régime-là?

— Mes nièces ?... répondait l'autre, mes nièces ne
s'en plaignent pas.

— Parce que ce sont des filles timides et soumi-
ses... Mais je vous prédis, moi, qu'avec un pareil système vous les mènerez infailliblement à l'anémie, mère
détestable des névroses...

A mesure que la discussion s'animait, Michel écoutait plus attentivement. Il croyait reconnaître dans la
bouche de l'un des causeurs, des intonations et des
phrases déjà entendues autrefois. Il se retourna pour
essayer de dévisager le partisan de l'alimentation végétale. Il ne put voir qu'un dos légèrement voûté et
une tête coiffée d'un chapeau de feutre à larges bords,
avec de longs cheveux presque blancs, tombant en désordre sur le collet de sa redingote. L'autre interlocuteur, au contraire, se présentait de face : maigre, alerte
avec un profil d'oiseau, l'œil émerillonné et la bouche
gourmande sous une moustache coupée en brosse;
il joignait à une physionomie très mobile cette ges-
ticulation expressive, toute spéciale aux artistes et
surtout aux peintres.

On était arrivé à Bellevue et comme les deux voyageurs avaient quitté le train en même temps que Michel, celui-ci, de plus en plus convaincu que l'aîné des deux était une ancienne connaissance, hâta le pas pour les suivre. Ils descendaient l'avenue Mélanie dans la direction de la Grand'Rue. Le plus jeune marchait en avant, clignant des yeux et inclinant la tête avec des attitudes familières aux paysagistes ; le vieillard encore ingambe trottinait d'un pas plus lent. Michel semblait entendre dans sa mémoire bourdonner les lointains souvenirs de la Touraine. — Plus de doute, c'était son ancien voisin de la rue de la Grandière qu'il retrouvait sur le chemin de Bellevue, — et, poussé comme par un ressort soudainement détendu, sans prendre le temps de la réflexion, il accosta le vieillard.

— Je ne me trompe pas, commença-t-il, c'est bien M. Jouzeau !

Le bonhomme ainsi brusquement interpellé, s'arrêta, se redressa et dévisageant son interlocuteur :

— Parfaitement, monsieur, répondit-il, mais je n'ai pas l'honneur de vous connaître... Et pourtant... Attendez!... Eh! si fait, vous êtes Michel Verneuil !

— Lui-même, reprit Michel, suis-je donc si changé?

— Je ne dis pas cela, mon cher ami, je ne dis pas cela, mais j'ai de mauvais yeux... Depuis que nous ne nous sommes vus, huit ans se sont écoulés et cela compte dans la vie d'un vieillard... Et puis tout de même, à parler franc, vous aussi vous avez été battu de l'oiseau... Vous êtes plus maigre et votre barbe est

semée de quelques fils argentés... Vous n'avez pas
été malade ?

— Non, repartit laconiquement le professeur ; non,
monsieur Jouzeau... Etes-vous toujours dans l'Université ?

— J'ai pris ma retraite, ou pour être plus exact,
on me l'a donnée... On m'a fendu l'oreille après les
événements de 1871.

Le compagnon de voyage de M. Jouzeau, après s'ê-
tre retourné et avoir constaté que le bonhomme causait avec un étranger, avait doublé le pas et s'était
éloigné discrètement. Les deux anciens voisins de
Tours restaient en tête-à-tête au milieu de la Grand'-
Rue.

— Vous comprenez, continuait l'ancien professeur
de mathématiques, que ma modeste pension ne pouvait me suffire... Quand on a trois nièces à élever et
un livre important à terminer, il faut disposer de res-
sources plus considérables. C'est pourquoi je suis
venu à Paris ; j'ai trouvé un emploi de comptable dans
une librairie classique, où je suis chargé en outre de
corrections d'épreuves... J'ai pu ainsi nouer les deux
bouts, et je me suis installé à la campagne, pour des
raisons d'économie et de santé.

— Vos nièces doivent être de grandes filles ?

— Mais oui... L'aînée, Suzanne, court sur ses vingt-
quatre ans et Gabrielle, la plus jeune, en a dix-huit.
Quand vous viendrez à la maison, monsieur Verneuil,
vous les verrez et vous jugerez en même temps des résultats de mon système, dont elles sont de remarquables

échantillons... Je parle surtout des deux cadettes, car Suzanne, prise trop tard, s'est montrée plus rétive... L'attrait superficiel des phénomènes extérieurs l'a jetée hors des voies normales : elle fait de la peinture et elle commence à réussir... Mais ce n'est pas ce que je rêvais !... Parlons de vous, mon cher ami... Je suis aise de vous retrouver !...Nous nous étions un peu perdus de vue dans les derniers temps de votre séjour en Touraine... Si mes souvenirs sont fidèles, vous aviez fait rapidement votre chemin... pardonnez-moi de n'être pas mieux au courant de vos succès, mon travail m'absorbe et je lis peu les journaux...

Le visage de Michel prit une expression chagrine. — J'ai fait comme vous, répondit-il brièvement, j'ai quitté l'Université et je suis maintenant dans l'enseignement libre.

— Ah ! bah !... Et demeurez-vous à Bellevue, par hasard ?

— Pas tout à fait... A Sèvres, près de l'ancienne manufacture.

— Bravo ! nous sommes quasi voisins... Mais, à propos, vous êtes marié et vous vivez en famille ?

— Je suis seul, répondit Michel dont la figure s'assombrit davantage.

M. Jouzeau avait remarqué ce rembrunissement des traits de son interlocuteur ; il ajouta timidement : — Seul ! est-ce que vous auriez eu le malheur de perdre madame Verneuil ?

— Oui, répliqua laconiquement Michel, pour couper court à toute autre explication.

— Ah ! murmura le bonhomme, puis il se tut... Le ton bref et la mine assombrie du professeur avaient brusquement tari sa loquacité curieuse... Il se reprochait déjà d'avoir maladroitement appuyé le doigt sur une plaie encore saignante, et il regardait Verneuil d'un air de discrète condoléance.

— Pardon ! balbutia-t-il, pardon ! soyez persuadé que je compatis de tout mon cœur... — Le surplus de son compliment resta dans son gosier.

Ils cheminèrent pendant quelques minutes en gardant un silence embarrassant. Puis, quand ils eurent gagné la rue des Binelles, Jouzeau s'arrêta en face d'une maisonnette, séparée de la route par une cour étroite, et une palissade où grimpait de la vigne vierge.

— Voici, dit-il, mon logis ; il n'est guère plus grand que celui de Tours, c'est la maison souhaitée par Horace :

Hortus ubi, et tecto vicinus jugis aquæ fons.

Ne voulez-vous pas y entrer un moment ?

Mais Michel était déjà repris par ses accès de misanthropie sauvage :

— Merci ! répondit-il sèchement, et serrant la main de M. Jouzeau, il tourna les talons dans la direction du chemin de Sèvres.

XV

Sept heures du matin. Dans la maisonnette de la rue des Binelles, le soleil effleure de ses rayons obliques les deux fenêtres d'une pièce du rez-de-chaussée, qui donne sur le jardin et qui sert de salle d'étude aux nièces de Narcisse Jouzeau. — Sur les murs, des cartes géographiques alternant avec des rayons emcombrés de livres ou supportant des moulages d'après l'antique ; dans le fond de la pièce, un vieux piano à X ; au même plan, une estrade qui sert à poser le modèle, et sur laquelle en ce moment se tient M. Jouzeau, craie en main, devant un tableau noir couvert de formules et de figures géométriques ; au milieu, une table carrée, ornée d'une sphère céleste et de chaque côté de laquelle les deux plus jeunes nièces : *Brielle* et *Phie*, les bras protégés par des manches de lustrine noire, les cheveux ébouriffés, les doigts tachés d'encre, bâillent en prenant des notes. Près des fenêtres, Suzanne l'aînée a dressé son chevalet et achève sur un

panneau une étude d'après un bouquet d'épines roses
et blanches.

Suzanne entre dans sa vingt-quatrième année. Sous
la longue blouse de toile qui l'enveloppe du cou jusqu'aux pieds, on ne peut pas dire qu'elle soit jolie.
Loin de là; pour ceux qui aiment les traits réguliers
et les teints de *lis et de roses*, elle doit même passer
pour laide. Maigre et de taille moyenne, elle manque
de fraîcheur ; ses mâchoires et ses pommettes saillantes, son nez court et retroussé donnent à sa figure
un caractère plus énergique que gracieux. Mais ses
yeux d'un brun limpide sont pleins de pensées; son
front carré, encadré de cheveux châtains, coupés et
bouclés au ras du cou, dit l'intelligence et la volonté.
Sa bouche a un sourire d'enfant, ses lèvres s'entr'ouvrent sur de petites dents très blanches, et quand
elle parle, son organe argentin et caressant a une
musique délicieuse. Ce sourire et cette voix consti-
tuent surtout la grâce de cette étrange personne.
Telle qu'elle est, elle a un grand charme, mais un
charme indépendant de la régularité des lignes et
de la pureté de la forme ; quelque chose de cet attrait
des portraits de Holbein, où l'intensité de la pensée
fait oublier la laideur du modèle.

Les deux cadettes, Gabrielle et Sophie ont des figures plus mignonnes, mais également pâles et souf-
freteuses, où l'on sent la pernicieuse influence d'une
vie trop sédentaire et trop renfermée, d'un régime
peu approprié à des filles de dix-huit à vingt ans.
Brielle avec sa tête mal peignée et ses formes grêles

13.

a la mine d'un garçonnet espiègle et malicieux ; *Phie*
est plus élancée, plus languissante et d'humeur plus
mélancolique. Toutes deux ont l'air de porter péniblement sur leurs épaules le bagage scientifique dont
M. Jouzeau les charge chaque matin.

— En voilà assez pour aujourd'hui, dit enfin le
bonhomme en effaçant avec une éponge les figures
crayonnées sur le tableau ; demain nous étudierons
la *précession des équinoxes*. Mais je voudrais, ce
matin, ajouter à mon enseignement scientifique quelques considérations morales. Et ce n'est pas seulement à Brielle et à Phie, c'est à vous aussi que je m'a-
dresse, ma chère Suzanne, ajoute M. Jouzeau en
élevant sa voix. — Vous le savez, enfants, dans mon
système tout se tient, tout s'harmonise et se pon-
dère ; la science a pour soutien la morale, la matière
n'est que l'irradiation de l'esprit. C'est pourquoi, de
même qu'il existe entre le monde matériel et le monde
spirituel une communion continue, je souhaiterais
qu'entre nous la communauté des études quotidiennes engendrât aussi la communauté des pensées et
la confiance réciproque. J'ai toujours trouvé en vous
la soumission et la docilité, mais je désirerais davantage ; je voudrais connaître votre opinion très franche
sur le système éducateur, dont vous avez eu les pré-
mices. Faites-moi part de vos réflexions intimes ; si
vous avez quelques observations à me soumettre, je
les écouterai volontiers.

Les trois jeunes filles relèvent la tête et regardent
M. Jouzeau avec des physionomies prudentes, où la

confiance n'est pas précisément peinte. Brielle dissimule sous sa main une grimace espiègle envoyée dans la direction de Suzanne, qui, elle, reste impassible, tandis que Phie, grillant de parler et craignant en même temps d'être rabrouée, hésite et semble, suivant le conseil du sage, tourner sa langue sept fois dans sa bouche.

— Vous ne répondez pas ! poursuit M. Jouzeau... Je comprends, la timidité et la réserve naturelles à votre sexe vous empêchent de vous expliquer publiquement et à voix haute. Qu'à cela ne tienne, écrivez-moi toutes trois ce que vous pensez. Je lirai vos confidences et même vos critiques avec attention, et je m'attacherai à vous éclairer. C'est en procédant de la sorte que nous arriverons à établir entre nous l'harmonie morale qui doit exister dans la famille comme dans la société... Il est temps que j'aille à mon bureau. A ce soir ! enfants ; à ce soir !

Là-dessus le bonhomme, après avoir baisé ses trois nièces sur le front, prend sa canne et son chapeau. Quelques minutes après, son pas trottinant résonne sur le gravier, et la grille du jardinet tourne sur ses gonds. M. Jouzeau part, il est parti.

— Enfin ! s'écrie Brielle en lançant son *Traité de cosmographie* au plafond, nous sommes libres !

— Oui, soupire Phie qui enfonce désespérément ses doigts dans ses cheveux ébouriffés, nous sommes libres de nous ennuyer de la façon qui nous plaira le mieux.

Brielle ramasse de nouveau son livre et applique un coup de poing sur la couverture :

— Je voudrais, dit-elle, que celui qui a inventé la cosmographie fût à la place de ce bouquin, j'aurais du plaisir à lui asséner des coups sur le crâne.

— Quelle vie ! reprend sa sœur en bâillant; pas l'ombre d'une distraction !.. J'ai beau me mettre à la fenêtre, pendant des après-midi entières, comme sœur Anne, je ne vois rien venir.

— Et qu'attends-tu donc ? demande à son tour Suzanne, en se reculant pour juger de l'effet du morceau qu'elle est en train de peindre.

— Que sais-je ? j'ai toujours l'espoir qu'un bel inconnu, passant sur la route et me voyant à ma croisée, comme une princesse captive, tombera amoureux de moi.

— Et qu'il te délivrera en grimpant à ta fenêtre à l'aide d'une échelle de corde ? achève Brielle. Moi, j'aimerais assez un enlèvement.

— Brielle ! interrompt sévèrement Suzanne... Vous dites toutes deux des 'sottises.

— Oh ! toi, mademoiselle la Sagesse, réplique Phie avec humeur, je comprends que tu sois philosophe. Tu n'es pas à plaindre, maintenant que tu gagnes douze cents francs à ton école de la ville. Tu sors quand tu veux et on ne t'assomme pas avec le calcul différentiel et intégral. Cela t'aide à supporter légèrement le malheur des autres.

— Suzanne nous lâche ! s'exclame Brielle.

— Suzanne est une égoïste !

— Vous êtes deux ingrates, répond l'aînée en déposant ses pinceaux et sa palette; vous ne méritez

pas qu'on s'occupe de vous. Vous me couvrez d'injures, juste au moment où je vous ménageais une surprise.

— La surprise! voyons la surprise! crient les deux
jeunes filles en se pendant chacune à l'un des bras de
leur sœur aînée.

— Voici: j'ai économisé depuis huit jours l'argent
que mon oncle me donne pour mes omnibus, et hier,
en songeant que vous seriez encore condamnées à déjeuner d'une salade de cresson et de pommes de
terre, je vous ai acheté un beau beefsteak que j'ai
rapporté en cachette dans ma boîte à couleurs.

— Suzanne, tu es un amour!

En même temps, Brielle et Phie l'embrassent violemment.

— Ne m'étouffez pas, murmure Suzanne à demi
suffoquée, et parlons sérieusement. Que pensez-vous
de la conversation de ce matin? Où l'oncle Jouzeau
veut-il en venir en nous demandant notre opinion sur
son système?

— C'est encore une invention pour nous ennuyer,
insinue Brielle.

— Il veut que nous jouions le rôle du public qui lui
manque et que nous le couvrions d'éloges. J'ai tout
de suite deviné cela, moi! ajoute triomphalement
Phie; mais il ne s'attend guère à la réponse que je lui
ménage!

— Tu lui écriras?

— Certainement.

— Moi aussi, déclare Brielle en montrant le poing

au tableau, je profiterai de l'occasion pour lui dire ce que j'ai sur le cœur !

Le soir, après un frugal souper composé de riz au maigre et de pommes de terre en purée, quand les trois sœurs, ayant pris leur bougeoir, s'avancent à tour de rôle pour recevoir le baiser traditionnel, Brielle, la première, tire de sa poche une lettre déjà chiffonnée et la glisse dans la main de M. Jouzeau : — Voici mes petites observations, oncle Jouzeau ! chuchote-t-elle d'un ton sournois ; — après quoi elle s'esquive. Phie s'avance languissamment ; elle extrait de son corsage une jolie enveloppe vert d'eau et la tend avec un geste de théâtre à l'ancien professeur, en ajoutant solennellement :

— Vous m'avez demandé de vous exposer mon opinion, mon oncle ; je l'ai consignée sous ce pli que je vous prie de ne lire que lorsque vous serez seul...

— C'est bien, c'est bien, enfants ! murmure d'un ton satisfait l'oncle Jouzeau en fourrant les deux épîtres dans sa poche...

Reste Suzanne. Elle prend son oncle à part, puis de son air sérieux que corrige sa douce voix argentine :

— Mon oncle, dit-elle, ces deux gamines sont encore très étourdies, je crains qu'elles ne vous aient écrit quelque énormité. Après que vous aurez lu leurs lettres, ayez la bonté de jeter les yeux sur celle-ci, où j'ai essayé de mettre les choses au point, sans oublier le respect que nous vous devons toutes.

M. Jouzeau la regarde d'un œil un peu étonné et

prend la lettre, qui va rejoindre les deux missives des sœurs cadettes. Puis, quand il est seul dans sa chambre à coucher, il plante ses lunettes sur son nez et décachète d'abord la lettre de Brielle, qui est ainsi conçue :

« Oncle Jouzeau, puisqu'il faut vous parler à cœur ouvert, je vous avoue que le système éducateur m'ennuie à mourir ; la pyramide sociale est mon cauchemar, l'alimentation végétale me donne des crampes d'estomac, l'algèbre et l'astronomie me laissent froide et « le moindre grain de mil, » c'est-à-dire le moindre petit mari, ferait bien mieux mon affaire... — Vous me trouverez peut-être idiote, mais à coup sûr vous reconnaîtrez que je suis franche et vous pardonnerez à votre nièce respectueuse. — GABRIELLE. »

— Impertinente pécore ! grommelle M. Jouzeau en froissant l'irrévérencieux billet de la plus jeune nièce, elle ne respecte rien !.. Heureusement, les autres sont plus sérieuses. — Voyons ce que m'écrit Sophie.

La lettre de Phie, élégamment couchée en fine anglaise sur un coquet papier vert qui sent la violette, est plus longue et plus sentimentale :

« J'ignore, mon cher oncle, ce que mes sœurs vous diront ; quant à moi, j'ai consulté mon cœur et voici ce qu'il m'a dicté. Plus je m'examine et plus je suis persuadée que notre genre de vie est contraire à toutes mes aspirations. La science ne parle ni à ma sensibilité ni à mon imagination. Je n'ai pas la vocation de l'enseignement, mais bien celle du mariage. Je crois que j'en saurais assez pour rendre heureux un brave garçon qui voudrait m'épouser. C'est pourquoi si vous ne tenez pas à me voir périr d'ennui, je vous supplie, mon cher oncle, de vouloir bien songer à m'établir. Je suis pauvre, mais je ne me montrerai pas difficile. Tout, plutôt que de continuer à languir dans cette atmosphère antipoétique où je sens se faner ma jeunesse ! Votre nièce désolée et à bout de patience. — Sophie. »

— Encore ! s'écrie le bonhomme en déchirant rageusement le papier vert de sa seconde élève, mais quelle mouche dévergondée les a donc piquées toutes deux !

Il ouvre la lettre de Suzanne, dont le début le charme d'abord et le rassérène :

« Cher oncle, mes sœurs et moi nous serions cruellement ingrates si nous méconnaissions vos bontés et les sacrifices que vous avez faits pour nous élever. Ne prenez donc pas en mauvaise part les réflexions que je crois devoir vous confier et n'accusez pas mon cœur, qui reste plein de reconnaissance pour vous. Je me garderai bien de critiquer votre système d'éducation, seulement je crois qu'il convient mieux à des garçons qu'à des filles ; je crains qu'il ne produise pas, au cas particulier, les heureux résultats que vous attendez. Je ne parle pas pour moi. Vous m'avez permis de suivre ma vocation et je suis satisfaite de mon sort, mais j'observe mes sœurs et je m'aperçois que ni leur santé, ni leur humeur ne s'accommodent du régime qui leur est imposé. Elles sont encore très enfants, très étourdies, et j'ai peur que l'ennui de leur situation présente ne les pousse à quelque folle équipée. Aussi, je vous en prie, ménagez-les ! Je crois qu'il est urgent de les traiter un peu moins en petites filles et de consulter un peu plus leurs goûts et leurs besoins d'affection. — Pardonnez-moi, cher oncle, de vous parler avec cette franchise et croyez aux sentiments de reconnaissance et de respect de votre nièce dévouée. — SUZANNE. »

— Elle aussi ! murmure M. Jouzeau, dont la figure s'est rembrunie à mesure qu'il a progressé dans la lecture de cette troisième lettre ; — elle aussi !... Les bras me tombent. Vit-on jamais aveuglement pareil à celui de ces petites sottes ?... C'est bien la peine de leur avoir fait sucer dès le berceau la moelle de mon enseignement...

Il se couche là-dessus tout déconfit et s'endort avec peine.

Le lendemain, dès le matin, les trois sœurs arrivent dans la chambre d'étude, inquiètes de l'accueil qu'ont dû recevoir leurs trois épîtres, et le cœur un peu ému par l'attente de la réponse de l'oncle Jouzeau. Néanmoins elles font bonne contenance. Suzanne charge sa palette ; Brielle et Phie, assises à la table du milieu, feuillettent avec affectation leurs cahiers de notes. Le bruit d'un pas trottinant résonne dans le couloir, accompagné d'un léger accès de toux, puis l'ancien professeur pousse la porte et sans répondre aux bonjours des trois nièces, va droit à l'estrade placée devant le tableau noir. Elles le regardent à la dérobée. Ses mèches de cheveux gris tombent en saule pleureur sur le collet de sa redingote ; il a l'air grave et tristement résigné des grands hommes incompris ; mais une conviction obstinée illumine son front fuyant, et ses petits yeux luisent d'un éclat phosphorescent.

— Mesdemoiselles, dit-il, j'ai lu vos lettres... Bien que la forme de vos critiques m'ait parfois affecté péniblement, je ne vous en sais pas moins gré de votre franchise... « Ne te mens jamais à toi-même, » est le premier précepte de la doctrine... Et je dois vous rendre cette justice que vous m'avez fait connaître peinement la situation de votre esprit. Elle n'a rien pe flatteur pour moi, mais elle m'a affligé sans ébranler mes convictions... C'est le sort des réformateurs d'être méconnus, même par leurs disciples. Christ a été renié jusqu'à trois fois par son apôtre Pierre... Vos désirs me semblent inspirés par des préoccupations misérablement charnelles et transitoires ; néanmoins j'essaierai d'y déférer dans la mesure du possible, convaincu que lorsque l'expérience aura été faite, vous reviendrez de vous-mêmes aux voies normales de l'impérieuse vérité... Et maintenant que tout a été dit sur cette affaire, occupons-nous des choses sérieuses et revenons à nos chères études... Ainsi que je vous l'enseignais hier, la ligne joignant les points équinoxiaux offre le phénomène connu sous le nom de *précession des équinoxes...*

Et les figures blanches, les courbes et les formules recommencent à s'épanouir sur le tableau noir, tandis que Phie dissimule mal une grimace de désappointe-

ment, et que Brielle mâche entre ses dents une épi-
thète injurieuse qui ressemble fort à : « Vieux
casoar! »...

. . . .

Quelques jours après cet incident,M. Jouzeau étant
allé, après dîner, faire sa promenade digestive jusqu'à
la porte du parc de Saint-Cloud, revint à la maison,
accompagné d'un étranger qu'il introduisit tout d'a-
bord avec force cérémonies dans le sanctuaire étroit
qu'il nommait sa bibliothèque. Sophie, qui flânait
comme de coutume à la fenêtre de sa chambre, descendit aussitôt dans la salle d'étude où Suzanne lisait
aux dernières clartés du crépuscule, tandis que Brielle,
assise devant le vieux piano, jouait par cœur une valse
de Métra.

— Mes enfants ! s'écria Phie en refermant soigneusement la porte, grande nouvelle !... Mon oncle a
ramené avec lui un visiteur.

— Jeune? dit Brielle en se retournant sur son ta-
bouret.

— Assez...

— Beau?

— Je n'ai pu que l'entrevoir, mais il m'a paru très
distingué.

— C'est peut-être, insinua Suzanne, le prince inconnu que tu attends et qui se présente pour demander
ta main?

— Ils sont dans la bibliothèque, continua Phie en
prêtant l'oreille ; on les entend d'ici... Tiens, on dirait
qu'ils sortent... Déjà?

— Si nous entrebâillions un peu la porte pour apercevoir ce beau ténébreux, s'exclama impétueusement
Brielle en s'élançant près de sa sœur.

En même temps elle touchait déjà de la main le
bouton de cuivre quand Suzanne se leva à son tour et
lui saisissant le bras :

— Brielle! tâche d'être convenable, fit-elle précipitamment...

Elles se tenaient groupées près du seuil, tendant
leurs têtes curieuses pour distinguer le bruit des voix,
quand brusquement la porte s'ouvrit d'elle-même au
nez des trois jeunes filles prises en flagrant délit d'indiscrétion, tandis qu'elles reculaient toutes penaudes,
M. Jouzeau introduisit dans la salle le mystérieux inconnu, qui n'était autre que Michel Verneuil.

— Mesdemoiselles, dit l'oncle après avoir lancé un
regard sévère à ses nièces, je vous présente une ancienne connaissance, M. Verneuil, qui est notre voisin
ici comme à Tours, et qui a consenti à venir prendre
ce soir une tasse de thé avec nous... Sophie, allume
la lampe, tandis que Gabrielle s'occupera du thé. —
Asseyez-vous, mon cher ami, et mettez-vous à l'aise.

Quand la lampe fut apportée, Michel jeta un rapide
coup d'œil sur la pièce où il se trouvait. La salle d'é-
tude avait presque la même physionomie que celle de
la rue de La Grandière ; pas un vieux meuble que le
professeur ne reconnût. C'était toujours le même tableau noir, les mêmes chaises de paille, la même disposition des cartes et des livres le long des murs ; les
plantes qui garnissaient les fenêtres et qui poussaient

leurs tiges jusque dans la pièce, la rendaient encore
plus semblable à celle de Tours, dont les croisées donnaient aussi sur un jardin. Pour un peu, Michel aurait pu se croire encore en Touraine. Les fillettes
seules avaient changé. Les regards de Verneuil tombèrent tout à coup sur Suzanne qui se penchait pour
régler le jeu de la lampe, et dont le visage était plei-
nement éclairé par la lumière concentrée sous l'abat-
jour. Il fut frappé de l'expression de cette figure si
originale dans son irrégularité et dont les yeux semblaient contenir tant de pensées. Au même moment,
Suzanne relevait la tête ; son regard surprit celui de
Michel fixé curieusement sur elle, et une légère rougeur colora ses joues pâles.

— Voici l'aînée de mes nièces, Suzanne, dit M. Jouzeau, pour rompre un silence qui commençait à devenir gênant ; ainsi que je vous l'ai dit, elle s'occupe
de peinture et elle a un tableau au Salon de cette
année.

Michel murmura une vague formule complimenteuse
et demanda le sujet du tableau.

— C'est tout bonnement le portrait de mes sœurs et
le mien, répondit la jeune fille ; n'ayant pas de quoi
me payer des modèles, j'ai fait poser Gabrielle et
Sophie ; elles lisent accoudées à la table que voici et
elles s'enlèvent sur le fond clair de la fenêtre ; moi, je
me suis représentée debout, en train de les peindre et
tournant à demi la tête vers elles... Vous le voyez,
c'est très simple.

— En art, remarqua Michel, ce sont les choses

simples qui offrent le plus de difficultés et qui, en revanche, donnent tout son prix à l'œuvre, quand on a
réussi à les rendre dans leur sincérité.

Suzanne le regardait d'un air approbatif; ce regard
droit, profond et scrutateur troubla Michel. Il lui semblait que les yeux de la jeune fille fouillaient jusqu'au
fond de son être et y devinaient les tristes aventures
qui avaient bouleversé sa vie. Il tourna brusquement
la tête vers les croisées ouvertes, qui laissaient voir
les découpures sombres des massifs sur un ciel déjà
semé d'étoiles.

— Vous avez un joli jardin, dit-il à M. Jouzeau.

— Il est exigu, mais agréable... Il est terminé surtout par une terrasse d'où l'on a une très belle échap-
pée sur la Seine... Suzanne, conduis donc M. Verneuil
jusque-là, pendant que je vais transporter une table
et des chaises au bas du perron... Il fait tiède et nous
prendrons le thé dehors.

Michel suivit Suzanne, qui le guida silencieusement
le long des allées tournantes jusqu'à un tertre au
sommet duquel on avait installé un banc de bois. De
là, grâce à une coulée de verdure qui se creusait entre
deux grands parcs, on apercevait dans le noir, au delà
de la Seine vaporeuse, le fourmillement des lumières
de Paris. Ce spectacle de la féerique illumination
parisienne ne rappelant au professeur que des choses
pénibles, il détourna les yeux et les reporta sur la figure étrange de la jeune fille dont les 'prunelles lui-
saient dans l'obscurité.

— La vue est moins bornée que dans notre jardin

de Tours, n'est-ce pas? lui demanda-t-elle pour rompre le silence.

— Quoi! vous vous le rappelez, mademoiselle? vous étiez bien petite alors.

— Pas si petite, répliqua-t-elle en souriant, j'avais quatorze ans... Je me souviens parfaitement de vous avoir vu à la maison, monsieur, et de vous avoir entendu à votre conférence.

— Ah! murmura-t-il en se remettant brusquement à marcher... Il n'aimait pas non plus à arrêter sa pensée sur cette conférence : tous ses souvenirs douloureux dataient de là. — Elle le suivit et ils se trouvèrent au milieu des massifs du jardin, tout embaumé de l'odeur des lilas.

— Sans vous en douter, continua Suzanne en glissant près de lui le long des verdures que sa robe frôlait avec 'un bruit léger, sans vous en douter, c'est vous qui m'avez ouvert les yeux sur les beautés de la Touraine, et c'est à vous que je dois de m'être occupée de peinture... Vous avez éveillé mes premières émotions d'artiste.

Il l'écoutait avec surprise ; le timbre argentin et net de cette voix de jeune fille avait pour lui le charme d'une chose goûtée dans sa primeur; jamais organe féminin n'avait encore produit sur son oreille une impression plus calmante et plus sympathique... Ils furent interrompus par M. Jouzeau qui accourait vers eux.

— Que dites-vous de ma terrasse? s'écria-t-il, c'est là, en face de la grande Babylone, que je rêve au livre, où je condenserai tout mon système éducateur... Mais venez, le thé est prêt, et pendant que nous le prendrons, Brielle et Phie nous feront un peu de musique. Bien que la musique soit un art purement sensuel, je n'ai pas cru devoir leur interdire cette distraction.

Ils trouvèrent le thé servi sur un guéridon, au-dessous des fenêtres de la salle d'étude, et Michel s'assit près du bonhomme et de sa nièce, en face du jardin silencieux; mais à peine M. Jouzeau eut-il avalé le contenu de sa tasse qu'il les quitta de nouveau. Ce petit homme ne pouvait tenir en place, et ses nerfs, sans cesse agités, pas plus que ses idées sans cesse en ébullition, ne lui laissaient un moment de repos.

— Je vous ai fait faire des tartines, dit Suzanne en présentant à Michel une assiette pleine de pain beurré, je suppose que vous les aimez toujours.

— Comment! vous vous êtes souvenue de mes goûts d'autrefois? s'écria-t-il très étonné.

— Certainement... Quand on est enfant, on est très frappé de ces petits détails, et je me suis rappelé qu'à Tours vous engloutissiez toutes nos beurrées quand vous veniez prendre le thé avec mon oncle... Brielle et Phie, qui étaient très vexées, vous avaient surnommé « le monsieur aux tartines de beurre. »

Ils se mirent à rire tous deux. C'était la première fois depuis bien longtemps que Michel retrouvait sur ses lèvres ce rire franc et large de sa vingtième année.

Il se sentait positivement rajeuni. Le calme de cet enclos plein de lilas, le rayonnement du ciel plein d'étoiles, la musique de la voix de Suzanne et le charme de ses yeux brillants dans l'ombre ; toutes ces choses ressuscitaient pour lui les sensations heureuses et paisibles d'un temps où la vie apparaissait à ses regards comme un jardin mystérieusement clos, plein de promesses et d'odeurs exquises.

Dans la salle d'étude, Brielle était au piano et Sophie, d'une voix fraîche, encore qu'un peu aigrelette, chantait une vieille chanson du xvie siècle :

> Aime-moi, bergère,
> Et je t'aimerai ;
> Ne sois point légère
> Je te servirai.
>   Ah! que l'amour est gai,
> Ah! qu'il est gai
>   Au joli mois de mai...

— Ah! la Touraine, soupira Michel, comme c'est loin !... Pourquoi ne peut-on pas retourner en arrière? Je voudrais être encore au temps où je venais prendre le thé chez votre oncle, dans le jardinet de la rue de La Grandière !

— C'est un plaisir, répondit Suzanne en souriant, que vous pourrez retrouver quand vous voudrez, puisque vous êtes notre voisin.

Michel releva la tête et rencontra de nouveau les regards limpides de la jeune fille.

— Je vous remercie, dit-elle avec un singulier étranglement dans la voix.

Dix heures sonnaient au loin à l'église de Saint-Cloud. Il se leva et prit congé de M. Jouzeau, qu'il trouva dans la salle d'étude, absorbé par la lecture

14

d'un article de Revue, et ayant oublié complètement
ses nièces et son hôte.

— Mon ami, dit le bonhomme en le reconduisant
jusqu'à la porte de la rue, souvenez-vous que ma
maison est la vôtre et que nous serons toujours enchantés de vous voir.

Pour la première fois depuis des années, Michel
emportait une impression de joie et d'allègement en
regagnant son logis. Pour la première fois, il regardait le ciel étoilé avec des yeux épris. Il trouvait que
les jardins exhalaient une bonne odeur printanière et
il ne sentait plus au dedans de lui cette lassitude et
ce vide qui l'empêchaient de reprendre goût aux choses de la vie. Et quand il monta l'escalier obscur de
sa chambre, il se surprit à fredonner la chanson de
Brielle et de Phie :

> Aime-moi, bergère,
> Et je t'aimerai...

XVI

— Suzanne, demanda le lendemain Phie à sa sœur aînée, est-ce que M. Verneuil est marié ?

M. Jouzeau venait de partir pour sa librairie et les trois jeunes filles, réunies dans la salle d'étude, près des fenêtres ouvertes, partageaient leur premier déjeuner avec les moineaux du jardin.

— Il l'a été, répondit Suzanne, mais sa femme est morte... Il n'aime pas qu'on lui en parle et notre oncle vous prie de vous abstenir de toute espèce d'allusions ou de questions indiscrètes.

— Mais alors, s'il est veuf, reprit Phie, c'est un parti... L'oncle Jouzeau, en l'amenant ici, a peut-être l'idée d'un mariage pour l'une de nous?...Il est encore jeune et n'est pas mal tourné.

— Merci! déclara Brielle, je vous l'abandonne... Il a une mine de conspirateur et ce n'est pas le mari de mes rêves.

— Tu es bien difficile! Moi je lui trouve l'air d'un héros de roman. Et toi, Suzanne?

— Vous êtes folles avec vos idées de mariage!... Il
ne peut pas entrer un homme ici sans que vous en
fassiez un épouseur... C'est une maladie et je vous
engage à soigner cela.

— Suzanne, répliqua Brielle, le succès te gâte...
Depuis que ton tableau a réussi au Salon, tu nous
traites de haut en bas... C'est révoltant!

— Suzanne cache son jeu, insinua Phie malignement, elle cherche à nous dégoûter de M. Verneuil
afin de l'accaparer pour elle seule... Je m'en suis bien
aperçue hier... Tiens, vois comme elle rougit!

— Le fait est, remarqua Brielle, qu'elle devient
cramoisie.

— Vous êtes assommantes! s'écria Suzanne, dont
les joues pâles prenaient effectivement des nuances
de rose de Bengale.

Elle était vexée des réflexions de ses sœurs et encore plus ennuyée d'avoir rougi. Elle quitta la salle
d'études et alla se réfugier au fond du jardin; mais
elle ne s'éloigna pas assez vite pour ne pas entendre
Phie ajouter en riant :

— C'est bon! c'est bon! il n'y a que la vérité qui
blesse.

Une fois seule derrière les massifs de lilas, elle s'assit dépitée : — Ces petites filles étaient ridicules!...
Mais aussi pourquoi avait-elle rougi? — Et alors, à
force de regarder au fond de son cœur, elle ne pouvait s'empêcher de reconnaître que Michel Verneuil
la préoccupait plus que de raison. La veille, avant de
s'endormir, elle avait pensé à lui longuement. La tris-

tesse et le découragement qui se marquaient sur les traits et dans les moindres paroles du professeur avaient vivement éveillé sa sensibilité. Elle devinait là une douleur mystérieuse que personne ne consolait. Douée de qualités affectives, que la vie solitaire et le régime de la maison Jouzeau avaient encore avivées en les concentrant, Suzanne s'était immédiatement intéressée à ce revenant qu'elle avait jadis admiré dans son enfance, comme un héros, et qu'elle retrouvait maintenant découronné et meurtri comme un arbre atteint par la foudre. S'il eût été heureux et souriant, peut-être se fût-elle moins occupée de lui ; mais, en le revoyant triste et découragé, elle s'était sentie émue, et il lui semblait qu'il n'était déjà plus pour elle un étranger.

De son côté, Michel, depuis cette première soirée passée en compagnie de Suzanne, prit doucement l'habitude de venir passer presque toutes les soirées chez M. Jouzeau. La perspective de cette visite du soir suffisait à lui faire supporter patiemment son insipide et monotone besogne de la journée. Pendant qu'il corrigeait les devoirs de ses élèves, il songeait à l'heure où il rentrerait à Sèvres et où il prendrait le chemin de la maison de Suzanne, et cela remettait un chaud rayon de soleil dans sa vie quotidienne. Sitôt son dîner expédié, il accourait rue des Binelles, où il était sûr de trouver les trois jeunes filles réunies dans la salle d'étude. L'oncle Jouzeau n'abusait pas trop de son rôle d'amphitryon pour entretenir son hôte des avantages du système éducateur ; il le laissait fré-

14.

quemment seul près de ses nièces et s'enfermait avec
ses fiches dans sa bibliothèque. Brielle et Phie, non
plus, n'étaient pas trop gênantes... Suzanne et Verneuil pouvaient se promener à leur aise dans le jardinet assombri, dont la paix profonde n'était troublée
que par les coups de sifflet et le passage des trains
de Versailles. Leur causerie roulait surtout sur les livres ou sur la peinture; rarement elle devenait personnelle. On eût dit que tous deux mettaient une délicate réserve à ne point se questionner sur des sujets
trop intimes. Et cependant, à mesure qu'ils se
voyaient davantage, ils se pénétraient plus profondément l'un de l'autre. Un intérêt sympathique et réciproque les liait de plus en plus étroitement. Rien
qu'à la manière dont Suzanne disait à Michel : « Qu'a-
vez-vous fait aujourd'hui ? » un observateur eût deviné que la pensée de la jeune fille avait suivi pendant
tout le jour le professeur à travers les rues de Paris.

Cette intimité discrète et réchauffante enveloppait
Verneuil d'une atmosphère de félicité et de calme
dont il avait depuis longtemps perdu l'habitude. Il la
respirait avec volupté, et en même temps il tremblait
de la voir tout d'un coup s'évaporer. Parfois, en revenant vers son triste logis de garçon, il se replongeait dans les souvenirs du passé et reconstituait sa
vie comme un château en Espagne rétrospectif. — Jadis, à Tours, le hasard avait mis à côté de lui Suzanne;
si, au lieu de se dissiper au dehors, il se fût confiné
dans sa solitude de la rue de la Grandière, il eût sans
doute remarqué cette nature d'élite, et il en eût sur-

veillé le développement avec le soin attentif d'un jar-
dinier amoureux d'une plante préférée. Suzanne lui
eût montré le même attachement qu'elle laissait entrevoir aujourd'hui, et un jour il l'eût épousée. A ses
côtés, sous sa chaude inspiration, quel travailleur fé-
cond et puissant il aurait pu devenir! quelle douce
vie tendre et confiante ils auraient pu mener!... Et,
au lieu de tout cela, rien que des regrets et des désirs stériles!

Le plus souvent, il faisait effort pour effacer le souvenir du passé, pour se rattacher avidement au présent, afin d'en goûter toute l'exquise saveur. — Entendre chaque soir la voix d'argent de Suzanne, partager ses promenades dans le bois de Meudon, sentir chaque jour cette intimité devenir plus familière,
plus tendrement affectueuse, n'était-ce pas encore du
bonheur?... Malheureusement cette joie était gâtée par
d'amères préoccupations. — Michel craignait toujours
que quelque hasard apprît aux membres de la famille
Jouzeau qu'il était encore marié et qu'il leur avait caché
sa situation tristement équivoque. — Et alors qu'ad-
viendrait-il de cette intimité que Verneuil savourait si
délicieusement? Si, au contraire, Suzanne continuait
à ignorer la vérité, la situation n'était pas moins cruelle
et périlleuse. Pour calmer les scrupules de sa conscience, Michel se promettait de ne jamais laisser voir
à la jeune fille la tendresse passionnée qu'il avait
conçue pour elle. Persuadé que cet amour n'existait
que de son côté et que Suzanne, pour sa part, n'apportait dans leurs relations quotidiennes qu'un senti-

ment d'affectueuse camaraderie, il se croyait assez
fort pour maîtriser sa passion. Il la renfermait scrupuleusement au dedans de lui, s'imaginant que rien
n'en transpirait au dehors, et il s'appliquait en toute
occasion à la déguiser sous les couleurs d'une frater-
nelle affection.

— Elle n'en saura jamais rien, songeait-il, et si elle
venait à s'en apercevoir, je n'hésiterais pas à m'éloigner, plutôt que de troubler la tranquillité de cette vie
de jeune fille.

En raisonnant ainsi, il était sincère, mais il comptait sans un sentiment dont la nature violente allait
déranger toutes ces sages combinaisons : — la jalousie.

Peu de temps après l'introduction de Michel dans
l'intérieur de la famille Jouzeau, Francis Lechantre,
cet artiste qui demeurait dans le voisinage et qui revenait parfois de Paris en compagnie de l'ancien professeur, se mit à visiter plus fréquemment la maison
de la rue des Binelles. Francis Lechantre avait passé
la quarantaine, mais il était resté très jeune physique-
ment et moralement. Doué d'une légèreté d'oiseau, il
traversait les chemins de la vie en les effleurant du
bout de l'aile et ne s'y posait que lorsqu'il trouvait
une place fleurie et ensoleillée à son gré. Pour lui, il
n'y avait de sérieux au monde que ce qui touchait à
son art. La politique, la philosophie, les questions
financières, tout cela était classé dans la catégorie
des choses accessoires et ennuyeuses. Trouver un ton
juste, faire brillamment chanter une gamme de cou-

leurs, rendre avec précision un jeu de lumière, c'était
là l'unique préoccupation de Lechantre. Il produisait
peu, travaillant mystérieusement et minutieusement,
comme l'oiseau construit son nid. De temps en temps,
il arrivait avec un petit paysage savamment composé,
plein de détails très fins et très vrais. Il le vendait
fort cher, et vivait là-dessus pendant des mois, sa-
tisfaisant alors voluptueusement une enfantine sensualité de poète, plus éprise de la couleur des mots
que de la réalité des choses. Dans le vin qu'on lui
servait, ce n'était pas tant la qualité qui le charmait,
c'était avant tout le nom sonore et exotique du cru,
la forme étrange du flacon, l'élégance du verre qu'il
portait à ses lèvres. Il vivait par les yeux et par les
oreilles. Son enthousiasme montait comme une mousse
pétillante à propos d'une fleur nouvelle, d'un beau
vers, d'un joli bas de jambe chaussé de soie bleue, et
de même, cette exaltation tombait à plat pour un
rien : un mot dissonant, une pluie intempestive, une
fausse note.

Le succès très vif et très imprévu du tableau de
Suzanne au Salon avait tout d'un coup attiré l'attention de Lechantre sur la jeune fille. Jusque-là, il avait
passé près d'elle sans l'apercevoir ; le charme contenu
et discret de cette nature renfermée lui avait échappé.
Mais maintenant que le succès la mettait en relief, il
commençait à la regarder de plus près et trouvait
qu'elle ne manquait ni d'originalité ni de lueur. Il
était parti là-dessus, se montant la tête, se croyant
amoureux de Suzanne et rêvant déjà un mariage qui

associerait leurs deux talents. A dater du jour où
cette fantaisie lui avait traversé le cerveau, il était
devenu un hôte plus assidu de la maison Jouzeau, et
sa qualité de confrère avait amené entre lui et Suzanne
un échange de relations familières qui troublaient
cruellement le cœur de Michel. Les assiduités du
peintre irritaient Verneuil d'autant plus violemment
qu'il se sentait incapable de lutter contre son rival.
« Son rival ! » A proprement parler, il n'y avait même
pas de rivalité possible, puisque Lechantre, s'il était
accueilli par la jeune fille, pouvait lui offrir le mariage,
tandis que Michel ne pouvait être pour elle qu'un ami
compromettant. Il n'était pas libre de l'épouser et, par
conséquent, la plus simple honnêteté lui ordonnait
non seulement de se tenir à l'écart, mais encore de
ne point chercher à faire échouer les projets de Francis Lechantre. Il adorait Suzanne, et cette affection
devait rester enfouie au fond de son cœur. Pour la
première fois, en tressaillant sous l'aiguillon de cette
souffrance nouvelle, il comprenait ce que c'était que
le véritable amour, et combien ce sentiment, fait
de tendresse, d'abnégation et de dévoûment, res-
semblait peu à la passion égoïste qu'il avait éprouvée
autrefois.

Bien que ce fût pour lui un supplice de se trouver
chez le bonhomme Jouzeau en même temps que Lechantre, et d'assister sans se trahir aux flirtations trop
expansives du paysagiste, il ne pouvait se passer de
voir Suzanne. — Un samedi soir qu'il s'était débarrassé de ses leçons plus tôt que d'habitude, il avait

pris tout droit le chemin de la maison Jouzeau en quittant la station de Bellevue. Quand il entra dans la salle d'étude, il n'y vit que les deux plus jeunes nièces du comptable. Brielle était au piano, jouant sans se lasser son éternelle valse de Métra, et Phie profitait de l'absence de son oncle pour dévorer un roman de cabinet de lecture. Les jeunes filles, en relevant la tête, surprirent le regard déçu que Michel jeta dès l'entrée sur la place vide de Suzanne et sur les deux seules occupantes du cabinet de travail.

— Elle n'y est pas, dit malignement Phie sans attendre la question de Michel. Il faudra, monsieur Verneuil, vous contenter de notre humble société.

—A moins, ajouta Brielle, qui ne résista pas au désir de donner aussi son coup de patte, à moins que vous ne préfériez monter jusqu'au bois des Fonceaux. Je crois que Suzanne est allée y travailler avec M. Lechantre.

Le front de Michel se rembrunit davantage et il s'assit près de la fenêtre avec une mine si soucieuse que Brielle, — bonne fille au fond, — en eut pitié.

— Il la suit comme son ombre, continua-t-elle. Pauvre garçon! il ne fait pas ses frais.

— Brielle! chuchota sévèrement Sophie, qui croyait devoir jouer au Mentor en l'absence de son aînée, Brielle, quel langage! n'en es-tu pas honteuse?

— Oh! roule de gros yeux tant que tu voudras, ça ne me fait pas peur... M. Lechantre perd son temps, et Suzanne a d'autres idées... Voilà! dit Brielle, en secouant la tête d'un air comiquement mystérieux.

— Tais-toi donc! répliquait Phie à voix basse et avec un accent de réprobation.

Michel prêtait l'oreille et ne tenait plus en place.

— Je vous quitte, mesdemoiselles, dit-il en prenant son chapeau; je reviendrai quand M. Jouzeau sera de retour.

— Surtout, lui cria Phie, n'allez pas répéter à Suzanne les sottises inventées par cette tête de linotte!

Il était déjà dehors, suivant la route qui monte vers la forêt. Quand il fut dans le bois des Fonceaux, il ralentit le pas. La journée avait été chaude, mais le soir qui approchait avait mis un peu de fraîcheur dans l'air; les rayons déjà obliques du soleil allumaient des flambées d'or rougi dans le fouillis des broussailles et sur les ornières des chemins, où des nuées de moucherons dansaient silencieusement. — Non loin des murs de l'étang des Fonceaux, à un endroit où l'avenue de Villebon coupe perpendiculairement l'allée qui descend à la mare Adam, le taillis enferme dans sa végétation touffue une étroite clairière qui contourne les ruines d'un vieux mur à demi démantelé et déjà en partie recouvert par des arbustes et des plantes grimpantes. Un étroit sentier enfoui dans les branches accède seul à ce coin solitaire, ignoré de la plupart des promeneurs et où des bandes d'oiseaux se donnent rendez-vous. L'endroit est paisible, ombreux et frais, même en plein midi, et Michel savait que Suzanne l'avait choisi pour y faire des études de plein air. Ce fut de ce côté qu'il se dirigea; mais, à peine eut-il hasardé quelques pas dans le petit sentier, qu'il s'arrêta en entendant la voix de Francis Lechantre, dont les articulations nettes et comme martelées se détachaient très distinctement au milieu du silence environnant. Michel ne put résister à la tentation d'écouter sans être vu ; au lieu de continuer à suivre les méandres du sentier, il se glissa dans un fossé qui régnait en contre-bas, et là, profitant de ce que le terrain humide amortissait le bruit de son pas, il put, protégé par les ramures, s'avancer jusqu'à l'endroit où se tenaient les deux interlocuteurs.

Lechantre avait terminé son étude et emballait son attirail, tout en continuant de causer avec sa verve habituelle. Suzanne, assise sur un pliant, l'écoutait, impassible et sérieuse, sans cesser de poser de petites touches de couleur sur son châssis.

— Mademoiselle, disait le peintre, je n'y vais pas par quatre chemins et je vous parle à la bonne franquette. Vous me connaissez... Pour le quart d'heure il n'y a pas beaucoup d'artistes qui puissent damer le pion à votre serviteur sous le rapport de la précision et de la sincérité... Les plantes, les oiseaux et les insectes n'ont pas de secrets pour moi, je les ai étudiés à fond ; je ne suis pas de ces paysagistes en chambre qui sont incapables de distinguer un charme d'un hêtre et un bouleau d'un tremble... Quand je peins un arbre, c'est que j'ai vécu intimement avec lui ; je sais au juste quand ses feuilles commencent à pousser, quelle forme elles ont en été et quelle nuance en automne... Aussi ma peinture a des dessous soli-

15

des et, au lieu de se démoder, elle gagne en vieillissant, comme le bon vin... Dans cent ans elle se tiendra encore... Je ne produis pas beaucoup, mais je vends mes toiles au prix que je demande... J'ai quarante ans, le pied leste, l'estomac solide, les dents saines, le cerveau bien équilibré et le cœur sur la main. — Voulez-vous m'épouser?... Dites oui, et je vous enlève au régime végétal du père Jouzeau pour vous faire un petit intérieur capitonné, moelleux, duveté comme un nid de rossignols...

— Mon cher monsieur Lechantre, répondait gravement Suzanne, je vous remercie, je suis très flattée de votre proposition, mais je vous répète encore une fois que je ne puis l'accepter... Je ne désire pas me marier.

— Pourquoi?... Qui diable vous pousse à rester célibataire chez votre maniaque d'oncle, qui vous nourrit de salade et de riz au maigre?... Un régime gris et débilitant qui finira par vous enlever le sentiment de la couleur !

— J'ai d'abord un motif très sérieux, c'est de ne pas abandonner mes deux jeunes sœurs qui souffrent encore plus que moi du régime dont vous parlez...

— Ah! murmura Lechantre, un moment arrêté par cette objection; il levait le nez en l'air comme pour chercher si quelque oiseau ne lui fournirait pas un moyen de la réfuter. — Puis, après un silence, il repartit :

— Eh bien! qu'à cela ne tienne, vous emmènerez les deux jeunes filles et elles vivront avec nous.

Pour qui connaissait Lechantre c'était un gros sacrifice et Suzanne en fut touchée. Cela se sentait à
l'altération de sa voix, quand elle répliqua :

— Vous êtes un brave garçon, monsieur Lechantre, et je vous suis reconnaissante de votre proposition... Mais là, vrai, je ne puis accepter...

Lechantre fourrait désespérément les mains dans
les poches de sa jaquette.

— Alors, soupira-t-il, c'est qu'il y a un motif que
vous ne me dites pas?

Silence. Suzanne baissait le nez sur sa toile, et pei-
gnait nerveusement sans desserrer les lèvres.

— Songez qu'il n'y a rien de plus triste que de
rester vieille fille, poursuivit-il; l'homme n'a pas été
créé pour se figer dans la solitude du cœur, ni la
femme non plus... Le célibat n'est pas toujours drôle,
j'en sais quelque chose!

— Eh bien! insinuait la jeune fille en souriant, si
vous êtes fatigué à ce point de la vie de garçon, pourquoi n'épouseriez-vous pas Brielle ou Phie?... Elles
ont plus que moi la vocation du mariage.

— Vous êtes bien bonne! répondait ironiquement
le paysagiste un peu vexé, mais Brielle et Phie ne
me disent rien, tandis que vous, Suzanne, vous avez
tout ce qu'il faut pour être la femme d'un peintre. —
Allons, ajoutait-il en prenant la poignée de sa boîte de
couleurs et en endossant son sac, je me berce encore
de l'espoir que ce n'est pas votre dernier mot et je
vous laisse le temps de la réflexion...

— C'est tout réfléchi, mon cher Lechantre, je ne

peux pas accepter... N'insistez plus, nous nous fâche-
rions !

— Je me tairai donc, car je serais désolé que nous
fussions fâchés.. Mais vous avez bouleversé toutes
mes idées et je vais être huit jours sans pouvoir trouver un ton juste... Sans rancune pourtant !... Je reviendrai vous voir quand j'aurai repris le dessus.

— Sans rancune, certainement !... Nous serons toujours bons amis, dit-elle en lui tendant la main. — Au
revoir, et si vous passez devant la maison, ayez la
bonté de prévenir mes sœurs que je rentrerai dès que
mon étude sera finie...

Il avait bouclé son sac et s'éloignait, en prenant la
chose assez philosophiquement, comme c'était son
habitude d'ailleurs dans la vie. Quand il eut disparu
derrière les halliers et que son pas se fut éteint dans
la direction de l'avenue, Michel sortit bruquement de
sa cachette. Au bruit des branches froissées, Suzanne
tourna la tête et tressaillit en l'apercevant.

— Comment ! vous étiez là? s'écria-elle, effarée et
rougissante.

— Oui, répondit-il avec un accent où il y avait une
sorte de vibration joyeuse, j'étais là... Je dois vous
avouer que j'écoutais et que j'ai tout entendu.

— Ça, c'est très mal, reprit Suzanne en quittant sa
palette... Puis tournant vers lui ses yeux limpides : —
Vous auriez mieux fait de vous montrer et de nous in-
terrompre, vous m'auriez rendu service... Ça n'est pas
commode de refuser une proposition désagréable, tout
en évitant de blesser la personne qui vous l'adresse.

— L'idée du mariage vous est-elle désagréable à ce point? Avez-vous réellement une vocation décidée pour le célibat?

En lui posant cette question, Michel se promenait avec agitation à quelques pas d'elle, sans la regarder. — Une vive lueur monta dans les yeux de Suzanne et éclaira doucement sa physionomie pensive, tandis qu'une émotion délicieuse souleva les sobres contours de sa poitrine. Elle resta un moment silencieuse, les regards brillants, les lèvres entr'ouvertes, comme dans l'attente d'une bonne nouvelle vaguement pressentie. Assurément, Michel allait parler; il allait lui dire ces choses auxquelles elle ne pensait jamais sans un battement de cœur; il allait lui faire cet aveu qu'elle avait déjà cru lire dans les yeux, dans les intonations, dans le silence même du professeur. D'une voix un peu tremblante elle murmura :

— Non, le mariage en lui-même ne m'effraie pas, au contraire...

Michel continuait à marcher le long des prunelliers voilés de clématite, les bras croisés et la tête penchée; on eût dit qu'un pénible combat se livrait en lui; après un long silence, il parut faire un violent effort et reprit brusquement :

— Alors, pourquoi avez-vous refusé la proposition de Lechantre?... C'est un galant homme, il a du talent, une position honorable et... en un mot, tout ce qui peut assurer le bonheur d'une femme...

Tandis que ces paroles sortaient péniblement de sa bouche et comme malgré lui, un rapide changement s'opérait dans le visage et l'attitude de Suzanne ; ses yeux s'assombrissaient, une pâleur de morte donnait à ses traits une expression tragique, et ses lèvres étaient agitées par un frémissement nerveux.

— Ainsi, balbutia-t-elle, vous m'auriez conseillé d'accepter?

— Je... Suzanne, qu'avez-vous? Que se passe-t-il? — Il avait enfin osé tourner ses regards vers elle, et sur ses joues décolorées il venait d'apercevoir des larmes. Avec emportement, il se jeta à genoux et prit dans les siennes les mains glacées de la jeune fille.

— Suzanne, je vous ai fait de la peine... Oubliez ce que j'ai dit, je n'en pensais pas un mot, je mentais... Je serais désespéré de vous savoir à un autre, car je vous adore !

Devant la douleur muette et pourtant si éloquente de la jeune fille, les honnêtes résolutions de Michel n'avaient pu tenir debout. Il avait maintenant la certitude qu'elle l'aimait, et cet amour qui se trahissait soudain emportait comme un robuste coup de vent toutes ses hésitations, tous ses scrupules. Verneuil penchait la tête vers les petites mains frêles qu'il tenait toujours dans les siennes et tout d'un coup il les baisa avec passion. Sous ces caresses inattendues, Suzanne frissonnait délicieusement et une lumière mouillée de larmes recommençait à briller dans ses yeux bruns, tandis qu'un faible sourire entr'ouvrait de nouveau ses lèvres frémissantes.

— O mon Dieu ! balbutia-t-elle encore étouffée par l'émotion trop vive, et ayant peine à respirer

— Pardonnez-moi, reprit Michel, j'étais fou... Si vous saviez!... Si je pouvais vous expliquer!...

Elle l'interrompit par un adorable élan de tendresse virginale et confiante :

— Ne m'expliquez rien, murmura-t-elle en posant doucement l'une de ses mains sur son épaule, vous m'aimez... J'en suis si fière, si heureuse!... C'est tout ce que je veux savoir aujourd'hui.

Et il lui obéit, il fut lâche et ne dit rien. Il ne se sentit pas le courage de troubler, par un aveu brutal, cette heure exquise de bonheur pur, la seule qu'il eût goûtée depuis des années. Il s'accrochait au présent comme un naufragé s'accroche à une bouée de sauvetage. Il restait immobile, noyé dans une extase dont il aurait voulu prolonger la durée pendant des éternités. — Il faisait si bon dans ce coin oublié de la forêt, sous l'ombre allongée des grands arbres, dont le soleil déclinant rougissait les hautes branches! Tout autour d'eux montait dans les ronces en fleurs un bourdonnement d'insectes, et cette musique sourde semblait encore accroître la profondeur de la solitude qui les isolait du reste du monde. Quand le dernier rayon de soleil s'envola dans le ciel d'un bleu de turquoise, tout au loin, par-dessus les bois pacifiques, la sonnerie des cloches de Saint-Cloud annonçant le dimanche, vint bercer les deux amoureux avec ses riches notes d'or, qui vibraient dans l'air tiède comme l'écho de leurs paroles de tendresse.

— Il faut nous en retourner, soupira Suzanne en relevant la tête vers le ciel brunissant.

Michel lui aida à serrer dans la boîte l'étude ina-
chevée, puis lentement et comme à regret, ils repri-
rent le chemin de Bellevue.

La jeune fille s'appuyait bravement et fièrement au
bras du professeur et elle tournait vers lui des yeux
illuminés de joie et d'amour. Au sortir du bois, quand
ils aperçurent devant eux les collines estompées d'une
chaude vapeur, les moutonnements de verdure sombre qui descendaient vers la Seine empourprée, et tout
en haut le ciel pur où pointait une première étoile,
Suzanne eut un élan d'enthousiasme, comme si ce
spectacle s'offrait à elle pour la première fois.

— Que c'est beau! s'écria-t-elle en se serrant contre Michel, et que je suis contente!

Et lui, la voyant si heureuse, se sentait pris d'une
cruelle angoisse. Il se demandait avec un douloureux
tremblement comment il oserait maintenant faire
crouler tout cet édifice de bonheur, en avouant à cette
enfant l'horrible vérité.

XVII

— Oui, mesdemoiselles, tel que vous me voyez, j'ai
passé une nuit blanche en plein bois de Boulogne.
Oh! une nuit lyrique, une nuit shakspearienne... J'en
suis encore enfiévré, et c'est ce qui vous explique ma
visite matinale... En passant devant chez vous, j'ai
entendu le piano de mademoiselle Gabrielle, et n'ayant
pas envie de dormir, encore moins de travailler, je
suis entré pour vous conter mon aventure.

Francis Lechantre avait en effet le verbe haut, l'œil
brillant et la loquacité expansive d'un homme très sur-
excité. Deux jours s'étaient écoulés depuis son entretien avec Suzanne dans le bois des Fonceaux, et c'é-
tait la première fois qu'il la revoyait. Il paraissait avoir
pris très philosophiquement son parti, et la jeune fille,
d'abord un peu embarrassée en l'apercevant, fut en-
chantée de constater qu'il ne lui tenait pas rigueur.
Elle était tellement heureuse en ce moment que la
mélancolie de Lechantre eût détonné comme une

15.

fausse note ; elle lui savait gré d'avoir si vite retrouvé sa belle humeur et son insoucieuse légèreté.

— Allons ! dit-elle en riant, vous avez voulu nous montrer qu'une nuit blanche vous laisse le teint frais, et que les vrais artistes ont toujours vingt ans... C'est très bien, cela, Lechantre !... Maintenant, faites-nous le récit de votre petite fête nocturne... en glissant, bien entendu, sur les détails qui seraient par trop jeunes...

M. Jouzeau venait de partir pour sa librairie ; Brielle et Phie, charmées de cette distraction inattendue, qui promettait d'égayer leur matinée, s'étaient rapprochées de l'artiste, et, les coudes sur la table, le front dans les mains, tendaient vers lui leurs têtes curieuses pendant que Suzanne, assise sur le rebord de la fenêtre, lavait tranquillement ses pinceaux.

— D'abord, reprit Lechantre, il faut vous dire que je n'étais pas en veine de travail...

Il s'arrêta, lança une œillade mélancolique dans la direction de Suzanne et ajouta :

— J'avais eu un gros ennui, la semaine dernière, et je voyais la nature trop en noir... Pour me secouer, je suis allé chez Zimmer, un vieux camarade d'école que j'avais négligé depuis des mois, et qui m'a invité à souper à la cascade en compagnie d'une bande d'artistes de nos amis. A dix heures, nous sommes partis en voiture. Vous savez quelle belle nuit il faisait hier... O mes enfants, ce restaurant de la Cascade était féerique !... Je ne suis pas un mondain et je ne fréquente guère ces endroits-là, mais vrai, j'étais ébaubi... Cette flambée de lumière dans la masse noire du bois; ces voitures dont on voyait les lanternes courir parmi les arbres comme des vers-luisants; ces belles dames en robes à traîne, descendant de leur équipage dans un ruissellement de soie et de velours; et puis, comme accompagnement, de la musique, et quelle musique!... Arany, le peintre hongrois, nous avait amené un orchestre de tsiganes, et, pendant le souper, ils ont joué des marches et des *tsardas* qui auraient galvanisé des statues. Nous buvions du tokay en suçant des écrevisses, aux sons du *tsimbalom* et des violons, ni plus ni moins que des Magyares... Au petit jour, nous écoutions encore ces musiciens endiablés qui nous donnaient le vertige. C'était du délire, et quand les soupeurs sont repartis pour Paris, je suis resté seul dans le bois, préférant m'en revenir à pied pour mieux savourer mes émotions de la nuit... Les taillis étaient si beaux ce matin au lever du soleil!.. Quels jolis tons fins et perlés dans le ciel, dans les herbes mouillées, sur la Seine vaporeuse!.. C'était paradisiaque, et je me promenais là dedans comme un prince, en me jouant à moi tout seul la marche de Rakoczy. Vous n'avez pas idée de l'enchantement où m'a plongé cette nuit fantastique! Enfin, pour mettre le comble à mes émerveillements, figurez-vous que j'ai appris en soupant une chose très étrange et qui va bien vous étonner... Je vous la donne en cent, je vous la donne en mille!

— Dites tout de suite, cela vaudra mieux! s'écria Phie.

— Il s'agit de M. Michel Verneuil, cet ami de votre oncle.

Suzanne tressaillit.

— Eh bien? fit-elle avec un mouvement d'impatience.

— Eh bien! il paraît qu'il est marié.

— Allons donc! interrompit Brielle, il l'a été, mais sa femme est morte.

— Morte?.. La bonne histoire! Elle se promenait cette nuit en chair et en os à la Cascade... Zimmer, qui la connaît, me l'a montrée... Une créature superbe, avec des yeux bleus longs comme ça, un sourire éblouissant et une toilette!.. Rien qu'avec le prix du point de Venise qui garnissait sa robe, j'aurais de quoi me bâtir une maison de campagne.

Suzanne n'avait pas fait un geste ni desserré les lèvres; elle restait pétrifiée sur le rebord de la fenêtre, tournant vers le jardin son visage d'une pâleur livide, fixant ses prunelles dilatées sur deux capucines que le vent remuait et dont elle suivait machinalement la monotone agitation.

— Vous devez vous tromper, reprit Brielle; M. Verneuil a positivement déclaré à mon oncle qu'il avait perdu sa femme.

— Qu'il l'ait perdue, répliqua plaisamment Lechantre, ça ne fait de doute pour personne, car elle l'a quitté voilà tantôt trois ans... Zimmer m'a raconté la chose en détail... Ils se sont séparés à l'amiable; elle ne porte plus le nom de son mari, et elle est... mais chut! le reste de l'aventure ne regarde pas les demoiselles.

Suzanne s'était retournée brusquement avec une raideur automatique.

— En voilà assez, monsieur Lechantre, murmura-t-elle d'une voix altérée, les affaires de M. Verneuil ne nous regardent pas, et vous pouvez vous dispenser de continuer !

Francis Lechantre, interloqué, l'examina un moment sans répondre, et fut stupéfait du changement qui s'était opéré dans le visage et dans le ton de la jeune fille.

— Ah ! c'est différent, balbutia-t-il, mettons que je n'ai rien dit !...

Il se retourna vers Brielle et Phie et remarqua qu'elles avaient, de leur côté, la mine contrainte et guindée de personnes qui assistent à une conversation pénible. Brielle se mordait les lèvres et Phie feuilletait un livre en affectant un air très affairé. — Il comprit que ses confidences avaient jeté un froid, et, consultant ostensiblement sa montre :

— Diantre ! s'exclama-t-il, je babille et je m'aperçois que je vous fais perdre votre temps... Je ne veux pas être indiscret, mesdemoiselles, et je vais regagner mon atelier.

Il prit son chapeau et s'avança vers la porte. Comme personne ne fit mine de le retenir, il tourna le bouton et s'esquiva.

Dès qu'il fut dehors, Brielle se leva impétueusement, et, regardant Suzanne, qui était restée debout dans sa rigide attitude de statue :

— Marié ! s'écria-t-elle, quelle horreur !.. Aussi cet

homme avait quelque chose de louche, et ce n'était pas sans raison que je me défiais de sa mine de conspirateur.

— Il ne faut jamais croire que la moitié de ce qu'on dit, commença Phie avec son air bon apôtre; M. Lechantre est si étourneau !... Il entend les choses de travers et les répète de même... N'importe, ma pauvre Suzanne, ajouta-t-elle d'un ton de commisération, à ta place, je voudrais en avoir le cœur net. Il faut charger notre oncle de demander des explications à ce monsieur et, si elles ne sont pas nettes, de lui fermer notre porte.

— Je vous défends de rien dire à notre oncle avant que j'aie vu moi-même M. Verneuil, répondit enfin Suzanne d'une voix saccadée et sifflante. Du reste, il doit monter ici cette après-midi... Quand il viendra, vous me laisserez seule avec lui... Voilà tout... N'en parlons plus.

— A quelle heure veux-tu déjeuner ? hasarda Brielle pour changer la conversation.

— Je n'ai pas faim... Ne m'attendez pas.

Elle ouvrit la porte et, marchant avec des mouvements de somnambule, elle descendit au jardin. Le soleil y tombait d'aplomb et les arbustes trop peu élevés ne projetaient sur le sol qu'une ombre insuffisante. L'air commençait à s'embraser sous la réverbération des murs blancs et des allées sablonneuses, et cependant Suzanne se sentait glacée. Elle frissonnait, une pression douloureuse l'étreignait aux tempes et derrière les oreilles : elle alla s'asseoir sur un banc

placé dans le seul coin ombreux du jardinet, et là,
tandis que l'air chaud tremblait sous le brasillement
du ciel enflammé, elle essaya de rassembler ses idées
et de penser.

— Marié! Michel, marié!... Ce n'était pas possible!

Et cependant Lechantre avait donné des détails
précis; il avait vu cette femme, et Zimmer lui avait
conté toute l'histoire... Alors elle se rappelait certaines hésitations, certaines réticences de Michel, auxquelles elle n'avait d'abord prêté aucune attention et
qui maintenant jetaient sur le passé d'inquiétantes
lueurs. Elle ne songeait pas à accuser le coupable,
à le maudire de l'avoir trompée. Elle ne pensait qu'à
son amour violemment menacé, à cet amour meurtri
et qui, tout saignant, demeurait encore vivace; elle
sentait avec effroi qu'elle n'aurait jamais la force de
l'arracher de son cœur... Et cependant il le fallait,
maintenant que tout espoir lui était enlevé, maintenant qu'elle connaissait la navrante vérité. — Marié!
Et cette autre femme vivait, et le bonheur de Suzanne
n'avait duré que deux jours!

Elle resta ainsi pendant des heures, indifférente à
la chaleur du plein midi, qui lui tombait sur la tête à
travers la feuillage grêle des acacias; puis, tout d'un
coup, elle tressaillit. La sonnette de la porte d'entrée
venait de tinter; un pas viril résonnait sur les dalles
du couloir... C'était lui! Son cœur se contracta au
point de l'étouffer. Elle se leva néanmoins et lentement elle revint vers la salle d'étude où Michel l'attendait déjà.

Penché sur le chevalet, il examinait une aquarelle commencée, quand la jeune fille entra. Au bruit de la porte refermée, il leva la tête, vit l'effrayante pâleur de Suzanne et s'élança vers elle, les mains tendues :

— Chérie, qu'avez-vous? s'écria-t-il.

Mais elle l'arrêta d'un geste énergique.

— Non! avant tout, répondez-moi : on dit que vous êtes marié... Est-ce vrai?

Il recula comme s'il eût reçu un coup en pleine poitrine, pâlit à son tour, baissa tristement les yeux et balbutia d'une voix à peine distincte :

— C'est vrai...

Il y eut un moment de silence poignant dans la petite salle d'étude, dont les contrevents avaient été poussés pour empêcher la grosse chaleur de juillet d'y pénétrer; — un moment de silence formidable, troublé seulement par la voix de basse d'un bourdon qui butinait au dehors parmi les capucines de la plate-bande.

— C'est indigne! reprit enfin Suzanne d'une voix sourde en se tordant les doigts.

— Suzanne!

Elle agita la main comme pour lui signifier qu'elle ne voulait rien entendre.

— Laissez-moi!... Que vous avais-je fait pour me traiter aussi outrageusement?... Vous avez abusé de ma bonne foi, dans quelle intention? j'ose à peine me le demander! Quelle opinion aviez-vous donc de moi? à quelle créature croyiez-vous avoir affaire?... Ah! je souffre cruellement, et ma pire souffrance, c'est encore d'en être réduite à vous mépriser!

— Ne m'accablez pas, murmura-t-il avec un accent profondément navré, je suis déjà si malheureux!.. Je vous ai trompée et je suis impardonnable, mais c'est la crainte de vous perdre qui m'a rendu lâche à ce point... Au commencement, je vous aimais sans espérer que vous m'aimeriez à votre tour et je me disais : A quoi bon parler? à quoi bon étaler devant elle mes misères et mes humiliations?.. A côté de vous, j'oubliais tout : la honte du passé, les tristesses de ma vie manquée... Et, il y a deux jours, quand j'ai su que vous m'aimiez...

— C'était alors qu'il fallait parler, interrompit durement Suzanne; pourquoi avez-vous gardé le silence?

— Ah! alors la tête m'a tourné... Nous étions si heureux là-bas, au fond des bois, que je n'ai plus eu le courage de prononcer le mot qui devait ruiner notre bonheur... J'ai tout remis au lendemain, et le lendemain, ce même bonheur m'a fermé de nouveau la bouche. Je n'osais plus remplir mon devoir d'honnête homme, je tremblais, au contraire, qu'une indiscrétion vînt vous apprendre la vérité et me chasser de votre cœur... Hélas! c'était pourtant inévitable, et aujourd'hui je n'ai plus devant moi que le vide...

Il s'arrêta au milieu de la pièce, tremblant, désespéré, farouche ; ses yeux effrayés semblaient déjà voir là-bas, dans la direction du tableau noir, ce vide ténébreux dans lequel il allait retomber.

Suzanne s'était assise près de la table. Elle l'écoutait en fixant sur lui un regard douloureux, et des sanglots lui montaient à la gorge.

— Oui, dit-elle, nous sommes malheureux !

Il tressaillit, se rapprocha d'elle et, lui mettant doucement la main sur l'épaule :

— Pauvre enfant, je dois vous faire horreur !

Elle secoua la tête.

— Non, répondit-elle, en retrouvant sa voix sympathique et pénétrante, je vous plains, et je me fais pitié... Vous étiez tout pour moi et maintenant c'est fini !

— Fini ! s'exclama-t-il, non, ce n'est pas possible ! Il n'y a pas de loi humaine qui puisse m'empêcher de vous donner toute ma vie... Suzanne, répondez-moi franchement : malgré mon triste passé, malgré mon mensonge, m'aimez-vous encore ?

— A quoi bon cette question ? répliqua-t-elle en tournant vers lui ses grands yeux si limpides et si sincères, si je ne vous aimais plus, je n'aurais pas le chagrin qui m'étouffe en ce moment.

— Alors, reprit-il d'une voix raffermie, rien n'est perdu, rien n'est fini, si vous avez confiance...

Elle avait relevé la tête et le regardait d'un air effaré.

— Je ne vous comprends pas.

— Écoutez, continua-t-il en s'exaltant, la femme qui m'a trompé et que j'ai quittée, est morte pour moi comme je le suis pour elle. Elle a brisé elle-même le lien qui m'attachait, et il n'est pas juste que sa faute nous rende à jamais malheureux... Moi, passe encore !... Mais vous, Suzanne, vous si innocente de tout, vous si pure !... cela ne peut pas être !

— Cela est pourtant, puisque je ne puis plus devenir votre femme.

— Suzanne, notre attachement est aussi sérieux que s'il avait été consacré par une cérémonie civile ou religieuse... Vous m'aimez et je vous aime : eh bien ! partons, allons vivre dans un coin obscur où nous serons libres d'être l'un à l'autre !

Elle s'était levée toute frémissante.

— Oui, poursuivit-il avec emportement, vous n'êtes pas une bourgeoise ; vous avez l'esprit assez large pour vous mettre au-dessus d'une formule et d'un préjugé...Nous ne pouvons être éternellement victimes d'un mariage annulé en fait et qui, si le divorce existait, serait dès demain légalement dissous.

— Assez !... Ce que vous rêvez est impossible !

— Ne dites pas alors que vous m'aimez, puisque le respect humain est plus fort que votre affection !

— Nous avons deux façons différentes de comprendre l'amour, murmura-t-elle d'une voix étranglée.

— Mais la vôtre, Suzanne, c'est la séparation, c'est la souffrance sans espoir et sans issue...Me laisserez-vous sortir seul d'ici et retomber dans un désespoir qui sera la fin de tout?

Elle ne répondait pas. Elle s'était rassise, les coudes sur la table, la figure dans les mains, essayant de comprimer les sanglots qui lui montaient à la gorge. Lui, de son côté, était allé se jeter sur une chaise, dans un coin obscur, près du grand tableau noir. Le silence avait repris possession de la salle d'étude. Au dehors, tout s'immobilisait dans l'assoupissante chaleur des

après-midi d'été. Un reflet de l'aveuglant soleil du
jardin montait dans l'entrebâillement des contrevents
et se jouait pacifiquement en moires dorées sur la blancheur grise du plafond. Michel ne bougeait pas ; on
eût dit qu'il cherchait à s'enfoncer dans l'ombre du
grand tableau et à se faire oublier. Suzanne n'osait
plus ni le regarder ni parler, de peur que les sanglots
qu'elle refoulait à grand'peine ne vinssent à jaillir de
ses lèvres. Tous deux, anxieusement, avec un tremblement de tout le corps, songeaient à la fuite des minutes trop brèves qui les séparaient maintenant de
l'heure inévitable de l'adieu éternel. — Quand ce
reflet de soleil aura disparu du plafond, se disait Suzanne, ce sera fini à tout jamais : la porte se refer-
mera sur lui et je ne le reverrai plus. — Elle se reprochait de ne pas profiter de ces minutes dernières pour
emplir ses yeux de la vue de celui qu'elle aimait, et en
même temps elle avait peur qu'en le regardant trop
tendrement, elle n'eût plus la force de le renvoyer. —
Et cependant, il le faut, il le faut ! se répétait-elle, et
plus je tarderai, plus nous souffrirons tous deux... O
mon Dieu, que j'ai de chagrin !

Michel, affaissé sur sa chaise, attendait toujours. Il
ne pouvait croire que tout fût irrévocablement terminé.
Il espérait encore que Suzanne parlerait, qu'un mot
d'amour ou de pitié tombé de sa bouche le rappelle-
rait près d'elle ; que quelque chose, — il ne savait quoi,
— surviendrait pour mettre obstacle à ce terrible dé-
chirement. Mais un silence implacable continuait à
régner dans la salle d'étude ; la maison entière dans sa
profonde impassibilité semblait crier à Michel :

— Tu n'as plus rien à attendre de nous !

Tout à coup dans ce silence accablant une lointaine
rumeur se fit entendre ; une trépidation sourde d'a-
bord, puis plus accentuée, secoua les murs de la maisonnette, dont les vitres se mirent à trembler ; un roulement de tonnerre, entrecoupé de sifflements aigus,
retentit au dehors ; le train-poste de Bretagne passait
comme un ouragan à travers Bellevue ; puis le tumulte
s'assourdit et devint peu à peu une rumeur confuse,
comme celle de la mer qui se retire au loin.

Suzanne n'avait pas bougé. Verneuil se leva tout
d'une pièce et se dirigea vers la porte :

— Adieu ! dit-il brusquement.

La jeune fille alors releva la tête et le regarda. D'un
seul coup d'œil, à travers l'obscurité de la chambre,
elle lut sur la figure du professeur je ne sais quelle résolution désespérée, et tout son courage l'abandonna.
Elle se jeta au-devant de Michel, lui prit convulsive-
ment les deux mains et d'une voix suppliante :

— Je vous en prie, murmura-t-elle, soyez coura-
geux !... Comprenez bien que si j'étais seule au monde,
rien ne me retiendrait... Je vous suivrais partout, trop
heureuse de vous donner ma vie... Mais j'ai mes sœurs
et je ne dois pas les abandonner à mon oncle, qui les
rend malheureuses sans s'en douter. Elles ne peuvent
se passer de moi, dites-vous bien cela, et ne m'en
veuillez pas !

Une lueur d'espoir se ralluma au cœur de Michel et
il répondit comme Francis Lechantre, deux jours auparavant :

— Prenez vos sœurs avec vous, emmenez-les, j'ai la force de travailler pour trois.

Elle secoua la tête tristement.

— Non, répliqua-t-elle... Il y a des choses que je pourrais accepter pour moi, mais que je ne peux imposer à mes sœurs... Je ne veux pas qu'un jour elles m'accusent d'avoir gâté leur vie en l'associant à la mienne... O mon ami, je ne voudrais pas vous faire de peine, mais vous devez comprendre, vous devez comprendre !

Il baissait la tête et il comprenait en effet qu'il n'avait pas le droit de faire partager à Brielle et à Phie la situation fausse où le mettait l'impossibilité d'épouser leur sœur aînée. Pouvait-il même songer à associer Suzanne à une pareille vie ?... Et, comme on distingue toute une étendue de pays à la lueur brutale d'un éclair, il envisagea soudain les misérables conditions d'existence qu'il imposerait fatalement à la femme assez courageuse pour s'attacher à lui : — les humiliations d'un faux ménage dont l'équivoque arrive tôt ou tard à être percée à jour ; la position inévitablement médiocre à laquelle cette équivoque même condamne les couples qui vivent hors la loi ; les blessures d'amour-propre d'autant plus douloureuses qu'on essaie de les dissimuler ; et enfin peut-être l'affaiblissement et l'évanouissement de cet amour auquel on a tout sacrifié ; — toutes ces choses, il les vit avec une cruelle lucidité :

— Vous avez raison ! murmura-t-il, je vous aime trop pour exiger de vous de pareils sacrifices... Adieu, et pardonnez-moi mon égoïsme. Adieu, mon seul amour, nous ne nous reverrons plus!

Il ne pouvait pourtant lui lâcher les mains; il les serrait plus fort dans les siennes et les couvrait de baisers. Sous ces dernières et dévorantes caresses, Suzanne sentait son courage s'amollir et se fondre :

— Partez, balbutia-t-elle en se raidissant dans un violent effort, je ne peux pas... je ne peux pas!

Elle lui arracha ses mains; et Michel, sans plus la regarder, sans rien voir, ouvrit la porte et se précipita dehors.

Quand il eut disparu, quand elle eut entendu la petite grille de l'entrée retomber derrière lui avec un bruit métallique et déchirant, elle s'élança vers la porte. Elle voulait maintenant le rappeler, elle regrettait d'avoir été trop cruelle, elle lui aurait crié volontiers :

— Reviens, ce n'est pas vrai, je t'aime. Emmène-moi!

Elle se laissa tomber à genoux près de la table, et cramponnant ses mains à la menuiserie massive, elle se mit à sangloter sourdement.

Quand Brielle et Phie, craintives à la fois et curieuses, se hasardèrent à entrer dans la salle d'étude, elles la trouvèrent ainsi, repliée sur elle-même, pleurant amèrement et ne voulant pas être consolée.

XVIII

Le casino de Dinard est situé au fond de la grève de l'Écluse, entre deux pointes de rochers. Dès qu'on a gravi la pointe de gauche, on a devant soi une merveilleuse perspective de côtes déchiquetées et mouvementées comme à plaisir. Murailles à pic ; éboulements d'énormes galets noirs et lisses, pareils à des troupeaux de monstres marins endormis ; *houles* profondes et sonores ; anses pierreuses et solitaires où l'eau bleuissante paraît emprisonnée comme un lac ; toutes ces pittoresques découpures donnent à cette portion du littoral breton une physionomie singulièrement originale. — Si l'on suit, à partir de la Malouine, le sentier des douaniers qui serpente à la crête de la falaise, on atteint en un quart d'heure la plage de Saint-Enogat. Il y a six ans, cet endroit n'était qu'une lande déserte. Un spéculateur intelligent, frappé de la grâce sauvage et charmante du site, a eu l'heureuse idée de s'y bâtir une maison d'abord, puis d'y construire cinq ou six chalets à l'entour d'un hôtel, — et la station balnéaire de Saint-Enogat a été créée.

Vu du large, l'hôtel a l'air de sortir des flots avec les villas blanches et roses qui s'étagent de chaque côté en fer à cheval. Cent mètres d'un jardin débordant de fleurs séparent à peine ces habitations de la plage qu'elles dominent. Le spectacle qu'on a des fenêtres est enchanteur. En face, la pleine mer étend sous l'ampleur du ciel sa vaste nappe lumineuse ou sombre, semée d'îlots pierreux dont les formes fantasques rappellent ces rochers qui décorent le fond de certains tableaux de Léonard de Vinci. A droite, la svelte aiguille de l'église de Saint-Malo pointe au-dessus des falaises ; à gauche, le cap Fréhel, distant de huit lieues, allonge dans les flots verts son mur d'un bleu foncé. Le climat de ce doux coin de terre est exceptionnel. Abrité des vents d'ouest par le banc du cap Fréhel, et des rafales du nord-est par la pointe de Cancale ; chauffé par le tiède courant du *gulf-stream*, il jouit d'une température quasi méridionale. Les figuiers y sont hauts comme des platanes ; les fuchsias, les lauriers, les camélias y poussent en pleine terre. La mer y a d'adorables couleurs. Une solitude relative permet d'y goûter à loisir les majestueuses et toujours nouvelles beautés du ciel et de l'eau. Point de foule mondaine et bruyante comme à Dinard ; point de toilettes tapageuses et de musique de casino vous rappelant le boulevard. Les villas disséminées sur le bord de la falaise et habitées, en grande partie, par

16

des Anglais, sont paisibles et souriantes comme les
fleurs qui tapissent abondamment leurs parterres et
leur façade.

A la fin de juillet 1879, Jeanne du Coudray venue
à Dinard en visite chez sa mère, avait poussé l'une
de ses promenades jusqu'à cette solitude fleurie de
Saint-Énogat. Le site l'avait charmée, et comme elle
cherchait précisément une plage où l'on pût vivre
isolé sans être au bout du monde, elle y avait loué une
maison où elle s'était installée dès le commencement
d'août. Cette villa, située sur le rebord du plateau,
s'appelait modestement le *Chalet*. Une route étroite,
partant du cimetière, y accédait du côté du village,
et un sentier de chèvres, serpentant aux flancs du rocher, conduisait de la maison à la petite grève du
Port-Riou, qu'un large pan de rochers séparait de la
plage fréquentée par les baigneurs.

Jeanne y vivait dans une retraite absolue, n'ayant
de relations de voisinage qu'avec sa mère qui, elle,
menait à Dinard une existence très mondaine. Encore ces relations étaient-elles médiocrement affec-
tueuses. Depuis les événements qui avaient amené la
dislocation du ménage Verneuil, la mère et la fille
étaient devenues très froides l'une pour l'autre. Jeanne
ne pardonnait pas à madame de La Guérinière de
l'avoir jetée dans les bras de Michel pour se débarrasser d'un amoureux gênant ; celle-ci désapprouvait
aigrement l'imprudente hardiesse avec laquelle sa
fille avait affiché en quelque sorte son amour pour
Adrien Perrusson. De là, entre les deux femmes, une

hostilité sourde qui se traduisait par des reproches à
peine voilés, des allusions blessantes et des piqûres
d'amour-propre, chaque jour plus aiguës et plus in-
supportables. L'impétuosité passionnée que Jeanne
apportait aux moindres choses semait d'éclats ora-
geux cette lutte intime. Madame de La Guérinière
mettait plus de réserve, plus d'adroites précautions
dans l'expression de son animosité ; mais précisément à cause de cette contrainte, sa rancune maternelle s'exaspérait davantage et devenait presque de la
haine. — Lorsqu'il ne produit pas un redoublement
d'affection, le contact étroit et journalier de la vie de
famille détermine rapidement un courant antipathi-
que, dont la violence s'accroît en raison directe de la
multiplicité des rapports quotidiens. Les froissements
qui, entre étrangers, ne créeraient qu'une brouillerie
inoffensive, dégénèrent vite entre parents en une âpre
hostilité. — Sans rompre ouvertement avec sa fille,
madame de La Guérinière était en train de devenir sa
plus cruelle ennemie, et Jeanne, surexcitée par cette
animosité chaque jour plus agressive, en était arrivée
par esprit de bravade et de révolte à s'absorber entièrement dans sa passion pour Adrien.

Elle n'existait plus que pour cet amour, auquel elle
avait tout sacrifié. Elle sentait qu'après l'éclat de sa
rupture avec son mari, sa seule excuse aux yeux du
monde et au regard même de sa conscience était dans
la continuité et la ferveur de cette union irrégulière.
Elle rêvait une liaison sanctifiée et presque légitimée
par la durée, comme celle de Saint-Lambert et de

madame d'Houdetot au XVIIIᵉ siècle. Elle s'accrochait
avec force à cette passion, qui lui donnait du reste
toutes les satisfactions qu'elle avait souhaitées.

Ainsi que Jeanne l'avait prévu, Adrien Perrusson
était devenu un personnage politique important. Son
éloquence avait fait de lui un des leaders de la gauche, et son habileté aux manœuvres parlementaires
l'avait classé parmi les hommes de gouvernement sur
lesquels son parti fondait de sérieuses espérances. Il
n'avait pas encore réalisé tous les rêves de son ambition, mais sa marche ascensionnelle ne se ralentis-
sait pas et il comptait bien, avant peu, atteindre au
sommet. En attendant, il était parvenu à une cime in-
termédiaire. Lors du dernier remaniement ministériel, il avait été nommé sous-secrétaire d'État à la justice, et, comme son ministre était peu éloquent, c'était
lui qui allait de l'avant à la Chambre, lorsqu'il s'agissait de défendre une proposition scabreuse ou de répondre à une interpellation redoutée. — Penchée sur
le velours de l'une des tribunes du Palais-Bourbon,
Jeanne savourait voluptueusement les bravos qui ac-
cueillaient d'ordinaire la faconde insinuante et fleurie
de ce jeune orateur, dans lequel chacun saluait déjà
un futur ministre. Intérieurement, elle s'attribuait une
part du succès. N'était-elle pas un peu son inspira-
trice ? N'avait-elle pas fait de son propre salon le lieu
de réunion des amis politiques d'Adrien ? C'était chez
elle que se discutaient tout d'abord les mots d'ordre
à donner, la tactique à suivre, les manœuvres à exécuter dans telle ou telle discussion. Elle s'enorgueil-

lissait du rôle qu'elle jouait dans ce milieu, où elle
trônait comme une reine séduisante et enjouée. Par
son entrain, elle savait enflammer les timides, et par
son esprit, modérer les exagérés ; elle avait l'art de
calmer les susceptibilités et de flatter les amours-pro-
pres de toutes ces personnalités gonflées de vanité ;
tandis que son grand homme, une rose à la boutonnière, le regard brillant, les lèvres souriantes, les
mains tendues, allait d'un groupe à l'autre, semant
avec adresse des promesses qui ne l'engageaient à
rien, et des offres qui liaient ceux qui les accep-
taient.

Indépendamment de ces réceptions hebdomadaires,
Jeanne voyait Adrien presque chaque soir dans l'intimité. Parfois ils dînaient ensemble, en bonne fortune, au cabaret, ou bien il venait la prendre dans sa
voiture et l'emmenait au théâtre, où ils assistaient du
fond d'une baignoire à la représentation de la pièce en
vogue. Leur liaison étroite, discrète, très correcte à
force de tenue et de réserve, n'était cependant un
mystère pour personne, mais elle était tolérée et
respectée. Elle avait à la fois l'indépendance de ces
mariages de la main gauche, que la société mondaine
accepte de plus en plus avec une indulgente facilité,
et le charme secret du fruit défendu. A la belle saison,
quand commençaient les vacances parlementaires,
les deux amoureux s'enfuyaient en villégiature dans
quelque bain de mer peu fréquenté. Jeanne louait une
habitation située un peu à l'écart ; Perrusson s'instal-
lait à l'hôtel, et les convenances étant sauvées, l'inti-

mité continuait plus familière et plus délicieuse en pleine nature.

Néanmoins, depuis le commencement de 1879, c'est-à-dire depuis le moment où Adrien Perrusson avait été appelé à faire partie de la nouvelle combinaison ministérielle, la chaleur de cette intimité semblait s'être attiédie. Sans cesser de présider aux réunions du samedi dans le salon de Jeanne de Coudray, Adrien avait espacé davantage ses visites du soir. Aux réclamations de la jeune femme il avait répondu en objectant la perturbation que ses fonctions apportaient dans ses habitudes. — Il n'était plus maître de son temps, il se devait à l'État, — et Jeanne n'avait pas osé insister. Après la clôture des Chambres, elle avait espéré qu'il reprendrait son train de vie de l'an passé, et c'était un peu en vue de le mieux posséder, qu'elle s'était installée à Saint-Enogat. — Malgré cela, depuis le 1er août, Adrien n'avait fait qu'une courte apparition à l'*Hôtel de la Mer*, où il avait cependant retenu un appartement. Chaque samedi matin, Jeanne s'éveillait, le cœur tout agité par l'attente d'une seconde visite, et les passages d'omnibus se succédaient sans amener le voyageur désiré. Parfois, rongée d'impatience et ne pouvant tenir en place, elle s'en allait pédestrement jusqu'à Dinard et descendait à la cale d'embarquement. Là, les yeux alternativement fixés sur Saint-Servan ou sur Saint-Malo, elle guettait les bacs à vapeur qui font alternativement le service de la baie entre Dinard et les deux villes voisines. A chaque bateau partant de la tour du Solidor ou du Grand-

Bé, elle se disait : « Peut-être est-il à bord ! » Quand
le flot des passagers s'écoulait sur la jetée et qu'elle
constatait l'absence d'Adrien, son regard anxieux s'en
retournait vers le point d'où devait partir le bateau
suivant; — et ainsi jusqu'au soir. Puis quand brisée
par ces émotions stériles, elle rentrait au *Chalet*, elle
trouvait sur sa table un télégramme dont le laconisme
brutal, terminant d'un coup son anxiété, ajournait ses
espérances à huitaine : « Retenu au Ministère pour
affaires urgentes. Lettre demain. »

Et le lendemain la lettre arrivait, bourrée d'excuses,
pleine de promesses pour la semaine suivante, affectueuse, câline, spirituellement gaie, — trop gaie
même au gré de Jeanne, qui trouvait Perrusson un peu
bien disposé à prendre facilement son parti de tous
ces contre-temps. — En relisant ces épîtres enjouées,
écrites avec une liberté d'esprit dont elle n'eût pas
été capable en pareil cas, Jeanne était prise parfois
d'un doute cruel. La possibilité d'un refroidissement
lui glaçait brusquement le cœur et la jetait dans de
longues rêveries qui voilaient de leurs vapeurs mélan-
coliques jusqu'au radieux paysage de mer étendu
sous ses yeux.

Un matin de la fin d'août, en procédant lentement
à sa toilette, elle se replongeait dans ses douloureuses
réflexions sur la fragilité des tendresses humaines,
tandis que la sourde respiration de la mer lui arrivait
doucement par les fenêtres ouvertes. Sous le ciel encore embrumé, l'eau avait des tons gris qui allaient
s'éclaircissant à mesure que des coins bleus apparais-

saient entre les nuées. Des cris d'enfants jouant au
crocket dans le voisinage montaient dans l'air humide,
mêlés à des lambeaux de conversations échangées entre les gens du village qui passaient devant les villas
avec leurs paniers d'œufs ou de légumes.

— Un beau temps à ce matin, Jeanne-Marie !

— Il ne sera pas de durée, ma fille, à cause de la
grande marée de demain.

— Est-ce qu'elle sera bien forte, croyez-vous?

— Dame c'est la plus grosse de l'année, et si le
norouâ continue de souffler, *espérez* un peu, demain
soir le flot viendra battre le mur des bains...

Le reste du dialogue se perdait dans un bruit de
sabots résonnant sur le gravier, et Jeanne songeait
que le train du soir amènerait peut-être Adrien, avec
la fournée des touristes désireux de voir de près la
plus forte marée de l'année. — Elle achevait de se
coiffer, quand de nouveau elle entendit parler au bas
du perron, et elle reconnut la voix tranchante de madame de La Guérinière. Une minute après, Juliette, en
tenue de campagne, — chapeau de feutre voilé de
gaze, jupe courte, bas de fil d'Écosse rouges et bot-
tines en peau de daim, — apparaissait dans la chambre à coucher, appuyée sur une ombrelle rouge à haut
manche d'ébène.

— Bonjour! je viens de prendre mon bain et j'ai
poussé jusque chez toi... Nous allons ce soir en bande
aux étangs de Trémereuc... Es-tu des nôtres?

— Merci ! répondit Jeanne en jetant sur sa mère
un regard méfiant. — En même temps elle pen-

sait : — Si elle est venue ici ce matin, c'est qu'elle a quelque chose de désagréable à me dire. — Elle étudiait avec une curiosité inquiète les yeux gris à demi fermés de sa mère et le sourire perfide niché au coin des lèvres. — Merci ! répéta-t-elle, je resterai chez moi aujourd'hui.

— Tu attends quelqu'un ? demanda malignement madame Juliette.

— Non ! mais je ne suis pas en humeur de sortir.

— Tant pis ! Je le regrette pour nous... Il n'est pas précisément gai pourtant, ton chalet !.. Enfin il y a des gens pour lesquels la solitude est le complément de la félicité.

Elle murmura entre ses dents une phrase ironique à propos des personnages « romanesques auxquels suffisent un ermitage et un cœur » puis elle affecta de parler de choses indifférentes : *racontars* de la plage, descriptions de toilettes. On avait eu, la veille, au casino, une soirée très amusante ; la petite *Chose* des *Variétés* avait chanté à ravir un air de la *Cigale*, et le grand Désormeaux avait été inimitable dans le monologue du *Bilboquet*. — Allons ! adieu ! dit-elle en s'appuyant sur son parasol, tu as grand tort de te claquemurer...

Elle avait déjà fait quelques pas vers la porte et Jeanne poussait un soupir de soulagement, quand madame de La Guérinière se retourna nonchalamment et ajouta en lançant à sa fille un regard oblique :

— A propos, y a-t-il longtemps que tu as eu des nouvelles de Paris ?

Jeanne, pressentant une méchanceté, eut un tressaillement intérieur.

— Non ! répondit-elle laconiquement, il y a cinq ou six jours.

— Alors, ma pauvre enfant, tu ne sais rien ? insista madame Juliette avec un ton d'hypocrite condoléance.

— Rien... de quoi ? répliqua Jeanne, devenant nerveuse et agacée.

— Rien de ce qu'on me raconte dans cette lettre que j'ai reçue ce matin... Tiens, lis, il vaut encore mieux que ce soit moi qui te l'apprenne, ajouta-t-elle en lui tendant un feuillet semé de pattes de mouches et en marquant d'un coup d'ongle le passage intéressant... Là, au milieu de la page.

Et Jeanne, d'un regard dédaigneux d'abord puis terriblement attentif, parcourut les lignes suivantes :

« Un autre mariage, qui fait grand bruit, c'est celui du sous-secrétaire d'état de la justice. Adrien Perrusson épouse dans huit jours mademoiselle Philipson, la fille du richissime banquier juif... Les Philipson ont donné avant-hier une très brillante soirée pour la signature du contrat... »

Jeanne sentit au cœur comme un pincement très douloureux, mais elle se raidit contre la souffrance, et, ses yeux allant au-devant du regard dur et plongeant de madame de La Guérinière, elle trouva encore la force, en rendant la lettre, de jeter à la face de sa mère ce mensonge héroïque :

— Ah ! ce mariage... je le connaissais !

Mais elle ne put pousser plus loin la contrainte

qu'elle s'imposait ; elle devint très pâle et se dirige
vers un fauteuil, où elle s'assit comme mécaniquement.

— Jeanne!... Eh bien! qu'y a-t-il? s'écria madame
de La Guérinière, effrayée.

Elle courut à la toilette, y trouva un flacon, et se
penchant vers la figure blanche et immobile de sa fille,
elle le lui mit sous le nez.

La violence des sels tira Jeanne de ce commencemen
d'évanouissement ; elle rouvrit les yeux, aperçut sa
mère et fit un geste pour la repousser.

— Ce n'est rien, murmura-t-elle, qu'on me laisse !

— Ma chère, reprit madame de La Guérinière, tu
as bien tort de te mettre dans ces états-là !.. Après
tout, c'est un mariage d'argent et rien ne prouve qu'il
aime cette fille.

Elle frissonna. — Eh! que m'importe?... Laissez
moi !

— Veux-tu que j'appelle Rosine? demanda madame
Juliette en battant en retraite.

— Je veux la paix! s'écria Jeanne se relevant tout
d'une pièce, puis elle ajouta d'une voix rauque et impérieuse :

— Allez-vous en !

Madame de La Guérinière, cette fois, s'esquiva.
L'attitude menaçante de sa fille lui faisait peur et elle
ne laissait pas d'être inquiète de l'effet de sa mauvaise
action.

Dès que madame Juliette se fut éloignée, Jeanne dé-
boutonna rapidement son peignoir, passa une robe,
noua son chapeau et se précipita dehors, dans la di-

rection du bureau télégraphique de Dinard. Là, sur le
coin d'une table, dans le va-et-vient des baigneurs,
elle adressa à Perrusson, au ministère de la justice,
cette dépêche fiévreuse : « On dit que vous vous
mariez. Est-ce vrai? Oui ou non, sur-le-champ. »

Elle avait eu un moment l'idée de partir; mais le
train de cinq heures du soir, le seul qu'elle pût prendre
maintenant, n'arrivait à Paris qu'au petit jour ; il
eût été dix heures avant qu'elle réussît à pénétrer chez
Adrien et elle se dit qu'un télégramme ou même une
lettre ferait le trajet encore plus vite. — Elle ne quitta
le bureau qu'après le départ de sa dépêche et regagna lentement Saint-Enogat en suivant les chemins
couverts qui s'enchevêtrent entre Dinard et Saint-
Alexandre.

Elle ne voyait plus rien autour d'elle. Tous ses sens
étaient comme tournés en dedans et révulsés par le
coup de foudre de ce mariage. — Par moments, elle
essayait de se persuader que c'était impossible. Combien de fois n'avait-elle pas lu dans les journaux l'annonce de prétendus mariages inventés par un *reporter*
aux abois? Il ne s'agissait peut-être que d'un commé-
rage de salons, transmis à madame de La Guérinière,
— dont on connaissait les sentiments hostiles, — par
une amie aussi malveillante qu'elle. — A peine rentrée
au *Chalet*, Jeanne s'enferma dans sa chambre, et ouvrant un coffret plein de lettres d'Adrien, elle relut avidement les plus récentes. Et à mesure qu'elle tournait
ces feuillets épars, comme on remue des feuilles
mortes de l'an passé, il s'exhalait de cet amas de pa-

piers une mortelle odeur d'abandon et de lassitude.
Pour la première fois elle lisait entre les lignes avec
une lucidité cruelle. Sous l'enguirlandement déjà pénible de ces phrases fleuries elle entrevoyait des ré-
serves prudentes et des précautions équivoques...
Cette lecture la désillusionnait trop. Elle l'interrompit,
et, accoudée à sa fenêtre, les yeux perdus dans le vague, elle se mit à calculer combien elle avait encore à
attendre avant d'obtenir une réponse. — Si c'eût été
un mensonge, il aurait déjà envoyé un télégramme
pour protester. — Peut-être a-t-il préféré venir? — Oui,
s'il a du cœur, il viendra lui-même. — Et pendant
qu'elle se disait cela, tout au fond de sa conscience
une voix intime murmurait : «Non, il ne viendra pas...
Il s'en tirera comme toujours, par une lettre. »

L'après-midi se traîna dans cette attente douloureuse. Puis la nuit vint, et quelle nuit! — sans sommeil, pleine de violents désespoirs et de lugubres hal-
lucinations, qu'accompagnaient alternativement le vent
du nord pleurant contre les vitres, et la mer exhalant
sa plainte sourde au pied des rochers du Port-Riou.
— Vers l'aube, Jeanne, brisée, s'assoupit. Quand elle
rouvrit les yeux, la pendule marquait dix heures.
— Le piéton allait passer. — Avec un horrible battement de cœur elle procéda à sa toilette, se parfuma
et se fit belle, absolument comme aux jours où elle attendait Perrusson. Puis elle descendit et se promena
nerveusement dans le jardinet qui précédait le logis.
Enfin le pas lourd du facteur résonna sur le chemin.
Entre les fusains de la haie, elle aperçut la blouse

17

bleue à parements rouges, et elle courut à la grille.
— Oui, il y avait une lettre... une lettre de lui !

Prise d'une farouche terreur, elle s'enfuit vers sa
chambre en serrant fébrilement contre sa poitrine la
lettre, dont elle déchira l'enveloppe avec peine, tant
ses mains tremblaient. Et alors elle lut ceci :

« Hélas ! oui, ma chère Jeanne, c'est vrai... Je subis fatalement cette transformation qu'un disciple de Darwin
appellerait « l'évolution des hommes politiques. » Je
me marie par raison d'état. J'aurais désiré aller vous
en informer moi-même, car ces choses-là se disent
bien mieux qu'elles ne s'écrivent, mais les affaires publiques m'en ont empêché. Je vous dois une explication cependant. Je vous la donnerai un jour et vous
m'absoudrez, car vous joignez au charme de la beauté
une trop haute raison et un trop vaillant esprit pour
ne pas comprendre... »

Elle ne poursuivit pas plus loin cette lecture. Oui,
elle comprenait que tout était fini, qu'elle était abandonnée, outrageusement répudiée par l'homme auquel elle avait sacrifié sa réputation et son repos.
Après avoir solennellement promis de l'aimer toute
la vie, il se parjurait hypocritement, bassement,
n'ayant pas même pour excuse l'affolement d'une
passion nouvelle, mais poussé simplement par un vulgaire calcul d'égoïsme. Elle resta un moment inerte
et comme foudroyée. Puis brusquement elle se leva,
courut vers le coffret plein de la correspondance de
Perrusson, le vida rageusement dans la cheminée,
alluma une bougie et se servit de la dernière lettre de

l'infidèle comme d'une torche pour mettre le feu à toutes ces épîtres menteuses. Elle les regardait brûler d'un air stupide, quand on frappa à la porte. Elle tressauta violemment!... Hélas! ce n'était que la femme de chambre qui venait annoncer le déjeuner. Jeanne, refusant de descendre, se fit apporter du thé, puis traînant un fauteuil près de la croisée, elle coucha sur l'entablement sa tête endolorie et bourdonnante.

La mer s'était retirée très loin, laissant à nu des îlots de rochers couverts à la base d'une jonchée de goëmons d'un brun verdâtre, et, plus loin, de longs bancs de sable doré, coupés çà et là par des tapis d'herbes marines ayant le vert cru d'une prairie. Au delà, le flot blanchissait avec un murmure presque assoupi.

— Il ne viendra plus! songeait la malheureuse; je suis abandonnée! abandonnée!

Ses yeux lourds allaient de la surface laiteuse de la mer à la silhouette mamelonnée des falaises fuyant dans la direction de Dinard. Des promeneurs, longeant le sentier des douaniers, faisaient des taches noires sur la verdure; au-dessus de la lande, des émouchets planaient avec des cris rauques.

— Ma vie est perdue! se répétait Jeanne. Ah! je suis lasse et je voudrais être morte!

Alors elle revoyait comme dans un rêve Michel Verneuil et les belles heures des premiers temps de leur mariage, sous les ombrages de la Chambrerie; elle songeait qu'elle aurait pu être heureuse avec lui si l'illusion avait duré; et elle maudissait sa mère

d'avoir méchamment gâté sa vie avec ses perfides
révélations. — Lentes, monotones et décolorées, les
heures de l'après-midi semblaient ramper sous le ciel
bas et pluvieux. La mer commençait à monter. D'un
gris verdâtre, elle prenait au large des tons plus fon-
cés, rompus à chaque instant par des moutons d'é-
cume. Les rochers émergeaient en noir sur ce fond
blanchisssant. Le phare du *Jardin* avait déjà sa base
noyée sous le flot, et sa colonne se dressait seule
hors de l'eau houleuse. A l'horizon fumeux on ne distinguait presque plus le mur du cap Fréhel. Tout à
coup, sur le ciel voilé, une longue file d'oiseaux émi-
grants ondula comme un mince ruban noir et se dirigea avec des cris aigus vers les brumes lointaines de
l'ouest. Cette fuite hâtive dans ce ciel en deuil, à cette
heure voisine du soir, avait quelque chose de sinistre
et de navrant.

— Je voudrais m'en aller aussi, pensait Jeanne désespérée, m'en aller bien loin pour ne revenir jamais !

Une rumeur grondante et toujours plus accentuée
la tira de sa torpeur. Le crépuscule arrivait. Dans l'é-
loignement, le phare du Jardin et le feu du cap Fréhel
scintillaient déjà. Du côté de la plage, on entendait
des cris d'enfants, des appels de curieux venus en
bande pour contempler la grande marée. Jeanne se
leva, jeta sur ses épaules une cape de drap brun et
descendit dans le jardinet, d'où l'on pouvait gagner
les roches du Port-Riou.

Tandis que la terrasse des bains de l'hôtel était en-
combrée d'hôtes bruyants, là tout était solitaire et

silencieux. Le massif rocheux qui sépare les deux
grèves isolait complètement l'étroite plage réservée
aux locataires du *Chalet*. Du reste, pendant que Jeanne
cherchait en tâtonnant les marches grossièrement taillées dans le quartz, la mer baignant déjà par intervalles la base de cette muraille à pic, interceptait toute
communication avec la terrasse. — Les lames hautes
et longues, poussées par le vent du nord-ouest, accou-
raient avec une rapidité vertigineuse vers les premiers îlots, sautaient en paquets d'eau bouillonnante
par-dessus des blocs énormes, et venaient s'abattre
sur le sable avec le fracas et les échevèlements d'é-
cume d'un troupeau de chevaux sauvages. Le ciel,
d'abord nuageux, avait été nettoyé çà et là par un
coup de vent et, à travers une large déchirure des
nuées, la pleine rondeur de la lune laissait voir toute
l'horreur grandiose de cette mer soulevée qui semblait
se ruer à l'assaut de la terre.

Les vagues se gonflaient autour du phare, tout là-
bas ; elles battaient furieusement les roches des îlots
de Cézembre et de Harbour : elles s'engouffraient avec
des coups de tonnerre dans les cavités de la *Goule aux
Fées* et jaillissaient verticalement jusqu'à la crête des
falaises. C'était comme un universel déluge, un cata-
clysme produit par le ruissellement de milliers de
cascades et le déchaînement de fleuves rompant leurs
digues. Par moments, la lune se voilait ; la mer, d'un
blanc livide, prenait alors sous le ciel noircissant une
physionomie funèbre et farouche. Les lames défer-
laient toujours plus avant sur la petite grève du Port-

Riou ; quand elles se reculaient comme pour reprendre haleine, leur écume épandue sur le sable avait l'air d'une tombée de neige. Elles revenaient bientôt plus hautes, balayant toute la profondeur de la plage, et Jeanne, debout à mi-chemin de l'escalier, sentait sur ses vêtements et sur son visage le rejaillissement tiède des gouttes salées. Tout autour de la jeune femme, dans les creux de la roche, dans le glissement de l'eau sur le sable, dans l'égouttement des parois inondées, s'élevait une plainte infatigable, assourdissante, où Jeanne croyait entendre l'écho de sa propre pensée. — Abandonnée ! abandonnée ! lui criait la mer. — Abandonnée ! hurlait le vent, qu'éparpillait l'écume...

Les bras serrés sur sa poitrine, les yeux fixés sur l'abîme tourbillonnant, la malheureuse sentait le désespoir lui envahir le cœur et le vertige lui tinter aux oreilles. Un paquet de mer l'éclaboussa brutalement. Fascinée par la vague redescendante, elle laissa tomber soudain sa cape de laine sur le rocher. Éperdument, follement, elle marcha vers le flot qui fuyait. Le sable mouillé se dérobait sous ses pieds, une poussière humide l'aveuglait. — Adieu à tout ! — pensat-elle, puis elle chancela. Le retour d'une vague gonflée et tumultueuse la roula violemment dans un linceul d'eau bouillonnante, — et ce fut fini.

XIX

Le train de Nantes filait à toute vapeur vers Tours,
et Michel Verneuil, penché à la portière, saluait d'un
regard mélancolique cette Touraine qu'il n'avait pas
revue depuis de longues années. — On avait déjà dé-
passé Langeais ; le convoi traversait obliquement les
fertiles *varennes* de la Loire et les chaussées du Cher,
puis la locomotive déchirait l'air d'un long sifflement ;
on arrivait en gare. — Michel songeait avec amertume aux jours lointains où il était entré pour la première fois dans cette même ville, fier, robuste, ardent, portant au cœur comme un talisman merveil-
leux cette juvénile audace qui ne doute de rien.

Le chagrin ne tue ni si vite ni si souvent qu'on le
croit. S'il jette à terre certaines natures féminines et
débiles, il a moins facilement raison des gens solidement trempés. Les épaules de Michel, issu d'une race
vigoureuse et saine, étaient charpentées de façon à
supporter une charge de douleur plus pesante qu'on
ne l'eût supposé. Il était tout étonné lui-même d'avoir

si rapidement repris pied dans la vie après le désastre de son amour pour Suzanne. Les rudes coups de
la destinée l'avaient entamé moralement et physique-
ment, mais, en somme, il se retrouvait debout, agis-
sant, pensant et devisant comme si l'existence avait eu
encore quelque chose de désirable à lui offrir. Après
s'être enfui de Sèvres, il avait pris un logement au
fond d'une rue obscure des Batignolles : puis, pour
s'étourdir, il s'était remis au travail. Il avait recom-
mencé à écrire son *Histoire des paysans*. Quelques
études sur la vie rustique dans l'ancienne France, pu-
bliées par fragments dans une revue, attirèrent de
nouveau l'attention sur lui et ce succès tardif amena
une sorte de réaction en sa faveur. Ses anciens amis
occupaient maintenant de hautes positions dans les
ministères ; quelques-uns eurent des remords en
constatant que le talent de Michel était goûté par le
public lettré. On lui fit offrir une chaire prochaine-
ment vacante dans une faculté de province, et il se
laissa de nouveau tenter. Sa nomination devait avoir
lieu à la rentrée de novembre et, profitant de ses vacances pour terminer son livre, il venait de fouiller
les bibliothèques et les archives de l'Ouest afin d'y
trouver des documents sur la condition des paysans
bretons avant 1789, quand la fantaisie l'avait pris de
s'arrêter à Tours pendant une soirée.

Ayant laissé son bagage à la gare, il s'était dirigé
pédestrement vers son ancien hôtel. L'aspect du Mail
et de la rue Royale s'était peu modifié ; toujours la
même succession de magasins luxueusement aména-

gés, parmi lesquels les pâtisseries abondaient. L'hôtel avait changé de propriétaire, mais non de physionomie. Michel voulut tout revoir : le grand pont avec
sa vaste perspective d'eau, de verdure et de ciel, le
coteau de Saint-Cyr, — et la Chambrerie elle-même.
— Il s'arrêta un moment devant la grille. La demeure
semblait avoir été laissée à l'abandon : les persiennes
étaient closes, l'herbe poussait dans les allées, les vignes vierges du perron avaient jonché les degrés de
leurs feuilles d'un rouge de sang.

— C'est l'emblème de ma destinée, se disait Michel ; au fond de moi aussi, il n'y a plus qu'un logis
désert où les illusions sont tombées comme une jonchée de feuilles mortes.

Et il songeait au temps où il promenait ses rêves
d'amour et d'ambition dans ces mêmes allées, alors
fleuries et verdoyantes.

Le cœur gonflé de tristesse, il rebroussa chemin.
Comme il rentrait dans la rue Royale, la cloche du
Faisan sonna le dîner de six heures et il alla s'asseoir
dans la salle à manger aux panneaux représentant des
vues de la Touraine. C'était toujours la même table
d'hôte cosmopolite ; les mêmes figures d'Anglais et
d'Américains excentriques ; mais tous les pension-
naires de son temps avaient disparu et il acheva son
dîner sans que personne fît attention à lui. Quand il
se leva de table, le crépuscule était venu et les becs
de gaz s'allumaient. Il alla fumer son cigare à travers
ces quartiers du vieux Tours, où il avait jadis enfermé
sa vie studieuse et inquiète. Il éprouvait un singulier

17.

plaisir à reconnaître les rues aux noms bizarres où il
avait erré tant de fois, en roulant dans sa tête de magnifiques projets d'avenir : rue du Serpent-Volant,
rue du Boucassin, place du Chardonneret..'. Au détour d'un trottoir, il se trouva en face de la maison
qu'il avait habitée. Son cœur battit plus vite ; un moment il se figura que le temps n'avait point marché,
qu'il était encore professeur au lycée, et qu'il n'avait
qu'à franchir le trottoir aux dalles usées pour reprendre possession du logis d'autrefois.

La nuit devenait plus épaisse, le quartier s'enténé-
brait davantage. Il regagna la rue Royale, pleine de
flâneurs et illuminée par l'éclairage des magasins. Sur
la place du Musée, les clairons sonnaient la retraite
comme jadis. Ils passèrent près de Michel, battant le
pavé de leurs pas cadencés et emplissant l'air des
sonorités de leurs cuivres ; puis les pas s'éloignèrent,
les clairons au loin résonnèrent de plus en plus sourdement. Il lui semblait que c'était sa jeunesse qui
fuyait, en jetant dans la nuit des carrefours ses dernières fanfares déclinantes.

Harassé par ces marches et contremarches à travers
les rues, il entra dans un café, demanda un grog et
prit machinalement un journal du matin. Il le parcourait distraitement, quand tout d'un coup ses yeux furent attirés par un nom bien connu. Ses pupilles se
dilatèrent, ses tempes se serrèrent, tandis qu'une
brusque chaleur lui desséchait la gorge. Et avidement,
presque sans le comprendre d'abord, il lut dans les
Échos de Paris l'entrefilet suivant :

« La grande marée de jeudi a été fatale à l'une de nos plus charmantes mondaines, à celle qu'on appelait « l'Hébé de l'Olympe républicain, » et dont le salon était le rendez-vous des sommités de la gauche et du centre gauche : — madame Jeanne du Coudray. Elle habitait, non loin de Dinard, une villa un peu isolée. Ayant voulu assister de près au spectacle de la marée montante, et s'étant hasardée seule jusqu'au pied des rochers du Port-Riou, elle a été surprise brusquement sans doute par une lame sourde et a disparu dans les flots. Le corps affreusement mutilé de la malheureuse jeune femme n'a été retrouvé que le lendemain, enveloppé dans un linceul d'algues vertes. — L'aimable et élégante colonie de Dinard est dans la consternation. »

Michel Verneuil lut jusqu'à trois fois cet entrefilet, en se demandant s'il n'avait pas le cerveau troublé par la fatigue et l'énervement de sa promenade rétrospective ; puis il laissa tomber le journal et regarda d'un air égaré autour de lui. — Non, il était bien éveillé et assis à la table d'un vulgaire café de province ; en face, la dame du comptoir coquetait avec un officier ; à la table voisine, deux bourgeois jouaient au jacquet en buvant des mazagrans, et, à travers la porte ouverte, on voyait le va-et-vient des flâneurs de la rue. Il reprit la feuille, relut lentement le paragraphe funèbre, paya sa consommation et sortit. Toutes ses idées avaient été mises en désordre par ce choc inattendu ; il sentait le besoin de se ressaisir, de se recueillir au grand air et en pleine solitude.

Il gagna les quais et se mit à longer les trottoirs déserts. — Ainsi Jeanne était morte; ce corps féminin, si tendre et si charmant, que Michel avait senti jadis frémir dans ses bras, n'était plus qu'un cadavre déjà décomposé; ces yeux radieux comme les étoiles dormaient éteints sous des paupières éternellement closes; cette bouche à l'éblouissant sourire était rigide pour toujours. En dépit des rancunes passées, le cœur de Michel s'emplissait de pitié au souvenir de cette jeune femme qui avait été la sienne et dont il apprenait la mort tragique, juste dans le pays où il l'avait connue et épousée. Il la voyait entrant intrépidement dans son logis de la rue de la Grandière; il resongeait aux après-midi où ils riaient ensemble sous les cytises de La Chambrerie, et à cette matinée de juin où ils s'étaient fiancés dans les prairies de l'Indre !..

Il respirait l'air de la nuit avec une avidité farouche. Il retourna dans la rue Royale, entra de nouveau dans un café et redemanda des journaux. Il voulait s'assurer encore s'il avait bien lu. Quand il eut satisfait cette fièvre de curiosité, il tira sa montre. Onze heures. Le dernier train allant vers Paris était passé, et il n'y avait plus de départ avant six heures du matin. Il rentra à l'hôtel, se jeta tout habillé sur son lit après avoir recommandé qu'on l'éveillât de bonne heure, et le lendemain, l'express du matin l'emportait vers Paris à travers les brumes qui enveloppaient la vallée de la Loire.

Il arriva chez lui encore tout étourdi par la brusque et lugubre nouvelle qu'il venait d'apprendre dans

de si étranges conditions. Il demeurait en proie à un
douloureux engourdissement, dont il ne sortait que
pour se demander s'il n'était pas le jouet d'un rêve.
Il aurait voulu aller à l'hôtel de La Guérinière s'assurer de la réalité de ce qu'il avait lu, et une sorte de
pudeur le clouait dans sa chambre. A la fin, n'y tenant plus, il envoya quelqu'un aux renseignements,
afin de contrôler l'exactitude de la nouvelle donnée
par les journaux. — Tout était vrai : Jeanne s'était
noyée à Saint-Enogat, on l'avait ramenée à Paris trois
jours auparavant, et le service funèbre avait eu lieu
en grande pompe à Saint-François-Xavier.

Michel resta encore plusieurs jours dans l'état d'un
malade qui a pris trop d'opium et qui en a le cerveau
tout embrumé. Puis, peu à peu, ses idées s'éclaircirent
et, tout d'un coup, comme si le brouillard s'était brusquement déchiré, il respira plus à l'aise. N'était-il pas
libre ? Le seul obstacle qui s'élevait entre Suzanne et lui
n'existait plus ; il redevenait maître de sa destinée et
pouvait épouser la seule femme qu'il eût sérieusement
aimée. — Sans doute, Suzanne connaissait par les
journaux la triste fin de Jeanne du Coudray, et peut-
être s'étonnait-elle déjà du silence de celui auquel elle
était restée fidèle ? — Il résolut d'aller dès le lendemain à Bellevue. C'était un dimanche, et, comme il
faisait beau temps, le vestibule de la gare Montpar-
nasse était plein de gens partant pour la campagne. Les voitures et les omnibus en amenaient à chaque instant des fournées. Les voyageurs escaladaient
gaîment l'escalier qui conduit aux salles d'attente, et

se précipitaient avec des appels tapageurs vers les
wagons aux portières ouvertes. Des éclats de rire et
des chansons partaient du haut des impériales et
s'envolaient en fusées, tandis que la locomotive sifflait
et que le train se mettait en marche.

Michel s'était installé dans son compartiment et
restait accoudé à la portière. Toute cette gaîté du
dimanche dissipait peu à peu l'impression pénible
produite par le funèbre cauchemar de la semaine précédente. Il ne pensait plus qu'à Suzanne, dont un
voyage de vingt minutes le séparait à peine. — Comment allait-il la retrouver?.. Sans doute elle l'attendait,
car il était évident qu'elle savait tout. Et il se la re-
présentait assise à son chevalet, non loin de la croisée enguirlandée de capucines, entre le piano où
Brielle jouait infatigablement la *Valse des roses* et la
table ronde où Phie dévorait un roman. Tout à coup il
entrait en lui tendant la main. Au bruit de la porte
ouverte, elle relevait brusquement la tête. Il lui criait :

— Maintenant je suis tout à vous !

Et le pâle visage aux yeux bruns, si profonds, s'é-
clairait soudain : un délicieux sourire entr'ouvrait ses
lèvres. Michel se figurait déjà entendre la suave musique de sa voix d'argent, et son cœur battait...

Le train glissait sur le viaduc qui précède Meudon,
et le soleil baignait dans une molle lumière blonde
les profondeurs du val de Fleury. Un radieux sourire
d'allégresse semblait courir sur les pentes feuillues de
la forêt. — Verneuil songeait qu'enfin il était à un nouveau tournant de la route, et que la vie allait aussi avoir

pour lui des sourires et des journées de soleil. Il allait pouvoir se reposer et défatiguer ses pieds las, sans entendre derrière lui le souffle haletant et le harcèlement du guignon qui l'avait si longtemps poursuivi.

La locomotive siffla, le roulement des wagons se ralentit. — Bellevue! — Michel descendit et s'achemina lentement vers la rue des Binelles, s'arrêtant à chaque vingtaine de pas pour respirer, tant les palpitations de son cœur étaient violentes. Enfin il aperçut à main droite la maisonnette avec sa grille tapissée de lierre, ses jalousies baissées et ses acacias. — Il fit halte de nouveau et essuya son front où perlaient des gouttes de sueur.

Au moment où il se disait : «Allons ! entrons vite, » il entendit la porte tourner sur ses gonds et vit M. Narcisse Jouzeau s'acheminer d'un air pensif vers la grille. Le bonhomme n'avait pas ce regard brillant, cette allure d'inspiré et de hiérophante qui caractérisaient jadis sa personne. Son dos semblait s'être voûté sous le poids d'une lourde préoccupation ; ses longues mèches grises pendaient piteusement sur le collet de sa redingote ; des plis amers marquaient les coins tombants de ses lèvres rasées ; — bref il était pareil, dans sa démarche contristée, à un chien battu qui fuit, les oreilles couchées et la queue entre les jambes.

Quand il eut refermé la grille, il releva la tête, et ses regards rencontrèrent ceux de Michel Verneuil. Il poussa, en le reconnaissant, une exclamation de surprise et courut à lui avec une vivacité fébrile.

— Mon cher Verneuil! s'écria-t-il, quelle coïncidence providentielle!.. Il y a vingt minutes, je pensais à vous... Ah! mon ami, pourquoi êtes-vous devenu invisible depuis un an? depuis le jour où?... — Il s'arrêta un instant, puis reprit : — Je comprends que vous ayez été embarrassé; mais enfin, quoi? vous avez été plus imprudent que coupable, et il ne fallait pas vous imaginer que personnellement je vous en voulais... J'aurais donné beaucoup, allez, pour que vous eussiez pu devenir le mari de Suzanne!

Michel, tout en lui serrant la main, avait la bouche ouverte pour répondre :

— Eh bien! soyez content, ce qui était impossible autrefois est possible aujourd'hui, et je reviens pour l'épouser...

Quand Jouzeau ajouta avec un accent navré :

— Au moins, vous, vous ne m'auriez pas enlevé les deux autres!

— Hein! murmura Michel, tandis qu'un froid lui courait par tout le corps, que voulez-vous dire? que se passe-t-il?

— Suzanne se marie, mon ami, elle épouse dans huit jours cet écervelé de Lechantre.

Cette terrible nouvelle ébranla Verneuil comme un coup de massue asséné en plein dans les épaules. Ses jambes chancelèrent et il il s'accrocha instinctivement au bras de Narcisse Jouzeau.

— Oui, continua ce dernier, entraînant son compagnon vers le haut de la rue et donnant un libre cours

à son irritation, la maison n'est plus tenable !... Il y
souffle un vent de dissipation et de frivolité qui m'indigne. Brielle et Phie sont devenues des monstres
d'ingratitude; elles se moquent du système éducateur; elles m'abandonnent pour aller vivre dans le
nouveau ménage de leur sœur aînée...

Le bonhomme s'arrêta, leva les bras et agita ses
mains aux doigts écartés.

— Et cela quand je touchais au but suprême !...
J'avais obtenu des résultats surprenants : j'étais arrivé à supprimer complètement la viande dans leur
régime alimentaire... Plus de cuisine à la graisse,
rien que des légumes à l'huile !... L'algèbre n'avait
plus de secrets pour elles et j'allais leur faire passer
leur baccalauréat ès-sciences !... Songez donc, Verneuil, quel triomphe pour mes doctrines, si, au moment où on fonde des lycées de filles, j'avais pu pré-
senter Brielle et Phie comme de magnifiques échantillons de mon système, comme des démonstrations
vivantes de la supériorité de ma méthode !... Le ministre ne pouvait plus se dispenser de me confier la
direction générale de l'enseignement féminin... Et
c'est à un pareil moment qu'elles me faussent compagnie, les ingrates !... A la gloire de devenir les apô-
tres de la rénovation, elles préfèrent la satisfaction
des jouissances inférieures et des besoins frivoles de
l'animalité !... O créatures dénaturées !

Il était tellement exaspéré qu'il ne s'apercevait ni
de la pâleur ni de l'abattement de Michel.

— Enfin, reprit-il après un long soupir, ne parlons

plus de cela momentanément... Parlons de vous, mon ami. Que devenez-vous? Quel heureux hasard vous a amené aujourd'hui sur mon chemin?

— J'allais chez vous, répondit Verneuil d'une voix sourde... Puisque je vous ai rencontré ici, il est inutile que je dérange ces demoiselles...

— Par exemple! se récria Jouzeau en tournant les talons, je tiens à ce que vous les visitiez, au contraire! Suzanne ne vous garde pas rancune, croyez-le bien... Elle vous a en grande estime et sera heureuse de vous voir... C'est encore la meilleure des trois... Elle est artiste et elle épouse un peintre, c'est logique : mais les deux autres!...

Ils avaient rebroussé chemin. Michel se laissait ramener machinalement vers la grille. — Elle me sait libre, songeait-il, il est impossible qu'elle l'ignore, et elle en épouse un autre!... A quoi bon rentrer dans cette maison? — Et, malgré cela, il n'avait pas le courage de repartir sans avoir au moins revu cette Suzanne, qu'il avait cru reconquérir et qui lui échappait, comme Eurydice à Orphée, au moment où il pensait l'avoir ressaisie.

— Je ne vous accompagne pas, continua M. Jouzeau, excusez-moi, j'ai les nerfs trop surexcités et j'ai besoin de les calmer par une promenade au grand air... Entrez seul... Voyez Suzanne en particulier, et si l'occasion se présente, tâchez de la décider à me laisser ses deux sœurs... Elle a confiance en vous et vous écoutera peut-être... Dans tous les cas, ajouta-t-il, je ne jetterai pas le manche après la cognée, —

en même temps il relevait la tête et ses yeux brillaient
d'un éclat inspiré, — je sèmerai le bon grain dans des
terres neuves. Si ces deux folles m'abandonnent, eh
bien ! j'adopterai deux enfants trouvés !

Il boutonna vivement sa redingote, serra la main
de Michel et se remit à marcher dans la direction des
bois.

Pendant ce temps, Verneuil, mortellement découragé, sonnait à la porte du perron et demandait mademoiselle Suzanne à la servante qui était venue ouvrir.

— Mademoiselle est au jardin, je vais l'appeler
répondit celle-ci. Entrez ici en attendant, monsieur !
— Et elle l'introduisit dans la salle d'étude.

La physionomie paisible de cette pièce n'avait pas
changé ; seulement, par l'une des fenêtres ouvertes,
on entendait des éclats de voix féminines, mêlés à
une voix d'homme. Par moments, au fond des massifs
on entrevoyait les oscillations rapides d'une escarpolette et on distinguait parmi les feuillées, dans le soleil, une envolée de jupes flottant au niveau des plus
hautes branches, avec un accompagnement de rires
et de cris aigus. — C'était le spectacle de cette dissipation tapageuse et contraire à tous les préceptes du
système éducateur, qui avait mis en fuite le bonhomme Jouzeau.

Tout à coup la porte s'ouvrit et Suzanne apparut.
Elle était plus blanche encore qu'autrefois ; on eût dit
même que ses joues s'étaient amaigries et que le tour
de ses yeux limpides s'était cerné. Quand elle eut re-

connu Michel Verneuil, elle s'arrêta ; une rapide rougeur colora ses pommettes saillantes et elle poussa une exclamation presque effrayée.

— Vous !... vous ! balbutia-t-elle.

— Oui, c'est moi, répondit-il d'un ton âpre ; pardonnez-moi de vous déranger !... Je n'ai pas voulu traverser Paris sans vous apporter mes félicitations...

En entendant cette voix sarcastique, elle était redevenue très pâle. Pourtant elle supporta bravement le noir regard de Michel, et, allant résolument au-devant de ses questions, elle reprit :

— Vous savez ?... on vous a dit que je me mariais ?

— On me l'a dit, mais je tenais à l'apprendre de votre bouche ; j'espérais encore...

Elle l'interrompit avec un geste suppliant : — Je vous en prie, ne revenons pas sur ce qui est passé.

La subite apparition de Michel lui faisait craindre qu'il ne cherchât à ébranler sa résolution. Dès en l'apercevant, elle s'était dit qu'il fallait à tout prix le convaincre de l'inutilité de ses efforts ; elle avait peur de se laisser troubler et attendrir.

— N'insistez pas ! répéta-t-elle brièvement, j'ai donné ma parole.

— Vous vous méprenez ! s'exclama-t-il avec amertume, je n'ai pas l'intention ridicule de vous dissuader d'une résolution, conforme sans doute à vos intérêts et à vos goûts... Quand doit avoir lieu cette cérémonie ?

— De demain en huit.

— Je ne serai plus là... Dieu merci, je quitte Paris pour toujours !

— Vous allez loin ? murmura-t-elle timidement.

— Très loin... Là-bas, à Véel... Dans mon village, que je n'aurais jamais dû quitter !... Auparavant, je tenais à vous offrir mes souhaits... de bonheur... Et maintenant, adieu !

En dépit des violents efforts qu'elle tentait pour paraître calme, Suzanne sentait ses yeux devenir humides. Elle se plaça entre Verneuil et la porte, et sans oser lever sur lui ses regards mouillés, elle balbutia :

— Vous me faites beaucoup de peine... Écoutez-moi au moins avant de me condamner.

Il secouait la tête et se disposait à sortir, quand elle l'arrêta, et posant sa main sur le bras du professeur.

— Non ! ajouta-t-elle, ne partez pas ainsi ! Il faut que vous sachiez pourquoi je me suis décidée... Si j'avais été seule, je ne me serais jamais mariée... mais il y a mes sœurs ! La folie de mon pauvre oncle tourne au fanatisme et leur rend la vie insupportable... Je ne gagnais pas encore assez d'argent pour quitter la maison et les prendre avec moi ; d'un autre côté, je voyais le moment où, lasses et poussées à bout, Brielle et Phie allaient faire quelque coup de tête... Je me désespérais... C'est alors que M. Lechantre a renouvelé ses propositions... J'ai d'abord refusé ; il a insisté en promettant de prendre mes sœurs dans sa maison ; Brielle et Phie ont plaidé sa cause... Pouvais-je encore m'obstiner et répondre par un refus ?... Songez que j'étais seule au monde et que je n'avais plus aucun espoir meilleur dans l'avenir !...

Sa voix s'altérait ; elle s'arrêta brusquement, craignant déjà d'avoir trop parlé et laissé voir trop imprudemment le fond de son cœur à Michel.

Celui-ci était troublé par cette voix aux intonations si tendrement suppliantes, et en même temps indigné de la façon toute simple dont elle lui expliquait son manque de parole. Il lui jeta un long regard soupçonneux :

— Ainsi, c'est uniquement par charité pour vos sœurs ? Vous pouviez, il me semble, trouver un autre moyen de leur être utile, sans vous sacrifier à un homme que vous n'aimez pas !

Elle le contemplait sans comprendre, et, poussée par le sentiment de ce qu'elle croyait son devoir, elle faisait de douloureux efforts pour dissimuler le tremblement intérieur qui l'agitait.

— Je ne me sacrifie pas, répondit-elle avec vivacité, je me donne volontairement à un honnête homme que j'estime.

— Vous l'aimez ? reprit-il brusquement.

Elle détourna la tête, et d'une voix qu'elle essayait de rendre ferme :

— J'ai promis de l'aimer et je tiendrai parole.

Il lui lâcha les mains. Il lui semblait que les portes de fer de la Destinée venaient de retomber avec fracas et de lui fermer à jamais toute espérance. Un bouillonnement de colère lui monta à la gorge, et il s'écria violemment en écartant Suzanne :

— Vous vous êtes bien pressée de l'engager, votre parole !... Vous n'avez pas songé un seul moment que je pouvais redevenir libre et réclamer à mon tour celle que vous m'aviez donnée ?

Suzanne tressaillit. Elle regardait Michel d'un air égaré, sans se rendre compte encore de ce qu'il avait voulu dire.

— Libre ! balbutia-t-elle.

— Oui, mais maintenant il est trop tard... Adieu !

Et, impétueusement, il s'élança dehors.

Suzanne restait debout, appuyée contre la table. — Libre !... Ses oreilles tintaient, il lui semblait que la tête allait lui tourner ; en même temps, elle se disait qu'elle avait dû mal comprendre, puis songeant tout à coup que Michel s'enfuyait désespéré, elle voulait courir à sa poursuite, mais ses jambes paralysées lui refusaient le service. Elle ne pouvait ni se mouvoir, ni proférer une parole. Elle demeurait immobile et comme anéantie dans l'obscure salle d'étude, tandis qu'au fond du jardin les clameurs devenaient plus bruyantes. — On entendait Phie, emportée par le mouvement de l'escarpolette, crier : « Plus haut ! plus haut ! » à Lechantre qui la poussait. Par moments, le paysagiste inquiet s'interrompait pour s'exclamer :

— Suzanne ne revient donc pas ?

A quoi le soprano aigu de Brielle répondait :

— Eh bien ! allons la chercher.

On distinguait le bruit des pas sur le gravier, et

la porte de la salle s'ouvrait bruyamment pour livrer passage au peintre et aux deux jeunes filles.

— Nous commencions à craindre qu'on ne vous eût enlevée ! fit galamment Lechantre en s'avançant dans l'obscurité, puis il eut un haut-le-corps en s'apercevant de l'altération des traits de sa fiancée :

— Bon Dieu ! qu'avez-vous ?

— Qu'était-ce donc que cette visite ? ajouta Phie, tu as la figure toute bouleversée !

De plus en plus pâle, Suzanne semblait à peine voir ses sœurs. Ses pupilles dilatées donnaient à sa figure une expression effrayante. Elle les repoussa tous trois du geste et du regard.

— Laissez-moi, murmura-t-elle d'une voix rauque, je ne veux pas qu'on me parle !

Et tandis qu'ils s'entre-regardaient de l'air de gens qui ne comprennent rien à ce qui se passe, ils furent interrompus par M. Jouzeau, qui entra précipitamment.

— Eh bien ! cria-t-il à Suzanne, tu l'as vu ?... C'est moi qui te l'ai envoyé.

— Qui donc ? demanda Phie, tandis que Suzanne reculait jusque dans l'embrasure de la fenêtre.

— Notre ancien voisin, Michel Verneuil, répondit le bonhomme ; je croyais le retrouver ici avec vous.

— Verneuil ! s'exclama jalousement Lechantre, ah ! il revient sur l'eau, maintenant que sa femme est morte !

— Comment ! reprit Narcisse Jouzeau, stupéfait, sa femme est morte ?

— Eh ! oui, Zimmer m'a justement conté la chose
hier... Madame du Coudray s'est noyée à Dinard le
jour de la grande marée, et on l'a enterrée il y a
huit jours.

Et comme il achevait, Phie, qui examinait curieusement la physionomie de sa sœur aînée, poussa une
brusque exclamation :

— Ah ! mon Dieu, voilà Suzanne qui se trouve
mal !

En effet, la jeune fille s'était soudain affaissée sur
le bord de la fenêtre, et sa tête venait de heurter lourdement les persiennes à demi closes...

XX

Sur le long plateau de Véel le vent souffle en tempête depuis le matin. De la crête des coteaux jusqu'à la lisière jaunissante des bois, la plaine déroule sa nudité grise, mamelonnée par les ondulations en dos d'âne des champs moissonnés. Les rafales du vent d'ouest la balaient dans toute son étendue. Soulevées par un souffle infatigable, les feuilles sèches s'envolent du taillis et se mettent à fuir au ras de terre, comme si elles étaient prises d'une terreur panique, jusqu'à ce qu'elles viennent s'amonceler toutes en tas, au revers d'un fossé. Dans le ciel assombri et très bas, les nuages, eux aussi, semblent en proie aux mêmes effarements et précipitent leur course échevelée. — Il a plu, la nuit précédente; au pied des talus, dans les ornières des chemins et les *roies* des labours, des flaques d'eau miroitent et se rident, quand le vent les frôle, avec une plainte qui ne se ralentit jamais. — Çà et là, au milieu des champs, une charrette fait halte, et des paysans, pressentant que la pluie recommencera à la tombée du jour, s'empressent d'y entasser les *moyettes* d'avoine ; les silhouettes agrandies et simplifiées de la charrette, des chevaux immobiles et de l'homme qui charge les gerbes, s'enlèvent en noir sur le ciel gris. — Tout au fond, à travers les feuillages nerveusement agités des peupliers-trembles, on aperçoit les toits bruns du village de Véel et la pointe de son clocher.

Comme s'il était activé par la furie du vent d'ouest, le crépuscule, ce soir, arrive plus vite que d'ordinaire. La nappe sans cesse mouvante et sans cesse renouvelée des nuages ne laisse plus passer qu'un jour terne et appauvri. Les vaches crottées reviennent en meuglant des pâtis. Les charretées d'avoine, cahotant lourdement sur le chemin pierreux, rentrent au village, dont les fenêtres s'allument. Pendant un moment, la rue s'anime ; les femmes s'interpellent d'un seuil à l'autre ; les portes des granges s'ouvrent à deux battants pour recevoir les chariots qui s'y engouffrent ; les écuries et les étables se referment sur les bêtes repues. Puis, peu à peu, les bruits familiers s'apaisent, la rue se dépeuple et les huis se closent à mesure que e ciel s'enténèbre. L'*Angelus* sonne au faîte du clocher ses neuf coups que la rafale emporte à travers la plaine, et tout se tait. On n'entend plus dans la nuit profonde que la plainte du vent, et parfois le souffle rude des bestiaux qui s'allongent sur leur litière.

A l'extrémité du village, du côté des jardins, une lueur de lampe brille aux vitres de l'arrière-chambre

d'une maison basse et comme écrasée sous son toit
de tuiles. Là, pas de rumeurs de bétail dans l'étable
déserte, pas de flambée dans l'âtre de la cuisine abandonnée. La chambre à coucher, donnant sur le verger
est seule habitée par un hôte que les meubles du logis
ont peine à reconnaître, bien qu'ils aient été les compagnons de son enfance. Et cet hôte est Michel Verneuil, revenu depuis la veille dans la maison paternelle.

Après le désastre de ses espérances d'amour, brusquement ressuscitées et plus brusquement encore re-
jetées dans le néant, Paris était devenu pour Michel
un séjour odieux ; le monde entier du reste semblait
n'avoir plus de chemins qui ne lui fussent douloureux.
Un seul endroit lui offrait encore un asile en harmonie avec le désarroi de son esprit et le désenchante-
ment de son cœur. Il s'est réfugié à Véel, comme le
lièvre revient mourir au gîte.

Il s'est assis devant une massive table de chêne,
qui servait jadis de table à manger au bonhomme
Verneuil, et où des livres et des papiers sont épars.
Il a jeté sur ses jambes une couverture de voyage, car
une humidité glaciale monte du pavé de cette chambre
longtemps inhabitée. — La physionomie des lieux
n'a pas changé. La lampe grésillante éclaire faible-
ment les solives noircies, le carrelage disjoint, les
murs blanchis à la chaux. Dans la profondeur de l'al-
côve au baldaquin de cotonnade rouge, le lit de famille entasse toujours ses couettes épaisses. L'horloge que le père Verneuil remontait chaque semaine

avec une méticuleuse exactitude, est encore là dans
sa longue gaîne de bois peint ; seulement son balan-
cier de cuivre ne bat plus la mesure. Les armoires
ventrues, les coffres à avoine, les chaises de bois
blanc, le fauteuil de velours d'Utrecht râpé ont tous
gardé les attitudes familières d'autrefois. Tous semblent parler à Michel de l'adolescent du temps jadis,
— brun, robuste, hardi, plein de sève et de pensée ;
— du jeune homme impatient de s'élancer dans la vie
et qui, du haut de ses rêves ambitieux, jetait de si dédaigneux regards à ce mobilier de pauvres.

A travers la plainte renaissante de la rafale qui secoue les cloisons du logis délabré, Michel écoute les
derniers bruits de la rue, les voix lointaines des
paysans qui se jettent un bonsoir hâtif, puis le fracas
des volets qui se referment. — Il porte envie aux gens
du village. Il maudit la rage qui pousse les fils de laboureurs à quitter leur clocher, à se jeter dans le
tourbillon des grandes villes. La culture du sol natal
eût fait d'eux les maîtres de la terre ; la ville surexcite
leurs désirs, énerve leur vigueur et les transforme en
misérables déclassés...

Michel voit tout cela maintenant avec une déses-
pérante lucidité. Il a encore à la bouche la nausée des
voluptés mondaines ; et quant à la gloire, il ne se sou-
cie plus guère maintenant de cette bulle de savon,
brillante seulement pour les yeux de celui qui la gon-
fle, et destinée ensuite à crever aux premières branches du chemin. — Toutes ces joies creuses et frela-
tées ne valent pas le lot du paysan qui pioche sa terre,

18.

sème son blé, s'endort d'un sommeil sans rêve et se
réveille ·dès l'aube pour recommencer une besogne
toujours la même, mais féconde du moins. Lui qui se
vantait d'être le maître de sa destinée, il a misérablement gâché sa vie, et, après le dernier coup qu'il
vient de recevoir, il a conscience de l'anéantissement
de son énergie et de l'inutilité de tenter un nouvel
effort.

Tout se dissout autour de lui et s'écoule, comme se
fondent ces nuages d'automne qui ruissellent maintenant en pluie battante contre la vitre. Les éléments
semblent mener le deuil de ses suprêmes illusions ;
le vent se lamente, l'averse inonde les fenêtres, de
brusques paquets d'eau débordent des gouttières et
tombent sur le gravier du jardin avec un bruit d'é-
cluse lâchée. — Ah ! songe-t-il avec une ironie amère,
tu voulais faire ton trou ? Eh bien ! tu dois être content, le trou est creusé, il est d'une belle profondeur
et te voilà au fond, sans espoir de jamais remonter à
la surface. — Vue du creux de la fondrière où il a
roulé, la vie ne lui présente plus qu'un lamentable
spectacle : disgrâces de chaque heure, mystifications
du hasard, souvenirs toujours plus cuisants des erreurs passées, accumulation de souffrances triviales,
puis au bout, à une distance plus ou moins éloignée,
la mort, pâle et rigide comme une statue de granit...

Tandis que le vent et la pluie se déchaînent, tout
à coup un sifflement aigu et prolongé perce les clameurs de la tempête. C'est le sifflet du train express
qui file à toute vapeur au fond de la vallée. Et Michel

se souvient, avec un horrible serrement de cœur, d'un sifflement semblable, déchirant l'air des bois de Bellevue, et qui a été le signal de la séparation entre Suzanne et lui. Pourquoi cette voix stridente de la vapeur ne serait-elle pas encore, cette nuit, le signal d'une séparation plus complète et plus définitive? Pourquoi, puisque cette vie désenchantée n'a plus pour lui ni prix ni saveur, n'irait-il pas bravement au-devant de la mort, qui se fait attendre? Les minutes pénibles de l'agonie ne l'effraient pas, et il a là, à portée de la main, de quoi hâter le dénoûment. En même temps, de dessous les paperasses et les livres entassés il tire un revolver et le palpe froidement, pour s'assurer qu'il est chargé et en état de fonctionner avec régularité.

Cet examen une fois fait, il se lève, arpente deux ou trois fois la pièce sonore, remonte la lampe qui baisse, et revient s'asseoir près de la table, afin de tout mettre en ordre avant le grand départ.

Lentement, méthodiquement, il dépouille les paperasses qu'il a emportées, jetant au fur et à mesure celles qu'il veut détruire, dans la cheminée vide. Pour la première fois depuis de longues années, l'âtre noirci se rallume et se réchauffe à la claire flambée de ces lettres de jeunesse, de ces pages écrites à une époque de verve et d'enthousiasme. — Le manuscrit de l'*Histoire des paysans* arrive à son tour entre les mains de Michel ; au moment de lancer au feu ces cahiers qui représentent dix années de recherches et d'études, il hésite, tourne les pages déjà jaunies et s'oublie à

les relire. — Il y avait cependant là autre chose que
de vaines promesses, c'était une œuvre puissante,
pleine de poésie et de force comme la race rustique
elle-même. — Les pieds posés sur l'extrême bord de
la vie et tout prêt à s'élancer dans le néant, Michel
juge son œuvre froidement, sans tendresse aveugle,
et il ne peut s'empêcher de reconnaître que le livre
était bon et fait de main d'ouvrier. Sa lecture se pro-
longe, il éprouve un douloureux orgueil à parcourir
ces feuillets couverts d'écriture. Chaque page lui rappelle une heure de sa jeunesse ou de sa maturité. Il
revoit les matinées où, à Tours, au lendemain de son
premier triomphe, il écrivait les chapitres d'introduction, avec l'entrain d'un voyageur qui commence à
parcourir un pays nouveau et pittoresque ; — et il
revoit les tranquilles soirées de Bellevue, où, près de
la fenêtre encadrant un pan du ciel étoilé, il s'entrete-
nait doucement avec Suzanne des chapitres qu'il venait de lui lire. — Comme un homme qui coule à fond,
il embrasse d'un seul coup d'œil les images nettes et
saisissantes du passé : — la salle de la conférence
toute scintillante de lumières, toute retentissante de
bravos ; — les marronniers en fleurs de la Chambrerie avec la nappe moirée de la Loire dans le fond ; —
la figure sérieuse et pâle, les grands yeux humides et
tristes de Suzanne Jouzeau.

Tac ! tac !... On dirait les doigts impatients heurtant
à la vitre. C'est le vent qui secoue les arbres du verger
et pousse leurs branches contre la fenêtre. Ce bruit
arrache Michel à ses souvenirs rétrospectifs. Il se lève

et se dirige vers la croisée. — Les heures ont marché, la pluie a cessé, mais l'ouragan souffle toujours. Là-bas, à l'extrémité de la plaine, les premières pâleurs de l'aube blanchissent le ciel nettoyé... Allons, il est temps ! Il ne faut pas attendre le plein jour et le réveil tapageur du village. — Il revient vers la table, arme le revolver et en appuie l'acier froid sur ses lèvres.

Et maintenant, pauvre marcheur fatigué, va reposer tes membres las dans le cimetière de ta paroisse ; — triste assemblage d'atomes mal équilibrés, va dissoudre dans la terre humide ta chair et tes nerfs endoloris !...

Mais voilà qu'au moment de presser du doigt le ressort qui va tout terminer, il s'arrête, replace l'arme dans le tiroir entr'ouvert, et prête l'oreille. Est-ce une hallucination de l'ouïe ?.. A travers la bourrasque, il lui a semblé qu'on frappait à la porte de la maison et qu'une voix, pareille à une supplication, l'appelait de la rue. — La pensée qu'il y a là, au dehors, un être plus misérable encore que lui et implorant du secours, a soudain suspendu l'exécution de son projet funèbre. Il sort précipitamment de sa chambre et gagne à tâtons la cuisine ténébreuse. Ce n'est point une illusion ; on frappe avec force à la porte de la rue.

— Qui est là ?

— C'est moi, mon cher Verneuil, ouvrez vite !

Cette voix ne lui est pas inconnue. Il tire les verrous, ouvre et, dans la pâle clarté de l'aube, distingue confusément deux noires silhouettes escortées

par des voisins matineux. Puis l'une de ces ombres
s'élance vers lui, et il entend distinctement le soprano
aigu du bonhomme Jouzeau, qui s'écrie :

— Enfin, mon cher ami, vous voilà !.. Bon Dieu,
qu'on a du mal à vous trouver !

Michel reste immobile ; une violente agitation intérieure le secoue pourtant jusqu'aux moelles. Ses yeux
seuls expriment l'intensité de l'émotion qu'il éprouve ;
ils se fixent avidement sur l'autre silhouette noire qui
accompagne Narcisse Jouzeau, et, sous un long manteau de voyage à capuchon, ils reconnaissent la forme
délicate et l'irrégulier profil de Suzanne. Alors Michel
pousse brusquement la porte au nez des voisins
ébahis ; puis, saisissant les mains du bonhomme et de
la jeune fille, il les entraîne dans la seconde chambre.
La stupéfaction arrête les paroles dans sa gorge sèche ; il ne peut que balbutier :

— Vous ! vous !... Quel miracle !

— C'est une véritable odyssée ! s'écrie M. Jouzeau
en s'asseyant. Mais remettez-vous, mon ami ; vous
avez la mine plus défaite que nous, qui avons pourtant
passé une nuit blanche... Est-ce que par hasard vous
ne vous seriez pas couché ?

Les premières rougeurs de l'aurore éclairent le désordre de la chambre. Suzanne a rejeté son capuchon en arrière ; elle examine la figure altérée de
Michel, l'âtre plein de papiers à demi consumés, la
lampe qui achève de mourir. — On dirait qu'on a
veillé dans cette chambre maussade pour hâter les
préparatifs d'un étrange départ. — Un funèbre soup-

çon fait frissonner la jeune fille; elle devine les funè-
bres projets de Verneuil, et, se jetant passionnément
à son cou :

— Ah! s'exclame-t-elle en le serrant dans ses bras,
Michel, pardonnez-moi !

Et elle éclate en sanglots.

— Pourquoi diantre aussi, reprend Jouzeau avec
humeur, pourquoi ne vous êtes-vous pas tout de suite
expliqué carrément avec moi ?...Les choses se seraient
aplanies d'elles-mêmes et, sans reproche, mon ami,
nous aurions tous été dispensés d'un voyage qui n'a
rien d'agréable en cette saison.

Michel respire plus librement.

— Et M. Lechantre? murmure-t-il.

Suzanne fait un signe de tête négatif, et M. Jouzeau
continue :

— Elle ne l'épouse plus, naturellement... Du reste,
en voyant l'émotion de Suzanne à la nouvelle de votre
veuvage, Lechantre a compris tout de suite qu'il n'a-
vait plus qu'à s'éloigner... Il a du tact et il nous a
rendu notre parole.

— Et vous consentez à devenir ma femme, Suzanne?

Pour toute réponse, elle se serre plus étroitemen
contre son lui. ·

— Embrassez-la donc! réplique Jouzeau, je vous y
autorise; elle le mérite bien après tout ce qu'elle a
fait pour arriver à vous joindre, malgré vents et marée.

Et Michel use de la permission, il en abuse même,
tant qu'à la fin M. Jouzeau s'impatiente et s'écrie :

— Quand vous aurez fini, mon cher Verneuil, je réclamerai de votre complaisance un bol de lait chaud et un peu de feu, car, malgré mes habitudes monastiques, cette nuit à la belle étoile m'a mis sur les dents.

Michel se précipite dehors, court à l'auberge voisine commander un déjeuner d'œufs et de café au lait ; puis, après une visite au bûcher, il revient avec une brassée de fagots qu'il jette dans l'âtre. Une claire flamme monte en pétillant. Narcisse Jouzeau s'est emparé de l'unique fauteuil ; jambes écartées, mains tendues, il se dégourdit peu à peu devant cette bonne flambée et raconte comment il a retrouvé la piste de Michel.

— Quand vous avez quitté Suzanne, l'autre jour, vous lui avez dit que vous retourniez dans votre village, et elle ne l'a pas oublié... Moi, je voulais simplement vous écrire, mais elle ne tenait plus en place, et elle a si bien insisté que nous avons pris hier soir l'express, qui nous a déposés à Bar vers minuit. Là, des gens sages se seraient reposés et auraient attendu qu'il fît jour... Point, il a fallu louer une voiture et rouler jusqu'ici par une pluie battante et d'abominables chemins pierreux... Ah ! cette petite a une tête, je vous en réponds, et si elle avait voulu appliquer son énergie à l'étude du système éducateur, elle aurait opéré des prodiges !...

Mais le bonhomme parle pour lui seul. Les deux amoureux, les mains unies, les yeux dans les yeux, sont tout absorbés par la joie de se revoir et de s'aimer désormais avec sécurité.

Michel, qui, tout à l'heure, associait la terre entière au deuil de ses illusions, Michel trouve que l'aube naissante n'a jamais eu de plus roses sourires ; il regarde avec reconnaissance la plaine radieuse ; il lui sait gré de s'être ensoleillée et mise en fête pour le etour de Suzanne. Il entraîne la jeune fille vers la fenêtre et la serre tendrement dans ses bras :

— Ah! chère retrouvée, murmure-t-il, comme je vous aime et comme la vie va être bonne et belle avec vous !

Tant il est vrai que nous prêtons aux choses extérieures les couleurs sombres ou claires qui ne sont que dans notre esprit. Selon que nous sommes heureux ou misérables, la nature nous paraît charmante ou cruelle ; nous la bénissons ou nous l'injurions, et, pendant ce temps, la nature, indifférente et superbe, sourit, s'épanouit, fructifie et se renouvelle absolument comme si nous n'existions pas.

FIN

Imprimerie Générale de Châtillon-sur-Seine. — A. Pichat.

Librairie PAUL OLLENDORFF, 28 bis, rue de Richelieu, PARIS

ALBALAT ANTOINE. — L'Inassouvie. — Un adultère.

ALIS HARRY. — Hara-Kiri, 4e édit.

AMBO GUSTAVE. — Un Voyage de Noces.

ANGE BÉNIGNE. — Les Vieilles Maîtresses, 3e édition. M. Daphnis et Mlle Chloé, 3e édition.

AUDÉBRAND PHILIBERT. — Le péché de Son Excellence, 6e édit.

BERGERAT ÉMILE. — Le Faublas malgré lui, 4e édition.

BERTERA ANDRÉ. — L'Amoureuse de maitre Wilhem.

BAUQUENNE ALAIN. — L'Écuyère, 3e éd. Les Ménages parisiens, 6e éd. La Maréchale, 6e édition.

BOCAGE HENRI. — Le Bel Armand.

BONNIÈRES (DE). — Mémoires d'aujourd'hui, 3e édition.

BOUTELLEAU GEORGES. — Méha, 4e édition.

BURTON ÉDOUARD. — Mémoires d'une feuille de papier, écrits par elle-même.

CHAMPSAUR FÉLICIEN. — Dinah Samuel, 7e édition.

CHAPRON LÉON. — Le long des rues, 3e édition.

CHARNACÉ GUY (DE). — Un Homme fatal, 3e édit. Une Parvenue, 2e édit.

CHRÉTIEN (CH.) — Le Fiancé de Marie, 2e édition.

CIM ALBERT. — Deux malheureuses, 3e édition.

D'ALMBERT. — Trievenor, 2e édit.

DAVYL LOUIS. — Les Idées de Pierre Quiroul.

DELPIT ALBERT. — Le Fils de Coralie, 16e édit. Le Père de Martial, 17e édition. La Marquise, 41e édit.

DEPARDIEU FÉLIX. — Nina, 3e édit.

DENOY. — Mademoiselle Clarens.

EPHEYRE CHARLES. — A la Recherche du bonheur.

ESCHENAUER. — L'Espagne, 3e éd.

FISTIÉ CAMILLE. — L'Amour au village, avec une préface d'André Theuriet, 2e édition.

FRÉDÉRICK-LEMAITRE. — Souvenirs publiés par son fils, avec portrait, 2e édition.

GARENNES ERNEST. — Le Sergent Villajoux.

GOBIN. — A l'Atelier, 3e édition.

HENNEQUIN ÉMILE. — Contes grotesques, par Edgar Poe (traduction), 3e édition.

HERVILLY ERNEST (D'). — Les Armes de la Femme, avec dessins de P. Outin, 4e édition.

JAUBERT (Mme) Eyrielle, 2e édition.

LACROIX PAUL (P.-L. Jacob, bibliophile.) — Madame de Krudener, ses lettres et ses ouvrages inédits, 3e éd.

LAFENESTRE G. — Bartolomea, 3e édition — Idylle et Chansons.

LAUNAY (DE). — Culottes rouges, avec illustrations par O'Bry. Les demoiselles Sevellec.

LAVIGNE ERNEST. — Le Roman d'une Nihiliste, 3e édition.

LE ROY ALBERT. — Part à trois.

LÉTORIÈRE (ETINCELLE) (le vicomte GEORGES DE). — Voyage autour des Parisiennes, avec vignette, 6e édit. Amours et Amitiés parisiennes, 4e éd.

MAIZEROY RENÉ. — Celles qu'on aime, 7e édition.

MÉROUVEL CH. — Caprice des Dames, 4e édition.

MOUEZY ANDRÉ. — L'oncle de Danielle, 3e édition.

PÉGÉ DE CEHEL. — Chichinette.

OHNET GEORGES. — Les batailles de la Vie. Serge Panine, ouvrage couronné par l'Académie française, 86e édition. — Le maitre de forges, 74e édition. — La Comtesse Sarah, 81e édition.

PONS A.-J. — Sainte-Beuve et ses Inconnues, avec une préface de Sainte-Beuve, 12e édition. Ernest Renan et les Origines du Christianisme, 2e édit.

RABUSSON HENRY. — Fiancés! 3e éd.

RAMBAUD YVELING. — Bossue.

RATTAZZI (Mme). — La Belle Juive.

ROD EDOUARD. — Côte-à-côte, 3e éd.

ROGER G. — Le Carnet d'un Ténor, avec une préface de Philippe Gille et un portrait de Roger, 5e édition.

ROLLAND JEAN. — La Fille aux Oies. Mon grand-père Vauthret, 3e édition.

SAMSON, de la Comédie-Française.— Mémoires, 4e édition, avec portrait.

SARCEY. — Le Mot et la Chose, 3e édition.

SILVESTRE ARMAND. — Les Farces de mon ami Jacques, 11e édition. Les Malheurs du commandant Laripête, 15e édition. Les Mémoires d'un galopin, 12e édition. Le Filleul du docteur Trousse-Cadet, 7e édit. Mme Dandin et Mlle Phryné, 7e édit.

SOSTA RENÉ. — La Maison de lierre.

STAPLEAUX LÉOPOLD. — Les Belles Millionnaires.

THÉO-CRITT. — Nos Farces à Saumur, illustrées par O'Bry, 16e édit. Le 13e Cuirassiers, illustré par O'Bry, 17e édition.

TOUSSAINT-SAMSOM (Mme). Une Parisienne au Brésil, 2e édition.

VAST-RICOUARD. — Claire Aubertin, 9e édition. Séraphin et Cie, 12e édition. La Vieille Garde, 22e édit. La Jeune Garde, 16e édition. Le Général, 10e édition.

VERNIER PAUL. — La Chasse aux Nihilistes, 2e édition.

VILLEMOT ÉMILE. — Les Bêtises du Cœur, 8e édition. Les Femmes comme il en faut, 12e édition. Ne vous mariez pas! 6e édition

THÉATRE DE CAMPAGNE, Recueil périodique de Comédies de salon. Huit volumes ont paru.

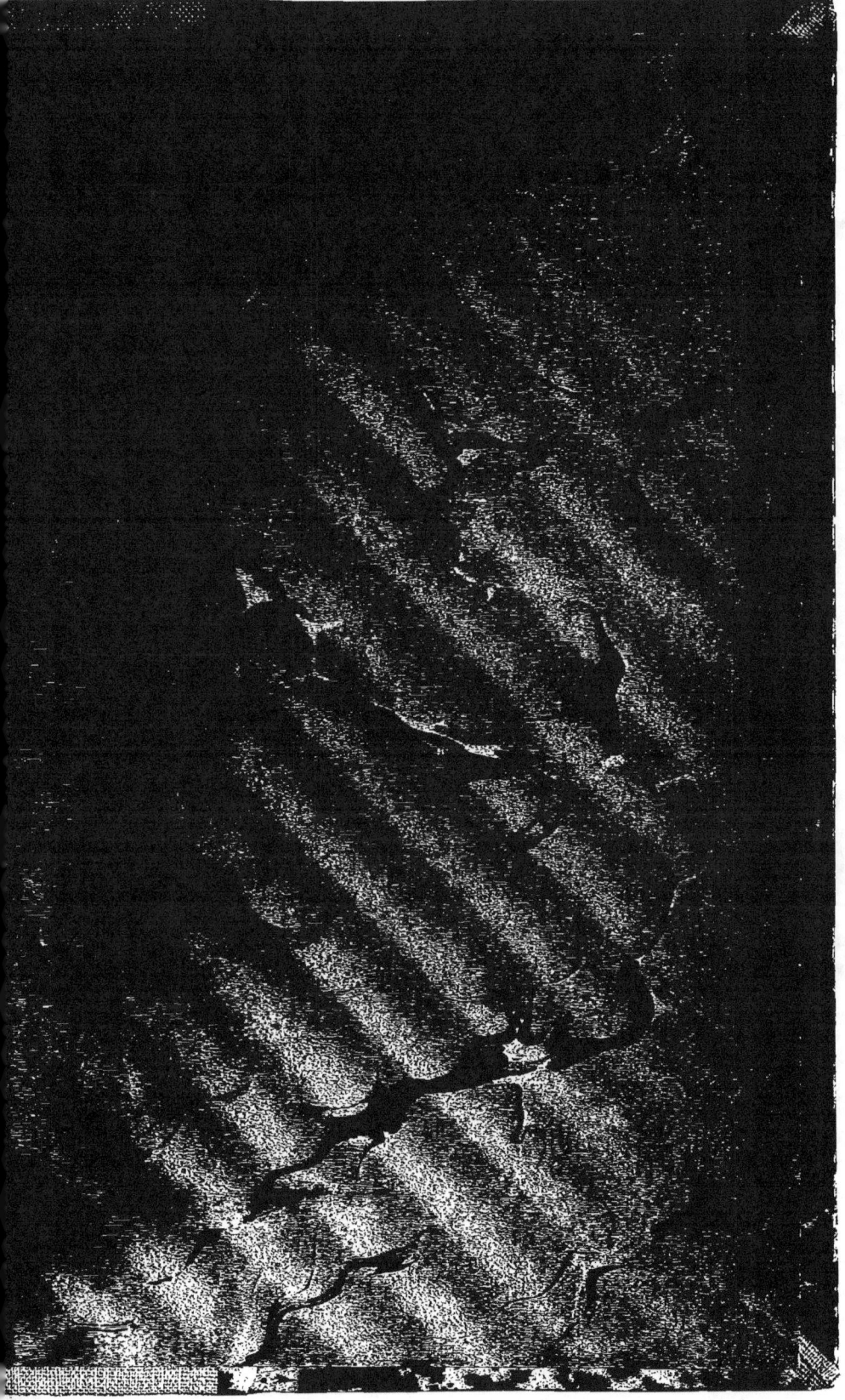

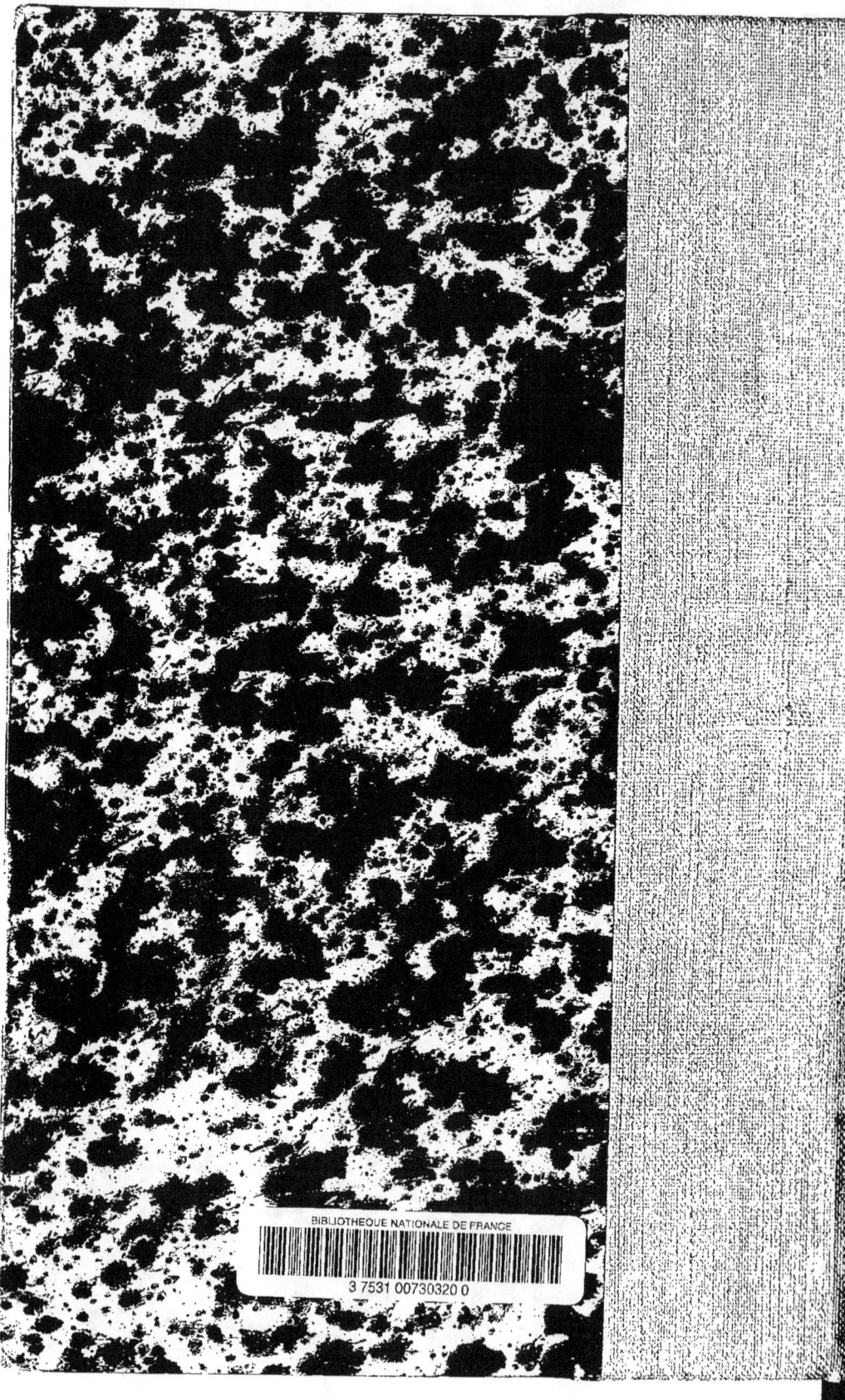

www.ingramcontent.com/pod-product-compliance
Lightning Source LLC
Chambersburg PA
CBHW050147030726

47505CB00005B/1272